rororo

Hortense Ullrich hat als Journalistin und Drehbuchautorin gearbeitet, bevor sie anfing, Bücher zu schreiben. Über 3 Millionen Leser sind Fans ihrer humorvollen, schrägen Geschichten, ihre Bücher wurden in über 20 Sprachen übersetzt. Sie lebt mit ihrer Familie in Bremen.
Hühner Voodoo ist der erste Roman der erfolgreichen Jugendbuchautorin, der sich an ein erwachsenes Publikum richtet.

«Pointierte und vor Komik sprudelnde Dialoge.»
(WESER KURIER)

«Für alle, die einen Hang zu bizarrem Humor und witziger Unterhaltung haben.»
(MEDIEN PROFILE)

Hortense Ullrich

HÜHNER VOODOO

Roman

Rowohlt Taschenbuch Verlag

Veröffentlicht im Rowohlt Taschenbuch Verlag,
Reinbek bei Hamburg, August 2014

Umschlaggestaltung any.way, Barbara Hanke/Cordula Schmidt,
nach einem Entwurf der Hafen Werbeagentur, Hamburg
(Umschlagabbildung: Roberto A Sanchez/Getty Images;
ryabinina/shutterstock.com)
Satz Dolly PostScript, InDesign,
bei Pinkuin Satz und Datentechnik, Berlin
Druck und Bindung CPI books GmbH, Leck
ISBN 978 3 499 26658 4

FSC www.fsc.org
MIX
Papier aus verantwortungsvollen Quellen
FSC® C083411

Das für dieses Buch verwendete FSC®-zertifizierte Papier
Lux Cream liefert Stora Enso, Finnland.

HÜHNER VOODOO

EINS

Es klingelte an der Haustür. Gwendolyn warf einen Blick auf den Bildschirm ihrer Überwachungsanlage. Der Mann kam ihr vage bekannt vor. Sie seufzte, ging zur Eingangstür und öffnete.

«Guten Tag, Frau Herzog von Wohlrath.»

Gwendolyn nickte kaum merklich.

«Bernhard Ziegler», stellte er sich vor. «Ich arbeite bei Wulf und Partner. Ich bin Ihr Anlageberater.»

Sie sah ihn misstrauisch an.

«Wir verwalten Ihr Vermögen.»

«Ich weiß.»

Er schien sehr nervös zu sein, wirkte fahrig und wischte sich mit einem billigen Papiertaschentuch den Schweiß von der Stirn. Ein kleiner Fetzen blieb über seiner rechten Augenbraue hängen. Gwendolyn war versucht, ihn darauf aufmerksam machen, aber er schien ein dringendes Anliegen zu haben.

«Ich, ähm, also … kann ich mich setzen?», fragte er.

«Was denn? Hier? Vor die Tür?»

«Nein, also, ich dachte eher drinnen.»

Gwendolyn starrte auf das Papierschnipselchen auf seiner Stirn.

«Es ist wirklich wichtig.»

«Dass Sie sich setzen?»

«Ja, das auch. Aber eigentlich meinte ich, es ist wichtig, dass ich mit Ihnen rede. Bitte.»

Gwendolyn öffnete die Tür nun ganz.

Bernhard Ziegler wankte etwas, als er eintrat. Sie wies ihn in ihr Wohnzimmer.

«Brauchen Sie einen Cognac? Oder ist Alkohol bereits der Grund, dass Sie so unsicher auf den Beinen sind?»

«Nein. Ja.»

«Was nun?»

«Cognac wäre gut.»

Er ließ sich auf dem Sofa nieder, Gwendolyn holte einen Remy Martin XO und einen Cognacschwenker aus dem Schrank, schenkte ein und stellte Ziegler das Glas hin.

«Schenken Sie sich am besten auch einen ein, es geht um Ihr Vermögen», seufzte er.

Gwendolyns drei Scheidungen hatten sie reich gemacht. Ihr Vermögen war angelegt, sie lebte sehr angenehm von den Zinsen. Und mit Ehemann Nummer vier hatte sie endlich den Mann fürs Leben gefunden; zumindest für das letzte Drittel. Er hatte eine sehr elegante Jugendstilvilla erworben, wo er nach vielen Jahren im Ausland, bedingt durch seine Arbeit im diplomatischen Dienst, mit Gwendolyn sesshaft werden wollte. Doch dazu kam es nicht mehr. Ihr Ehemann verstarb, und Gwendolyn brachte es nicht übers Herz, die Villa zu verkaufen; sie hielt an dem gemeinsamen Plan fest und bezog das Haus alleine.

«Was ist mit meinem Geld?»

«Nun, haben Sie noch welches?»

«Wie bitte?»

«Na ja, vielleicht gibt es noch Konten, Anlagen, Aktien, Fonds, die wir nicht betreuen?»

«Nein. Was soll die Frage?»

Statt zu antworten, fragte Bernhard Ziegler weiter: «Wertvollen Schmuck, Goldbarren in einem Banksafe? Oder Bargeld unter der Matratze?»

«Nein, nein und nein. Worum geht es?»

«Ich hab schlechte Nachrichten für Sie.»

Gwendolyn zog die Augenbrauen zusammen. «Ich schätze es nicht, wenn jemand aus dem Büro meiner Vermögensverwaltung von schlechten Nachrichten spricht.» Sie schätzte es auch nicht, mit jemand ein ernsthaftes Gespräch zu führen, auf dessen Stirn ein Stück Papiertaschentuch klebte. Sie seufzte.

Ziegler seufzte ebenfalls, kippte den Cognac, atmete tief durch und sagte: «Also wenn Sie Ihr gesamtes Vermögen Herrn Wulf anvertraut haben, dann muss ich Ihnen leider mitteilen, dass Sie mittellos sind.»

«Mittellos?»

«Arm.»

«Arm?»

«Kein Geld.»

Gwendolyn sah ihn scharf an und sagte: «Ich würde es begrüßen, wenn Sie sich etwas deutlicher ausdrücken würden.» Und sich den Papierschnipsel von der Stirn entfernen, fügte sie im Geiste hinzu.

«Ich dachte, das wäre bereits sehr deutlich.»

«Nein.»

Bernhard Ziegler holte tief Luft. «Herr Wulf, der Inhaber unserer Firma, hat die Konten unserer Kunden geplündert und sich mit dem Geld abgesetzt. Er ist weg. Spurlos verschwunden.»

Der nervöse Anlageberater hielt ihr sein leeres Glas hin, sie schenkte nach, nahm ihm dann allerdings den Cognac aus der Hand und trank ihn selbst aus.

Das waren tatsächlich unerfreuliche Nachrichten. Äußerst unerfreulich. Kein Geld. Sie hatte kein Geld mehr. Wie verhält man sich in einer solchen Situation? Was ist eine adäquate Reaktion? Sie würde darüber nachdenken müssen. Zunächst beschränkte sie sich darauf, Ziegler sehr hochmütig anzusehen.

Gwendolyns Hochmütigkeit war nicht gespielt. Hochmut war ihre Art, auf Stress zu reagieren. Sie zitierte gerne aus Camus' *Der Mythos des Sisyphos*: «Es gibt kein Schicksal, das nicht durch Verachtung überwunden werden könnte.» Camus' Philosophie des Absurden lag ihr. Nicht in letzter Konsequenz. Sie sah es eher als Aufforderung, Konventionen zu ignorieren und Impulsen zu folgen.

Gwendolyn Herzog, ewige 59, Modell «Grand Dame», war nach vier Ehen finanziell abgesichert, kinderlos und immer offen für neue «Thrills», Dinge, die sie nicht mit «been there, done that» abtun konnte. Sie war mit einem speziellen Blick auf die Wirklichkeit gesegnet. Das Leben war für sie eine Theaterbühne; teils spielte sie mit, teils saß sie im Zuschauerraum, manchmal griff sie in die Handlung ein. Da sie sich ständig im Theater wähnte, kleidete sie sich entsprechend. Dezent war nicht das Wort, das man wählen würde, wenn man ihre Garderobe beschreiben sollte. Heute hatte sie ein brokatbesetztes Gewand gewählt, das laut ihren

Angaben aus dem Nachlass von Eleonora Duse stammte.

Und nun das. Kein Geld mehr. Sie legte die Stirn leicht in Falten und versuchte Contenance zu bewahren.

«Und was bitte soll ich nun Ihrer Meinung nach tun?»

Ziegler blickte sich um. «Das Haus hier ... Sie könnten es verkaufen.»

«Nein. Das ist keine Option.»

«Das Haus verursacht Kosten. Wie wollen Sie das finanzieren? Und wovon wollen Sie leben?»

«Als Finanzberater sollten Sie mir solche Fragen nicht stellen, sondern sie beantworten!», fauchte Gwendolyn. «Und wischen Sie sich das Stück Papiertaschentuch von der Stirn, das sieht ja lächerlich aus.»

Ziegler zuckte zusammen, fuhr sich hektisch über die Stirn und murmelte: «Entschuldigung.»

Gwendolyn atmete auf. Eins ihrer Probleme war gelöst. Nun kam das nächste dran.

«Also, was schlagen Sie vor?», fragte sie etwas freundlicher.

«Wohnen Sie hier ganz alleine?»

«Was soll die Frage?»

«Sie könnten vermieten. Eine Etage. Oder einzelne Zimmer.»

«Ich will nicht mit fremden Leuten unter einem Dach leben.»

«Was ist mit dem Souterrain? Ich hab gesehen, da gibt es einen separaten Eingang.»

«Das ist auch unter demselben Dach.»

«Aber Sie könnten es als Büro vermieten. Dann haben

Sie nur tagsüber Leute im Haus, die abends wieder gehen. Das wäre eine Mieteinnahme, die, wenn Sie Glück haben, die Kosten des Hauses trägt. Dann könnten Sie hier wohnen bleiben. Für Ihren Lebensunterhalt müssten Sie allerdings arbeiten.»

Diese Ankündigung übertraf die ursprüngliche Schreckensnachricht bei weitem.

«Arbeiten?», rief Gwendolyn entsetzt.

Bernhard Ziegler sah die tiefe Falte, die sich augenblicklich auf ihrer Stirn gebildet hatte, und verspürte das dringende Bedürfnis zu gehen. Er fürchtete, dass dieser Ausruf nur das Vorbeben eines mächtigen Erdstoßes war, der gleich folgen würde, und stand auf.

«Hören Sie, es läuft ein Haftbefehl gegen Wulf», sagte er im Hinausgehen. «Wer weiß ... vielleicht ... womöglich erwischt man ihn und kann einen Teil Ihres Geldes retten. Mehr kann ich im Moment nicht für Sie tun.»

Gwendolyn folgte ihm. In ihren Augen zeigte sich ein gefährliches Funkeln.

Ziegler griff in seine Jackentasche und reichte ihr eine Visitenkarte. «Rufen Sie hier an. Einigen unserer Klienten, die in einer ähnlichen Lage wie Sie sind, hat es geholfen.»

«Ist das die Nummer eines Auftragskillers?»

Bernhard Ziegler riss die Augen auf. «Bitte? Oh Gott, nein. Natürlich nicht.»

Er hatte erheblich an Farbe verloren.

«Nicht für Sie. Für Wulf», stellte Gwendolyn klar.

«Ähm, also ... es ist die Karte einer Psychologin. Sie können mit ihr über Ihre Probleme reden.»

«Ich soll jemanden dafür bezahlen, dass ich ihm erzählen darf, dass ich kein Geld mehr habe?»

«Aber nein. Die Behandlung ist für Sie kostenlos. Unsere Firma hat für solche Fälle einen Fonds eingerichtet. Wir übernehmen zehn Sitzungen. Sagen Sie Frau Doktor Wittenfeld, dass sie die Rechnung an uns schicken soll.»

«Was für ein Schwachsinn! Geben Sie mir lieber dieses Geld in bar, und gut ist», fauchte Gwendolyn.

Ziegler hatte die Türklinke in der Hand. «Tut mir leid, das ist im System nicht vorgesehen. Wir können Ihnen nur die zehn kostenlosen Sitzungen anbieten.» Er nickte ihr noch einmal zu und zog die Eingangstür hinter sich ins Schloss.

Gwendolyn fluchte. Man veruntreute ihr Geld und bot ihr als Entschädigung eine Therapie an? Sie war wütend.

Sie ging zurück ins Wohnzimmer, griff nach einer Karaffe aus Muranoglas, stellte sie aber wieder hin. Die Lalique-Kristallvase? Nein. Alles um sie herum war zu teuer, sie würde die Einrichtung nicht für einen Wutausbruch verschwenden. Wer weiß, womöglich würde sie einiges verkaufen müssen. Allerdings nur, wenn es zum Äußersten kommen würde. Zunächst würde sie sich einschränken. Die großzügige monatliche Spende, die sie dem «Verein zum Wohlthun» zukommen ließ, bereitete ihr Kopfzerbrechen. Der Verein hatte es sich zur Aufgabe gemacht, Leute finanziell zu unterstützen, die unverschuldet in Not geraten waren. Just bevor Ziegler kam, war sie dabei gewesen, einen Scheck für den Verein auszustellen. Es war eine sentimentale Geste und hatte mit ihren Eltern zu tun. Die beiden hatten sich nämlich auf die Liste der Bedürftigen geschwindelt, um auch im Alter noch ein angenehmes Leben führen zu können. Gwendolyn hatte davon erst bei der Beerdigung ihrer Eltern erfahren, seufzend den Kopf geschüttelt und entschieden, dass sie es indirekt wiedergutmachen würde. Das wollte sie nicht aufgeben.

Ihr Blick fiel auf die Karte der Psychologin. Sie schnaubte höhnisch. Zehn kostenlose Sitzungen! Rechnung an Wulfs Büro. Tzz. *Sie* sollte das Geld bekommen!

Genau! Sie würde der Vermögensverwaltung im Namen von Frau Doktor Wittenfeld eine Rechnung über zehn Sitzungen schicken, jedoch mit ihrer Kontonummer. Am besten einer neuen Kontonummer.

Gwendolyn lächelte. Und goss sich noch einen Cognac ein. Sie würde einen Termin bei Frau Doktor Wittenfeld vereinbaren, eine einzige Behandlung in Anspruch nehmen und sich eine Rechnung geben lassen. Mit den entsprechenden Änderungen versehen würde daraus eine Rechnung über zehn Behandlungen werden, sie würde sie an Wulfs Büro schicken und das Geld kassieren. Außerdem wäre es sicher sehr unterhaltsam, mal zu einer Psychologin zu gehen.

Sie griff zum Telefon.

«Guten Tag, hier ist Edna Gabler. Ich brauche einen Termin bei Ihnen.» – «Was? Erst in einem halben Jahr?» – «Sagen Sie, stimmt es, dass man für ein Jagdgewehr tatsächlich einen Waffenschein braucht?» – «Hm. Nun ja, machen Sie sich keine Gedanken, mir fällt schon eine Alternative ein.» – «Wie bitte? In zwei Stunden? Ja, kein Problem, da kann ich bei Ihnen sein.»

Gwendolyn legte auf. «Na bitte, geht doch», murmelte sie.

Die Einsicht, dass ihre Lebenszeit begrenzt war und dass einem, wenn man jenseits der 60 ist, für unorthodoxes Verhalten meist mildernde Umstände zugestanden wurden, führte dazu, dass sie sich selten Zurückhaltung auferlegte, wenn ihr ein absurder Gedanke durch den Kopf schoss.

Zwei Stunden später saß Gwendolyn Frau Doktor Wittenfeld gegenüber.

«Die Waffe, von der Sie am Telefon sprachen, brauchen Sie die, um sich zu schützen?», begann die Psychologin das Gespräch.

«Allerdings.»

«Sie fühlen sich also bedroht?»

«Ja.»

«Von wem?»

Gwendolyn beugte sich vor und flüsterte: «Von den Eichhörnchen.»

Doktor Wittenfeld verzog keine Miene. «Erzählen Sie mir mehr darüber.»

Gwendolyn hatte sich für eine massive Eichhörnchenphobie entschieden, um etwas Spaß mit der Therapeutin zu haben.

Sie gab sich sehr viel Mühe, ihre Beschwerden zu schildern. Doch Frau Doktor Wittenfeld, eine blasse humorlose Mittvierzigerin, beschränkte sich darauf, zu nicken, sich gelegentlich eine Notiz zu machen und immer wieder eine Blumenvase mit einer einzigen Lilie, die vor ihr auf ihrem Schreibtisch stand, um ein paar

Millimeter zu verrücken. Sie hatte ganz offensichtlich einen Lilientick und ein Faible für Bauhausmöbel. Der weiße Schreibtisch und die Stühle, auf denen sie beide saßen, waren klassische Marcel-Breuer-Entwürfe der Firma Thonet. Die weiße Ledercouch und der am Kopfende platzierte Sessel waren unverkennbar Le Corbusier. In Reichweite des Sessels stand ein kleiner runder Glastisch, ebenfalls von Le Corbusier; auf dem Tisch wieder eine Vase mit einer einzigen Lilie. Ob die Möbel Originale waren und wirklich aus den 20er Jahren des vorigen Jahrhunderts stammten?

«Eichhörnchen also», fasste Frau Doktor Wittenfeld schließlich zusammen und lehnte sich leicht zurück. «Seit wann haben Sie dieses Problem?»

«Schon lange.»

«Und wieso haben Sie sich jetzt entschieden, etwas dagegen zu unternehmen?»

«Es werden immer mehr.»

«Gab es ein einschneidendes Erlebnis, das zu Ihrem Entschluss, zu mir zu kommen, führte?»

«Ja, man wollte mir keine Waffe verkaufen.»

Die Psychologin zeigte nach wie vor keine Emotion.

«Wie lautet denn Ihre Erklärung für Ihre Angst vor Eichhörnchen?»

«Sie wissen, dass die meisten Eichhörnchen keine Eichhörnchen sind, sondern kleine Teufel im Eichhörnchenpelz? Sie sind verkleidet.»

In diesem Moment klingelte das Handy der Psychologin.

«Bitte entschuldigen Sie. Normalerweise gehe ich während einer Behandlung nicht ans Telefon, aber da wir uns außerhalb meiner Sprechzeit befinden, möchte ich den Anruf gerne entgegennehmen.»

Gwendolyn nickte.

«Wittenfeld», meldete sie sich. «Ja, ja, ist gut. Ich komme auf der Stelle.» Sie stand auf und eilte zur Tür. «Dringender Notfall. Wir müssen abbrechen, ich muss sofort los. Es tut mir wirklich sehr leid», rief sie Gwendolyn noch zu, als sie nach ihrer Jacke griff.

Gwendolyn folgte ihr mit sichtbarer Empörung ins Vorzimmer.

Doktor Wittenfeld sah sich nach ihrer Empfangsdame um. «Frau Vollmer ist gerade in der Mittagspause. Wenn Sie kurz warten, können Sie mit ihr einen neuen Termin ausmachen.» Schnell schrieb sie etwas auf einen Zettel und legte ihn für ihre Mitarbeiterin auf den Empfangstisch. Dann sah sie Gwendolyn an und sagte: «Bitte sehen Sie vom Erwerb einer Waffe ab. Wir können Ihr Problem anders lösen.» – Und weg war sie.

Gwendolyn entfernte den Zettel vom Empfangstisch, nahm einen neuen und schrieb: «Bitte Rechnung an Edna Gabler, Rosenthal 14 schicken.»

Sie griff nach ihrem Mantel, sammelte ein paar der herumliegenden Zeitschriften ein, steckte sie in ihre Handtasche und wollte gerade gehen, als ein junger, ausgesprochen gut aussehender Mann im dunklen Anzug die Praxis betrat.

«Guten Tag, Frau Doktor Wittenfeld. Mein Name ist Frederick Ackermann. Ich brauche Ihre Hilfe.»

«Tut mir leid, aber ich bin nicht ...»

«Ich weiß, Sie sind nicht in der Lage, mir so kurzfristig einen Termin zu geben, aber es ist wirklich dringend. Ich zahle auch gern das doppelte Honorar.»

Gwendolyn wollte ihn eigentlich auf seinen Irrtum hinweisen, aber die Erwähnung von Geld hielt sie davon ab. «Nun, also ...», begann sie und wählte bereits instinktiv eine Psychologenstimme, als sie die Tür zum Behandlungszimmer öffnete und eine einladende Geste machte. «Nehmen Sie Platz», sagte Gwendolyn und deutete zur Couch.

Dankbar trat Frederick Ackermann ein.

Gwendolyn setzte sich ihm gegenüber auf den weißen Ledersessel und rückte die Vase mit der Lilie ein paar Millimeter zur Seite. Sie war bester Laune. Hoffentlich hatte sie einen echten Verrückten erwischt. Ein interessantes Business, diese Psychologie. Und lukrativ. Sie lächelte und begann mit ihrer Behandlung.

«Was für ein Problem haben Sie denn?»

«Die Ehe.»

«Wie lange sind Sie denn schon verheiratet?»

«Ich bin nicht verheiratet!»

«Dann haben Sie auch kein Eheproblem!»

«Doch. Ich hab ein Problem mit der Ehe. Ich möchte gerne heiraten. Aber Sandra ...» Er brach ab.

«... aber Sandra will nicht», ergänzte Gwendolyn für ihn.

«Nein, das ist es nicht. Sie will, ich will, ... aber ich ... ich glaube, ich *sollte* nicht.»

Gwendolyn machte ein ziemlich enttäuschtes Gesicht. Wie langweilig. Das war alles? Er glaubte, er sollte seine Freundin nicht heiraten? Sandra war doch seine Freundin, oder? Hoffnung keimte auf.

«Ist Sandra vielleicht Ihre *Mutter*?»

«Nein!», rief Frederick entsetzt.

«Ihre Schwester?»

«Ich habe keine Schwester.»

«Würden Sie denn Ihre Schwester heiraten wollen, wenn Sie eine Schwester hätten?», bohrte Gwendolyn weiter.

«Sandra ist nicht mit mir verwandt. Ich kann sie nicht heiraten, weil ich sie höchstwahrscheinlich umbringen werde.»

«Umbringen?» Gwendolyn sah ihn fasziniert an. «Hervorragend!» Sie strahlte. «Das nenn ich ein Problem. Legen Sie sich doch bitte hin und erzählen Sie mal ausführlich von sich.»

Frederick Ackermann berichtete, dass er 39 sei und Single aus Notwendigkeit, nicht aus Überzeugung, was wohl mit seinem eher ungewöhnlichen Beruf zusammenhängen könnte: Er war Leichenbestatter, und zwar aus Leidenschaft. Er führte seit dem Tode seiner Eltern das Familienunternehmen, das auf eine lange Tradition zurückblickte. Schon als kleiner Junge machte er sich mit der Materie vertraut. Sein bester Freund war der städtische Totengräber, mit dem er viel Zeit verbrachte. Zu Weihnachten standen auf seiner Wunschliste Bücher mit Titeln wie *Begräbnisrituale im Wandel der Zeit* und *Wie ich meine Freunde zu Grabe trug*, eine nicht unumstrittene Biographie des Ober-Leichengräbers des Wiener Zentralfriedhofs. Für seine Familie war das normal, und man freute sich, dass der einzige Sohn so viel Interesse und Enthusiasmus für das Familienunternehmen zeigte. Deshalb schenkte man dem kleinen

Frederick zu Weihnachten einen exakten Nachbau des elterlichen Bestattungsinstituts in Puppenstubengröße. Kleine Särge, kleine Kränze, kleine Leichenwagen. Während andere Kinder liebevoll mit Puppenstuben oder Kaufmannsläden spielten, war der kleine Frederick stundenlang mit seinem Miniatur-Bestattungsinstitut beschäftigt. Schon als Teenager arbeitete er in seiner Freizeit im elterlichen Betrieb. Seinen Vorschlag, zeitlich begrenzte Angebote mit dem Slogan «Sterben Sie noch diese Woche, und Sie sparen bis zu 30 %» zur Umsatzsteigerung einzusetzen, lehnte sein Vater allerdings ab. Seine Mitschüler mochten ihn, fanden ihn aber sehr überspannt mit seinem Friedhofstick. Es dauerte ein wenig, bis er seine erste Freundin fand. Sie war Anhängerin einer Satanssekte. Die Beziehung hielt nicht lange. Der kleine Sarg, den er liebevoll für ihre Ratte gebastelt hatte und ihr als Geschenk überreichte, erzielte nicht die erhoffte Wirkung, da die Ratte noch lebte. Frederick ist konservativ, ein Kavalier der alten Schule und wusste schon als kleines Kind zwei Dinge ganz sicher: Er wollte das väterliche Unternehmen weiterführen und eine Familie gründen.

Mit Letzterem will es aber nicht so recht klappen. Frederick hat eine Ausfallquote von 90 % zu beklagen – weigern sich doch viele Frauen energisch, beim ersten Rendezvous in einen Leichenwagen einzusteigen. Zu einem zweiten Rendezvous kommt es dann auch nicht mehr. Bleiben also nur lausige 10 %, die tapfer dem morbiden Hauch, der Frederick umweht, die Stirn bieten.

«Vor ungefähr zwei Jahren habe ich Sandra kennengelernt. Sie akzeptiert meinen Beruf, und nun ist es so weit: Ich möchte ihr einen Antrag machen. Aber ich habe Angst, dass sie stirbt, wenn ich sie frage, ob sie mich heiraten will. Aus diesem Grund suche ich nun Hilfe», beendete er seinen Rapport.

«Spannend. Wirklich», lobte ihn Gwendolyn. «Tolle Geschichte!»

Im Vorzimmer waren Geräusche zu hören. Die Mittagspause war wohl zu Ende. Wäre gut, wenn sie nun möglichst rasch das Feld räumen würde. Gwendolyn wandte sich an den gutaussehenden Totengräber.

«Ich kann Ihnen bestimmt helfen. Aber jetzt habe ich keine Zeit mehr. Wir machen einen neuen Termin aus.»

Frederick nickte. «Ich kann morgen wiederkommen.»

Gwendolyn überlegte. Sie war sich nicht sicher, ob Frau Doktor Wittenfeld ihr ihre Praxis zur Verfügung stellen würde.

«Nein, das machen wir anders. Geben Sie mir Ihre Visitenkarte. Ich werde zu Ihnen kommen.»

«Ist das nicht etwas ungewöhnlich?»

«Nun, Ihr Problem ist auch ungewöhnlich. Ungewöhnliche Probleme, ungewöhnliche Behandlungsmethoden. Ich muss Ihr Umfeld kennenlernen, um zu entscheiden, wie wir vorgehen werden. Das ist dann allerdings ein Hausbesuch, und ich muss Ihnen dafür ein höheres Honorar in Rechnung stellen.»

Frederick zuckte die Schultern. «Wenn das so üblich ist.»

«Ist es», bestätigte Gwendolyn. Sie begleitete Frederick nach draußen, grüßte freundlich die ziemlich verblüffte Empfangsdame, murmelte als Erklärung etwas von wegen «Paartherapie» und machte sich auf den Heimweg.

Sie war sehr glücklich: Sie würde als Psychologin tätig werden. Sie würde den Geschichten anderer Menschen lauschen und dafür Geld kassieren. Wie wunderbar. Und den ersten Patienten hatte sie bereits. Einen echten Irren. Das versprach äußerst amüsant zu werden und eine mühelose Einnahmequelle.

Als sie durch die Fußgängerzone lief, nahm sie einen kleinen Tumult wahr. Neugierig blieb sie stehen. Zwei Polizisten redeten auf eine aufgebrachte, rundliche ältere Dame ein, die auf einem Campingstuhl saß, vor sich einen kleinen Tisch. Ihr gegenüber, auf der anderen Seite des Tisches, stand ein weiterer Stuhl. Leer.

«Aber Sie können mich doch nicht verhaften!», rief sie empört.

«Wir verhaften Sie nicht! Ich sagte doch, wir machen Sie auf eine Ordnungswidrigkeit aufmerksam, die Sie begangen haben. Es wird lediglich eine Geldbuße zur Folge haben», sagte Polizist Nummer eins, offensichtlich nicht zum ersten Mal, aber bemüht freundlich.

Polizist Nummer zwei war nicht so freundlich: «Also, jetzt Ihren Namen bitte.»

«Bernadette Kunz. Und ich möchte festhalten, dass ich nichts Unrechtes getan habe!»

Polizist Nummer zwei bellte: «Sie gehen einer gewerblichen Tätigkeit nach, und nach § 55 der Gewerbeordnung brauchen Sie dafür eine Erlaubnis vom Ordnungsamt. Und die haben Sie nicht. Was Sie hier tun, gilt als Reisegewerbe, und dafür ist eine Reisegewerbekarte Vorschrift.»

«Dann warten Sie hier, ich geh mal schnell und besorge mir diese Karte.»

Nummer eins erklärte: «Sie brauchen dafür ein Lichtbild und Ihren Personalausweis, eine Unbedenklichkeitsbescheinigung des Finanzamtes, ein polizeiliches Führungszeugnis von der Meldebehörde, einen Auszug aus dem Schuldnerverzeichnis vom Amtsgericht und eine Auskunft aus dem Gewerbezentralregister. Wenn das in Ordnung ist, zahlen Sie eine Gebühr und bekommen eine Reisegewerbekarte.»

Bernadette Kunz sah ihn verblüfft an. «Ist das nicht ein bisschen viel Umstand für einen kleinen Tisch in der Fußgängerzone?»

Das brachte den Kollegen zwei noch auf ein weiteres Vergehen: «Und außerdem haben Sie auch keine Standerlaubnis. Selbst wenn Sie die Reisegewerbekarte haben, brauchen Sie noch eine Standerlaubnis. Und die Reisegewerbekarte muss vom Inhaber ständig mitgeführt werden und wird vom Gewerbeaufsichtsamt kontrolliert. Das sind die Vorschriften, an die sich Straßenverkäufer halten müssen.»

«Aber ich verkaufe doch nichts.»

«Sie bieten Leistungen an.»

«Ich will kein Geld dafür.»

«Das behaupten Sie jetzt, aber ...»

Gwendolyn straffte sich, schob sich an ein paar Schaulustigen vorbei und trat mit autoritärer Attitüde auf die beiden Polizisten zu. «Guten Tag. Ich bin die behandelnde Psychologin von Frau Kunz. Sie ist meine Patientin. Was sie hier tut, geschieht unter ärztlicher Aufsicht. Es ist Teil eines Experiments. Ein Feldversuch. Sie verstehen. Sie ist bei mir in Behandlung wegen ...» Sie warf einen Blick auf den Tisch, dort lagen kleine Knochen und ein handgeschriebener Zettel: «Hühner Voodoo – Hilfe in allen Lebenslagen.» Mit leicht spöttischer Stimme fuhr sie fort: «... ihres *Hühner-Voodoo-Problems.*» Sie lächelte die beiden Polizisten an. «Es tut mir sehr leid, dass wir Ihnen Unannehmlichkeiten bereitet haben. Ich nehme Frau Kunz jetzt wieder mit in meine Praxis.»

Ihre freundliche Formulierung täuschte nicht darüber hinweg, dass es eine Aussage war, der man nicht widersprach. Es wirkte.

Ein Teil der Wirkung beruhte allerdings auf ihrer Körpergröße. Gwendolyn überragte die meisten Frauen um einen Kopf. Mit Männern war sie auf Augenhöhe. Körperlich. Ansonsten hielt sie Männer für das schwächere Geschlecht und ging meist sehr nachsichtig mit ihnen um. «Man darf ihnen nicht zu viele Informationen auf einmal geben, das verwirrt sie», sagte sie stets. «Sie brauchen klare Anweisungen, was sie tun sollen. Keine Andeutungen.»

Polizist Nummer zwei brummte, Nummer eins sagte: «In Ordnung.»

Bernadette sah die beiden Polizisten triumphierend an, Gwendolyn legte Bernadette die Hand auf die Schulter, um ihre Aufmerksamkeit auf sich zu lenken, und sagte: «Dann packen Sie mal bitte zusammen, Frau Kunz, wir wollen die Herren nicht weiter aufhalten.»

Bernadette stand auf, sammelte die Knöchelchen

und den Zettel vom Tisch, verstaute alles in ihrer Handtasche, klappte die beiden Stühle und den Tisch zusammen, befestigte sie mit ein paar Expandern auf einem kleinen Einkaufstrolley und war bereit, zu gehen. Gwendolyn nickte den Umstehenden inklusive der Polizisten noch einmal zu und verließ dann gemeinsam mit Bernadette den Ort des Geschehens.

Als sie außer Hörweite der Leute waren, sah Bernadette Gwendolyn kritisch an und fragte: «Sie halten sich nicht wirklich für meine Psychologin, oder?»

«Bitte? Nein!»

«Gut.»

«Wieso fragen Sie das mit diesem Unterton?»

«Ich wollte nur sichergehen, dass Sie nicht, nun ja, wie soll ich sagen ... verrückt ... sind.»

«Ach was! *Sie* haben Angst, dass *ich* verrückt bin?»

«Nein, Angst habe ich nicht. Aber ich wollte Sie zu einer Tasse Kaffee einladen. Als Dank. Das tue ich aber nur, wenn Sie nicht ..., na ja, Sie wissen schon ... sind.»

Gwendolyn schnappte leicht nach Luft.

«Sie haben in der Fußgängerzone einen Campingtisch aufgebaut und bieten *Hühner Voodoo* an», erinnerte sie Gwendolyn. «Und da machen Sie sich Sorgen um meine geistige Gesundheit?!»

«Ja», sagte Bernadette schlicht und beließ es dabei.

Gwendolyn sah die kleine runde Frau nachdenklich an. Entweder war sie völlig durchgeknallt, oder sie würde ihre neue beste Freundin werden.

Bernadette deutete auf ein Café am Beginn der Fußgängerzone.

«Wir gehen ins *Café Florian*. Die haben dort ein wunderbares Kuchenbuffet. Für fünf Euro kriegt man eine Tasse Kaffee und Kuchen, so viel man will.» Sie schob sich noch etwas näher zu Gwendolyn und flüsterte: «Ich nehme mir da auch immer ein Stück für zu Hause mit. So spare ich Geld.»

Neue beste Freundin, entschied Gwendolyn. Aber eins musste sie noch klären: «An dieses Hühner Voodoo glauben Sie doch nicht wirklich?»

«Oh nein.»

Gwendolyn nickte und grinste.

«Ich glaube nicht daran», fuhr Bernadette fort, «ich *weiß*, dass es funktioniert.»

Beste Freundin ade. Aber die Aussicht auf einen kostenlosen Kaffee und ein Stück Kuchen ließ Gwendolyn das Gespräch fortführen.

«Und aus welchem Grund machen Sie das?»

«Um Leuten zu helfen. Ich kann aus den Knochen Antworten auf Lebensfragen herauslesen. Eine Art Orakel. Für mich ist es wichtig, eine Aufgabe zu haben. Und anderen zu helfen, ist eine sehr schöne Aufgabe.»

«Ach was. Und es kommen tatsächlich Leute zu Ihnen, die sich ihre Zukunft aus Hühnerknochen vorhersagen lassen?»

«Ja.»

«Was sind das denn für Leute?»

«Na ja, heute waren zwei ältere Damen da, die fragten, ob sie sich mal kurz setzen dürften, weil sie erschöpft sind. Ein Betrunkener, der ein halbes Hähnchen bestellte. Ich glaube, er hat das mit dem Hühner Voodoo missverstanden. Und ein junges Mädchen, ganz in Schwarz gekleidet, mit kleinen Knochen als Ohrringe.

Für sie sollte ich herausfinden, ob es okay sei, wenn sie ihrem Freund eine Bierflasche über den Schädel zieht – ihre Worte, nicht meine –, weil er sie betrügt.»

«Und, was haben die Knochen gesagt?»

«Dafür brauchte ich nicht mein Hühner Voodoo zu befragen, das wusste ich auch so. Ich hab ihr abgeraten.»

«Ah ja. Und was machen Sie jetzt?»

«Na, Kuchen essen.»

«Nein, bezüglich Ihres ... Hühner Voodoos, meine ich.»

«Oh. Tja, ich weiß nicht. Das ist jetzt schon das dritte Mal, dass sie mich erwischen. Auf Dauer muss ich mir was anderes einfallen lassen.»

Bernadette Kunz, jenseits der 60, sanfte Stimme, rosig, rundlich, freundlich, lebte nach wie vor in dem kleinen Reihenhaus, in dem sie aufgewachsen war. Bis vor ein paar Jahren noch mit ihren Eltern. Diese hatten lange gehofft, ihre Tochter würde irgendwann einmal ausziehen, doch als Bernadette auch nach ihrer Pensionierung immer noch keine Anstalten machte, das Haus zu verlassen, beschlossen ihre Eltern, selbst auszuziehen. In ein sehr nettes Seniorenheim.

Bernadette hatte als Gemeindeschwester für die katholische Kirche gearbeitet. Als sie ihren Ruhestand antrat, konnte sie sich ganz ihrem Hobby widmen: Hühner Voodoo. Die wichtigen Entscheidungen ihres Lebens – pflanze ich vor den Eisheiligen schon Begonien? Lohnt sich der Kauf von Sonnencreme in diesem Jahr? Vollkornbrot oder Toast? – traf sie stets mit Hilfe ihres Orakels: Sie las die Antworten aus Hühnerknochen. Sie hatte meistens welche dabei. Falls nicht, war dem Problem schnell mit dem Kauf eines halben Hähnchens an der nächsten Pommesbude oder Chicken Wings in einem Fastfood-Restaurant abgeholfen.

Ihrem Bedürfnis entsprechend, Gutes zu tun, hatte sie vor kurzem beschlossen, diese Lebenshilfe nun auch anderen Leuten zugänglich zu machen. Sich mit einem Tisch in die Fußgängerzone zu setzen, war suboptimal, aber ihr war nichts Besseres eingefallen.

Nachdem sie gegessen hatten, bezahlte Bernadette, und Gwendolyn verabschiedete sich mit den Worten: «Man sieht sich» – ihre Umschreibung für «Ich habe kein Interesse an Ihnen». Aber zumindest war sie zu kostenlosem Kaffee und Kuchen gekommen, und sie hatte Frühstücksmuffins und Nachmittagskuchen für den nächsten Tag.

Das Leben war gut zu ihr. Nach der schlechten Nachricht am Vormittag hatte es ihr einen Weg aus ihrer Misere aufgezeigt. Sie war nun Psychologin. Zieglers Vorschlag, das Souterrain in ihrem Haus zu nutzen, war perfekt. Dort würde sie ihre Praxis eröffnen.

ZWEI

Gleich am nächsten Tag machte Gwendolyn sich auf den Weg zu einem Schildermacher. Sie wollte sich ein Praxisschild anfertigen lassen. «Gwendolyn Herzog von Wohlrath – Psychologin – Termine nach Vereinbarung.»

Der Name «von Wohlrath» war ein Überbleibsel ihrer ersten Ehe. Sie hatte den Namen auch während der nächsten Ehen beibehalten, da er in Kombination mit ihrem Mädchennamen Herzog wirklich etwas hermachte: «Herzog von Wohlrath».

Beim Schildermacher stellte sich heraus, dass er für seine Arbeit Geld haben wollte.

«Haben Sie auch gebrauchte Schilder?»

«Nein», sagte er, bot aber, nachdem sich eine ärgerliche Falte zwischen Gwendolyns Augenbrauen bildete, an: «Wir haben ein paar ausrangierte Musterschilder und zwei, drei Schilder, die nicht abgeholt wurden. Die sind günstiger.» Er hatte durchaus verstanden, was ihr Problem war.

Sie begleitete ihn ins Lager, und er ließ sie eine Kiste mit besagten Schildern durchwühlen. Schließlich zog sie eins hervor.

Der Name gefiel ihr ausgesprochen gut. Und sie erkannte blitzschnell eine Reihe von Vorteilen darin, für ihre neue Tätigkeit nicht ihren eigenen Namen zu verwenden.

«Das nehme ich», entschied sie. Sie entschied ebenfalls, nichts dafür zu bezahlen, und ging.

Der Schildermacher lief ihr hinterher, blieb am Eingang seines Geschäftes stehen und rief: «Entschuldigen Sie bitte.»

Gwendolyn drehte sich um und sah ihn an. «Ja?»

«Ähm ... viel Spaß mit dem Schild. Ich schenke es Ihnen.»

«Danke, ich werde Sie weiterempfehlen.»

«Nein, bitte nicht», sagte er und ging wieder zurück in seinen Laden.

«Merkwürdiger Geschäftsmann», murmelte Gwendolyn.

Sie blickte lächelnd auf das Schild. In schönster Arnold-Böcklin-Jugendstilschrift stand dort: «Luna Madison». Sonst nichts. Nur: «Luna Madison». Sie steckte es in ihre Tasche. Heute hatte sie eine Arzttasche gewählt; sie hielt es für angebracht, aufgrund ihrer neuen Profession, denn sie hatte vor, Frederick Ackermann zu besuchen.

Das Bestattungsinstitut war in einem sehr gut erhaltenen und aufwendig renovierten Barockgebäude untergebracht.

Ein Vorfahr Fredericks, Heinrich Ackermann, hatte es im Jahre 1763 günstig erwerben können. Der siebenjährige Krieg war gerade zu einem Ende gekommen, der Vorbesitzer, ein französischer Geschäftsmann, war durch den für ihn ungünstigen Ausgang des britisch-französischen Konfliktes in Nordamerika gezwungen, sich von einigen Besitztümern zu verabschieden. Das Geschäft Heinrichs hatte in den letzten Jahren kriegsbedingt geboomt, und er sah die Notwendigkeit und Chance, sich zu vergrößern. Seither war dieses Gebäude der Arbeitsplatz und Wohnsitz der Familie Ackermann.

Dem Gebäude haftete etwas Schweres an. Mit einer Mischung aus Ehrfurcht und leichtem Schauer betrat Gwendolyn das Haus.

Das ungute Gefühl verflog jedoch sofort wieder, als eine junge Frau sie im Foyer ansprach und nach ihren Wünschen fragte.

«Ist Herr Ackermann zu sprechen?», erkundigte sich Gwendolyn.

«Zurzeit nicht. Er ist mit einer Kundin im Gespräch.»

«Sind Ihre Kunden nicht tot?»

«Nein, also, nun ja, ich meinte damit, er ist mit der Angehörigen eines Verstorbenen im Gespräch. Aber vielleicht kann ich Ihnen ja auch helfen?»

«Nein. Ich warte auf Herrn Ackermann.»

«Gut. Nehmen Sie doch so lange Platz», bot die junge Frau an und deutete auf einen goldfarbenen, mit schwarzem Samt bezogenen barocken Sessel im Foyer.

Gwendolyn saß kaum, da sprang sie wieder auf, lächelte und sagte: «Wobei, wenn ich so darüber nachdenke, Sie können mir doch helfen.»

«Gerne. Was kann ich für Sie tun?»

«Ich möchte ein paar Särge ausprobieren.»

«Ähm. Also, Sie meinen, Sie möchten ein paar Modelle sehen?»

«Nein, ich möchte sie ausprobieren. Probeliegen. Sie verstehen?»

Die Angestellte blickte etwas unglücklich drein. Sie arbeitete noch nicht sehr lange bei Herrn Ackermann. In einem Bestattungsinstitut Arbeit zu finden, war auch nicht Chantal Fischers erste Wahl gewesen. Nachdem all ihre Bewerbungen in den von ihr favorisierten Bekleidungs- und Kosmetikläden abschlägig beschieden wurden, reagierte sie schließlich auf eine Anzeige des Bestattungsinstituts Ackermann, in der eine Empfangsdame gesucht wurde. Chantal hatte keine Konkurrenz und bekam den Job sofort. Frau Reichelt, Chantals Vorgängerin, hatte sich mit einem Burnout-Syndrom langfristig krankgemeldet. Trotz der angespannten Arbeitsmarktlage und obwohl Fredericks Sozialleistungen sich sehen lassen konnten – 13 Monatsgehälter, Weihnachtsgeld, 31 Urlaubstage, 30 % Nachlass bei Inanspruchnahme der Dienste des Unternehmens –, war es für Frederick nicht einfach, Mitarbeiter zu finden.

Chantals Aufgaben waren klar umrissen: Wenn das Telefon klingelte, abheben, höflich nach den Wünschen fragen und an einen geschulten Mitarbeiter weiterleiten. Das Gleiche galt für Leute, die höchstpersönlich vorbeikamen. Soweit hatte sie das bei Gwendolyn ganz gut hinbekommen. Doch was nun? Da ihr Chef immer sagte, der Kunde sei König und dass sie es sich zur Aufgabe machen müssten, jeden noch so kuriosen Wunsch der Kunden zu erfüllen und dabei freundlich zu lächeln, nickte sie tapfer und bot an: «Dann gehen wir doch am besten mal in unseren Ausstellungsraum.»

Kaum waren sie dort angelangt, machte Gwendolyn Anstalten, in einen Eichensarg, der geöffnet auf dem Boden stand, hineinzusteigen.

«Halt, warten Sie, ich weiß nicht, ob das wirklich geht.»

«Natürlich geht es.» Zum Beweis stellte Gwendolyn ihren Fuß hinein.

«Aber ... dann ziehen Sie doch bitte wenigstens die Schuhe aus. Sie machen ja sonst den Stoff des Innenpolsters schmutzig.»

«Beerdigen Sie die Leute ohne Schuhe?»

«Nein, natürlich nicht. Es sei denn, das wird gewünscht.»

«Nun, ich wünsche das nicht. Ich will mit Schuhen beerdigt werden; können Sie gleich notieren.» Sie kletterte in den Sarg und legte sich hin. «Sie müssen nicht warten, ich werde eine Weile liegen bleiben. Sagen Sie Bescheid, wenn Herr Ackermann Zeit für mich hat», tönte es der Angestellten aus dem Sarg entgegen.

Die junge Frau öffnete den Mund, schloss ihn dann aber wieder, ohne etwas zu sagen. Ihr fehlten die Worte. Aber sie würde sich nicht von der Stelle rühren. Sie würde diese Person zumindest im Auge behalten.

Gwendolyn fand ihre Liegestätte erstaunlich bequem. Sie versuchte sich zu erinnern, ob sie in ihrer Doktortasche, die sie vor dem Sarg abgestellt hatte, wohl etwas Lektüre finden würde. Doch dann hörte sie Fredericks Stimme, der gerade mit seiner Kundin den Ausstellungsraum betrat.

«… wenn ich Ihnen hier einmal eine Auswahl zeigen dürfte … Unser Klassiker ist die Eiche, er hat …»

Seine Ausführungen wurden von einem schrillen Schrei seiner Kundin unterbrochen, denn Gwendolyn hatte sich im Sarg aufgesetzt und sehr höflich «Guten Tag» gesagt.

Frederick reagierte gelassen. Während er versuchte, die schreiende Kundin zu beruhigen, und sie zu einem Stuhl führte, lächelte er Gwendolyn begrüßend zu. Dann bat er Chantal Fischer um ein Glas Wasser für die Kundin. Eilig verließ sie den Raum.

Gwendolyn kletterte aus dem Sarg und ging zu der inzwischen hyperventilierenden Dame.

«Alles in Ordnung?», fragte sie.

Doch das führte nur dazu, dass die Dame erneut anfing zu schreien. Frederick gab Gwendolyn mit dem Kopf ein Zeichen, sie möge doch bitte nach draußen gehen.

Gwendolyn zuckte die Schultern und sagte ein wenig brüskiert: «Ich wollte doch nur helfen.» Ging dann aber ins Foyer.

Chantal lief mit dem geforderten Glas Wasser an ihr vorbei. Und kurz drauf kam Frederick auf Gwendolyn zu: «Frau Doktor Wittenfeld …»

«Madison. Nicht Wittenfeld.»

Auf das kleine Vorkommnis eben ging er weder mit Worten noch mit Gesten ein. Gwendolyn gab ihm dafür ein paar Pluspunkte. Dieser Frederick war schussfest.

Er stutzte. «Madison?»

«Ja. Doktor Luna Madison.»

«Aber ich dachte …»

«Ich bin Frau Wittenfelds Kollegin. Ich habe sie vertreten. Und übernehme ein paar ihrer Patienten. Sie gehören dazu.» Und bevor er widersprechen konnte, fügte sie hinzu: «So, dann wollen wir mal. Haben Sie irgendwo eine Couch?»

Frederick sah sie sehr freundlich an. «Hören Sie, Frau Doktor ...»

«Madison.»

«... Madison. Ich finde es wirklich sehr nett, dass Sie vorbeikommen, aber ich hatte angenommen, dass wir erst einen Termin ausmachen. Ich arbeite im Moment. Und ... vielleicht ist es ja doch besser, ich komme zu Ihnen in die Praxis?»

Offensichtlich ging er doch nicht so locker über ihre Sargeinlage hinweg.

Frederick fragte: «Wie wäre es mit heute Abend? 19 Uhr? Würde das bei Ihnen passen?»

«Ich werde versuchen, es einzurichten.»

«Also dann. 19 Uhr. Wieder in der Praxis von Frau Doktor Wittenfeld?»

«Nein. In meiner», antwortete Gwendolyn im Blindflug. Dann zuckte sie zusammen. Sie hatte keine Praxis. Ihr Souterrain war ja noch nicht eingerichtet.

«Wissen Sie was? Das klappt heute nicht. Mir ist gerade eingefallen, dass ich noch ein paar wichtige Dinge erledigen muss. Ich rufe Sie an und teile Ihnen mit, wann ich wieder einen Termin frei habe. Und wo wir uns dann treffen.»

Frederick geleitete sie zur Tür. Gwendolyn war sehr unzufrieden. Sie war gekommen, um mehr über seine Macke zu erfahren, und vor allem, um Geld zu kassieren.

«Einen Moment noch», sagte sie an der Türschwelle. Sie richtete sich in ihrer imposanten Größe auf, setzte ein psychologisch strenges Gesicht auf und wählte einen Tonfall, der keinen Widerspruch duldete. «Sie werden sich jetzt doch noch eine Viertelstunde Zeit nehmen müssen, damit ich unsere nächste Sitzung vorbereiten kann. Wir sind beim letzten Mal nicht dazu gekommen, darüber zu reden, *wieso* Sie befürchten, Sie könnten Ihre Freundin mit einem Heiratsantrag umbringen.»

Frederick zögerte.

Gwendolyn legte nach: «Ich kann nicht unvorbereitet in meine Termine gehen. Psychologen haben auch Hausaufgaben, die sie machen müssen. Also: nur ganz kurz den Grund für Ihre Paranoia.»

«Es ist eine Paranoia?»

«Keine Ahnung, vielleicht auch nur eine Phobie. Also, zwei, drei erklärende Sätze, und ich kann mit meiner Arbeit beginnen. Gehen wir in Ihr Büro.»

Frederick gab nach. Und Gwendolyn war versöhnt. Er führte sie in sein Büro, nahm an seinem Schreibtisch Platz und bot ihr den Stuhl gegenüber an. Gwendolyn missfiel, dass er auf seinem Chefsessel saß und sie wie ein Besucher davor; die Rangordnung war durcheinandergebracht. Sie stand auf, legte die Fingerspitzen vor ihrer Brust aufeinander und begann auf und ab zu laufen.

«Also, Sie zögern, Ihrer Freundin einen Heiratsantrag zu machen, weil Sie denken, dass Sie sie damit umbringen werden. Wir Psychologen wissen, dass einem Grund immer ein ganz anderer Grund zugrunde liegt. Vielleicht wollen Sie diese Frau gar nicht heiraten, weil sie nicht die Richtige ist? Vielleicht wollen Sie überhaupt nicht heiraten? Vielleicht wollen Sie sich nicht auf eine einzige Frau festlegen? Vielleicht erscheint Ihnen die Ehe als eine Falle? Vielleicht ist es Ihre Art, gegen bürgerliche Konventionen zu rebellieren?»

Sie hielt inne und sah Frederick abwartend an. Hatte sie ihm genug Optionen gegeben? Sie sollte vielleicht mal ein Buch über psychologische Behandlungen lesen. Und über die Ehe. Wobei, da brauchte sie kein Buch zu lesen, das konnte sie selber schreiben. Frederick schüttelte den Kopf.

Gwendolyn hakte nach. «Also: Was ist der Grund?»

Als er nicht antwortete, ging sie auf ihn zu, stützte sich mit beiden Händen auf seinem Schreibtisch ab, beugte sich ziemlich nahe zu ihm und sah ihm fest in die Augen: «Wieso?»

Frederick rückte leicht zurück und murmelte unbehaglich: «Weil es schon passiert ist.»

«Was?»

«Na ja, dass eine Frau auf der Stelle gestorben ist, als ich ihr einen Antrag gemacht habe.»

Gwendolyn richtete sich wieder auf. «Sind Sie sicher?»

«Ja.»

«Tot? Einfach so?»

«Na ja, nicht einfach so. Ich hatte alles genau geplant.»

«Sie hatten geplant, Ihre Freundin umzubringen?»

«Nein, ihr einen Heiratsantrag zu machen. Bei einem romantischen Picknick auf der Wiese. Ich hatte

Zwetschgenkuchen besorgt, es war ihr Lieblingskuchen. Ich stellte ihr die entscheidende Frage. Bevor sie antworten konnte, wurden wir von einem Wespenschwarm attackiert.» Er blickte nach unten. «Sie war allergisch gegen Wespengift. Es kam zu einem anaphylaktischen Schock.»

«Das hatte nichts mit Ihrem Antrag zu tun.»

Frederick sah sie hoffnungsvoll an. «Das hab ich mir auch immer wieder gesagt. Bis dann ...»

«Bis was?»

«Bis es noch einmal passiert ist. Bei meiner nächsten Freundin ist genau das Gleiche passiert.»

«Lernen Sie denn nicht aus Ihren Fehlern? Sie hätten sich doch erkundigen können, ob sie allergisch gegen Wespen ist, und den Zwetschgenkuchen hätten Sie sich auch schenken können! Das weiß doch jedes Kind, dass Zwetschgenzeit auch Wespenzeit ist.»

«Aber nein. Es war doch ganz anders. Ihr hatte ich den Heiratsantrag in einem Heißluftballon gemacht. Eine Windbö kam auf, der Ballon wurde auf eine Baumgruppe gedrängt, der Korb stieß gegen die Baumspitzen, kippte, sie fiel aus dem Korb. Der Pilot und ich blieben unverletzt. Für sie kam jede Hilfe zu spät.» Er schluckte. Dann murmelte er: «Ich hab sie mit meinem Antrag umgebracht.»

«Was ist denn das für ein Blödsinn?! Das glauben Sie doch wohl selbst nicht.»

Frederick war empört. «Ich kann Ihnen ja einen Heiratsantrag machen, dann sehen Sie's.»

Gwendolyn wich etwas zurück. Würde er jetzt aggressiv und womöglich handgreiflich werden? Sie sollte keine Angst zeigen. Sie fauchte ihn an: «Rekrutieren Sie so Ihre Kunden für Ihr Leichen-Business?»

Er beruhigte sich. «Nein. Tut mir leid, aber ich finde es nicht in Ordnung, wenn Sie mich beschimpfen und beleidigen.»

«Deshalb müssen Sie ja nicht gleich drohen, mich umzubringen.»

Frederick sah sie erfreut an. «Also glauben Sie mir?»

Gwendolyn zögerte. Wenn man jemandem gegenübersteht, der eine Waffe gezückt hat, sollte man diplomatisch sein. Selbst wenn die Waffe nur hypothetisch ist.

Sie nickte. «Aber natürlich.»

«Und Sie können mir helfen?»

«Selbstverständlich.»

Frederick entspannte sich. «Gut. Denn ich möchte Sandra wirklich gerne einen Antrag machen.»

«Und darüber werden wir dann beim nächsten Mal reden.» Oder auch nie, denn diese Entwicklung gefiel ihr ganz und gar nicht. Sie lächelte ihn beruhigend an und ging langsam rückwärts zur Tür.

Frederick stand auf, Gwendolyn marschierte zielstrebig Richtung Ausgang.

Frederick holte sie ein. «Alles in Ordnung, Frau Madison?»

«Ja sicher. Ich muss mich jetzt nur ein bisschen beeilen, ich hab ja noch andere Patienten.»

«Ich hab Sie doch nicht erschreckt, oder?»

Gwendolyn winkte ab. «Ich bitte Sie, ich bin ganz andere Geschichten gewöhnt. Sie sind ein Routinefall.»

Sie verließ das Bestattungsinstitut und befahl sich,

nicht zu rennen, sondern sich angemessenen Schrittes zu entfernen. Zumindest, solange Frederick Ackermann noch im Eingang stand und ihr nachsah.

Gott im Himmel! Er war wirklich verrückt. Gwendolyn atmete tief durch. Auf ihren Anruf konnte er lange warten. Diesen Bestattungsunternehmer würde sie frühestens wiedersehen, wenn man sie mit den Füßen voraus aus ihrem Haus trug. Und dann würde sie ihn ja genau genommen auch nicht sehen. Aber vielleicht sollte sie testamentarisch festlegen, dass ein anderes Bestattungsinstitut für sie zuständig ist. Ärgerlich nur, dass sie versäumt hatte, das ausstehende Honorar zu verlangen.

Frederick schloss die Tür und ging zurück in sein Büro. Er war nicht so schnell aus der Ruhe zu bringen, das erforderte sein Beruf, und es entsprach auch seiner Natur. Ruhe und Sachlichkeit waren Eigenschaften, die seine Persönlichkeit dominierten. Doch durch die tragischen Vorfälle während seiner letzten Heiratsanträge war er aus dem Gleichgewicht. Natürlich wusste er, dass er mit den beiden Todesfällen nichts zu tun hatte, es waren unglückliche Umstände und merkwürdige Zufälle. Nichtsdestotrotz machte sich langsam Angst in ihm breit, und tief in ihm nagte Schuld. Deshalb hatte er sich ja auch entschlossen, professionelle Hilfe in Anspruch zu nehmen. Schließlich riet er das auch immer wieder seinen Kunden. Er selbst war bisher noch nie bei einem Therapeuten oder Psychologen gewesen, und es hatte ihn einige Überwindung gekostet, zu Frau Doktor Wittenfeld zu gehen. Er hatte es genau genommen nur getan, weil Sandra ungeduldig wurde. Wenn er ihr nicht bald einen Heiratsantrag machen würde, würde er sie verlieren. Ihre Laune war in den vergangenen Monaten erheblich gesunken. Er konnte es ihr nicht verdenken, denn schon als sie sich kennenlernten, hatten sie sich sehr schnell darauf geeinigt, dass für beide nur eine ernsthafte Beziehung in Frage käme. Sie stellten fest, dass sie vieles gemeinsam hatten, sich sehr gut verstanden, also stand einer Ehe eigentlich nichts im Wege. Da er jedoch immer von Panik und Schuldgefühlen geplagt wurde, wenn er daran dachte, ihr einen Antrag zu machen, und somit unfähig war, den entscheidenden Satz zu sagen, war der Antrag bisher ausgeblieben. Er hatte gehofft, durch eine Therapie von seinen Ängsten befreit zu werden, sodass er endlich um Sandras Hand anhalten könnte. Von Luna Madison als Therapeutin war er jedoch nicht sehr überzeugt. Aber er hatte auch keine Vergleiche. Und er hatte schon häufig von sehr ungewöhnlichen Behandlungsmethoden gehört. Luna Madison gehörte wohl zu dieser Kategorie.

Als Gwendolyn nach Hause kam, war sie zwar leicht verstimmt, aber nicht entmutigt. Ihr Plan stand nach wie vor fest: Sie würde ab jetzt als Psychologin arbeiten. Allerdings mit Patienten, deren Probleme etwas weniger exzentrisch waren.

Zunächst musste sie die Souterrainwohnung als Praxis herrichten. Dafür brauchte sie Möbel. Und jemanden, der sie bezahlte. Wenn sie sehr geschickt vorginge, würde derjenige vielleicht auch Miete für die Wohnung bezahlen. Sie würde eine Gemeinschaftspraxis vorschlagen. Sie musste jemanden finden, der auf der Suche nach entsprechenden Räumlichkeiten war und denjenigen davon überzeugen, dass die Zusammenarbeit mit einer Psychologin enorme Vorteile brachte.

Nach ihrem Besuch bei Frederick Ackermann hatte sie einen kurzen Zwischenstopp beim Mittagsbuffet des City Hotels eingelegt, da man dort beim Überprüfen der Zimmernummern sehr nachlässig war, und sich einen kleinen Imbiss für zu Hause mitgenommen. Sie betrachtete nun ihre Ausbeute. Sie bestand aus drei Scheiben Roastbeef, zwei Hühnerschenkeln, grünen Bohnen und Baguette. Sie richtete es auf einem Teller nett an und begann zu essen. Als sie nach dem Essen die Hühnerknochen in den Abfall warf, kam ihr die Idee.

Bernadette Kunz. Hühner Voodoo. Perfekt!

Aber außer ihrem Namen hatte sie keine weitere Information über sie.

Gwendolyn griff zum Telefon und rief kurzerhand beim Einwohnermeldeamt an.

«Tach auch, Sibylle Körner hier vom Finanzamt West. Ich brauch Amtshilfe, Frau Kollegin. Hab Ärger mit meinem Chef gekriegt, weil ich da was verbockt hab. Ich finde eine gewisse Bernadette Kunz nicht mehr in meinem System. Der Steuerbescheid ist zurückgekommen. Humboldtstraße 13 hab ich hier stehen. Könnten Sie mal bitte überprüfen, ob Sie vielleicht eine andere Adresse hat? Muss ein älterer Jahrgang sein, hoffe, Sie haben nicht allzu viele Bernadette Kunz.»

Gwendolyn musste eine Weile warten und wurde schließlich belohnt.

«Wie war das? Im Haingarten 87. Ganz sicher? Das ist die einzige Bernadette Kunz? Und die Adresse hat sich seit Jahrzehnten nicht geändert? Hm. Na gut, das wird sie sein. Danke Ihnen sehr. Und wenn ich mal was für Sie tun kann, rufen Sie mich an.»

DREI

Bernadette Kunz wohnte in einer Reihenhaussiedlung, die in den 50er Jahren entstanden war. Und auch noch so aussah. Gwendolyn fand die Hausnummer, auf dem Klingelschild stand «Kunz», sie klingelte, und als geöffnet wurde, stellte sie erfreut fest, dass sie tatsächlich die richtige Adresse hatte.

«Ich wusste es!», rief Bernadette erfreut.

Gwendolyn zuckte leicht zusammen. «Was bitte?»

«Ich wusste, dass ich heute noch Besuch bekomme. Meine Knochen haben es ganz eindeutig gesagt.»

Gwendolyn hatte durchaus schon gehört, dass die Knochen älterer Leute einen Wetterumschwung ankündigen. Aber Besuch? Hm.

Gwendolyn lächelte leicht. «Nun ja, dann muss ich mich wohl nicht dafür entschuldigen, dass ich unangemeldet komme.»

«Nein. Auf mein Hühner Voodoo ist Verlass.»

Ach, *die* Knochen meinte sie. Gwendolyn untersagte ihrer rechten Augenbraue, sich spöttisch hochzuziehen, und strahlte Bernadette an: «Faszinierend.»

«Kommen Sie doch herein.»

Gwendolyn spielte die Gekränkte: «*Sie*? Aber Bernadette, ich dachte, wir duzen uns!»

Bernadette war etwas verblüfft. «Wirklich?»

«Also, hör mal, wir beide haben gemeinsam die Polizei überlistet. So etwas verbindet. Ich bin übrigens Gwendolyn.» Sie lächelte. «Ich wollte mich erkundigen, wie es dir geht.»

«Das ist aber nett. Komm, ich mach uns einen Kaffee!»

Gwendolyn folgte Bernadette in die Küche, in der ein kleiner Esstisch mit drei Stühlen stand. Während Bernadette sich daranmachte, aus der Mode gekommenen altmodischen Filterkaffee aufzubrühen, nahm Gwendolyn am Küchentisch Platz und wartete auf den geeigneten Moment, um Bernadette auf die Notwendigkeit eines Büros für ihr Hühner Voodoo hinzuweisen. Bernadette sollte allerdings von sich aus die Sprache darauf bringen. Das wäre eleganter.

Doch zunächst brachte Bernadette die Sprache auf etwas anderes: «Woher wusstest du denn, wo ich wohne?»

«Aber das hast du mir doch erzählt.»

Bernadette hielt beim Abmessen des Kaffeepulvers inne und sah Gwendolyn erstaunt an. «Bist du sicher?»

«Aber ja, sonst wäre ich ja wohl nicht hier.» Um dieses Thema nicht weiter zu vertiefen, preschte sie nun doch vor: «Wie läuft denn dein Geschäft?»

«Na ja, ich pausiere gerade. Muss mich wahrscheinlich wirklich mal um so eine Reisekarte oder Gewerbekarte kümmern.» Bernadette wandte sich wieder dem Kaffee zu. «Ach Gottchen, jetzt weiß ich nicht mehr, wie viel Löffel ich reingetan hatte.»

«Vier», sagte Gwendolyn. «Ja. Sehr lästig, dieser Behördenkram.»

Bernadette holte zwei Kuchenteller aus dem Schrank, stellte sie neben einen Marmorkuchen und machte sich daran, ein Stück von dem Kuchen abzuschneiden. «Ich liebe Marmorkuchen. Ich backe jeden Tag einen. Möchtest du Kuchen zu deinem Kaffee?»

«Nein, danke.»

«Kann ich dann dein Stück haben?»

«Ähm, also ... ja, sicher.»

«Danke.» Bernadette lud sich zwei Stücke auf ihren Teller und trug ihn zum Tisch. Dann wählte sie sorgsam zwei Sammeltassen aus und stellte sie daneben. Der Wasserkessel pfiff, Bernadette goss das kochende Wasser langsam in den Filter. Tröpfchen für Tröpfchen füllte sich die Kanne. Nachdem der Kaffee durchgelaufen war, nahm sie den Filter ab, setzte den Deckel auf die Kanne und befestigte einen Tropfenfänger mit einem kleinen Schmetterling an Deckel und Ausguss. Gwendolyn hatte das Gefühl, an einer Zeitreise zurück in die 50er Jahre teilzunehmen. Schließlich stellte Bernadette die Kaffeekanne auf den Tisch und nahm ebenfalls Platz.

«Was denn, kein Kaffeekannenwärmer?», fragte Gwendolyn ironisch.

«Aber natürlich, wo hab ich bloß meinen Kopf.» Bernadette sprang auf und entnahm einer Schublade ein gepolstertes, mützenähnliches Teil, liebevoll bestickt mit Blumen und Schmetterlingen, das sie über die Kaffeekanne stülpte.

Gwendolyn seufzte leicht. Dann fixierte sie Bernadette, bemühte sich um ein vertrauenerweckendes Lächeln und machte sich daran, die Chancen ihres gemeinsamen Geschäftes zu erkunden.

«Soll ich dir dabei behilflich sein, so eine Reisegewerbekarte zu bekommen?»

«Würdest du das tun?»

«Aber sicher.»

«Prima, danke.»

«Gern.» Dann zog sie die Augenbrauen zusammen.

«Was ist?», fragte Bernadette.

«Ich hab gerade überlegt: Was machst du eigentlich, wenn es regnet? Oder im Winter, wenn es kalt ist? Du kannst dein Hühner Voodoo ja eigentlich nur bei gutem Wetter betreiben. Aber wenn echte Depressionen einsetzen, also etwa im November, und Leute wirklich deine Hilfe und deinen Rat brauchen, dann kannst du dich nicht in die Fußgängerzone setzen.»

«Oh. Das hab ich noch gar nicht bedacht.»

Gwendolyn nickte. «Siehst du. Und dann wäre es doch eigentlich schade um das Geld, das du dem Ordnungsamt für die Erteilung und Ausstellung einer Reisegewerbekarte zahlen musst.»

«Ach? Das kostet was?»

«Allerdings.»

Bernadette sprang nicht so richtig darauf an, sie nahm es als gegeben hin. Gwendolyn musste nachhelfen.

«Weißt du, für das Geld könntest du dir vielleicht sogar ein kleines Büro mieten.»

«Oh, ich brauche kein Büro. Ich mach ja keine Schreibarbeit.»

«Nein, ich meine eine Praxis. Eine Hühner-Voodoo-Praxis. Dann könnten deine Kunden – oder nennst du sie Patienten …?»

«Ich nenne sie Menschen.»

«Also, dann können deine Menschen zu jeder Jahreszeit und bei jeder Witterung zu dir kommen. Wäre das nicht schön?»

«Ja. Du hast völlig recht. Das wäre perfekt.»

Aber Bernadette fragte immer noch nicht, ob sie vielleicht zufällig leerstehende Praxisräume wüsste.

«Könntest du denn die Miete für eine Praxis bezahlen?»

«Ja, ja, das ist kein Problem. Ich hab mein Leben lang gearbeitet, Geld verdient und es nie ausgegeben. Hab ja immer bei meinen Eltern gelebt.»

Gwendolyn war sehr beruhigt. «Soll ich mich denn mal um Räume für dich kümmern?»

«Würdest du das tun?»

«Sicher, wieso nicht.»

«Hast du denn Zeit dafür?»

«Ich nehme mir die Zeit.»

«Bist du eigentlich verheiratet?»

«Zurzeit nicht. Früher schon. Heiraten ist eins meiner Hobbys. Ich hatte vier Ehemänner.»

«Nacheinander?»

Gwendolyn grinste: «Aber nein. Gleichzeitig natürlich, damit sie miteinander Skat spielen können.»

«Ist das denn erlaubt?»

«Skat spielen?»

«Nein, ich meine …»

Gwendolyn winkte ab. «Ich weiß, was du meinst.

Natürlich nicht gleichzeitig. Ich hab bloß einen Scherz gemacht.»

«Und wieso ... also, viermal, das ist ... sind deine Ehemänner alle ... gestorben?»

«Nein, nur der letzte. Von den anderen dreien habe ich mich scheiden lassen.»

«Drei Scheidungen!», rief Bernadette. «Du Ärmste.»

Gwendolyn zuckte die Schultern.

«Was war das Problem bei deinem ersten Mann?», fragte Bernadette

«Seine Mutter.»

«Ach?»

«Wir hatten sehr jung und ohne Einverständnis seiner Mutter geheiratet. Sie war entsetzt, hatte andere Pläne mit ihrem Sohn und auch bereits eine passende Partie für ihn gewählt. Sie verlangte von ihm, sich zwischen mir und den Familienmillionen zu entscheiden.»

«Und was hat er getan?»

«Na, was wohl?!»

Bernadette sah Gwendolyn gespannt an, Gwendolyn hob an zu antworten, da rief Bernadette: «Nein, warte, sag nichts, lass mich raten: Er hat sich für das Geld entschieden.»

Gwendolyn lobte Bernadette nicht für diese gedankliche Detektivarbeit, sondern sagte nur: «Und ich habe eine ausgesprochen großzügige Abfindung bekommen, damit ich in die Scheidung einwillige.»

«Und was kam bei deinem zweiten Mann dazwischen?»

«Ehemann Nummer drei», lächelte Gwendolyn. «Nummer zwei war sehr nett, sehr höflich, sehr kultiviert, aber sterbenslangweilig. Es war mehr eine Vernunftehe, ich dachte, ich probiere es mal aus. Aber als ich dann Nummer drei sah, war ich auf der Stelle Hals über Kopf verliebt. Große Liebe. Und da ich nichts von Affären halte, teilte ich Ehemann Nummer zwei mit, dass ich mich verliebt hätte. Wir ließen uns scheiden.»

«Aber wieso hast du dich denn dann wieder von deiner großen Liebe getrennt?»

Gwendolyns Miene verfinsterte sich, als sie sich erinnerte.

«Er hatte ein Hobby, das mir nicht gefiel.»

«Was für eins?»

«Junge Blondinen», knurrte Gwendolyn. «Wir einigten uns darauf, dass er seine Blondinen bekommt und ich sein Geld.»

Geld. Und das erinnerte sie wieder an den Grund ihres Besuchs. Doch bevor sie ihre Souterrainwohnung anpreisen konnte, sagte Bernadette: «Du könntest Eheberaterin sein, bei deiner Erfahrung.»

Gwendolyn horchte auf. Die Frau war gut. Luna Madison – Eheberatung. Darauf hätte sie auch kommen können. Könnte das lukrativer sein? Nein, jetzt würde sie erst mal bei ihrem Plan bleiben. Sie könnte ja immer noch umsatteln.

«Ich war nie verheiratet. Ich hab nie den Richtigen kennengelernt», sagte Bernadette leicht wehmütig.

Darüber wollte Gwendolyn jetzt nicht reden und sich auch keine sentimentale Rückblende anhören. Sie sah Bernadette an und sagte mit möglichst viel Enthusiasmus: «Ich habe die perfekte Idee.»

«Für einen Mann für mich?»

«Ähm, nein.» Vielleicht sollte man doch nicht so abrupt das Thema wechseln. «Nein, für dein Hühner-Voodoo-Ding. Ich hab die perfekten Räumlichkeiten für dich!»

«Wirklich?»

«Ja. Im Souterrain einer eleganten Jugendstilvilla. Drei Zimmer, Küche, Bad. Eigener Eingang. Ab sofort frei.»

«Das klingt gut. Aber das ist ja viel zu groß für mich.»

«Stimmt», nickte Gwendolyn und nahm Anlauf für Schritt zwei. «Weißt du was? Ich hab noch eine geniale Idee. Wir machen das gemeinsam!»

Tatsächlich strahlte Bernadette bei dem Gedanken.

«Soll ich dir beibringen, wie man die Knochen werfen muss und wie man die Antworten dann lesen kann?», rief sie begeistert.

«Nein, danke. *Eine* Hühner-Voodoo-Spezialistin genügt. Ich werde als Psychologin arbeiten. Aber ich kann meine Patienten nach meiner Gesprächstherapie zu dir schicken, und du machst dann deinen Hokuspokus.»

«Also Hokuspokus ...», begann Bernadette.

«Was auch immer», fiel ihr Gwendolyn ins Wort. «Also, wie funktioniert das mit deinem Hühner Voodoo? Welche Fähigkeiten hast du? Kannst du Leute verhexen?»

Bernadette war sichtlich schockiert. «Nein. Und selbst wenn ich es könnte, würde ich es nicht tun. Denn ...» Sie beugte sich näher zu Gwendolyn und flüsterte: «Es gibt ein universelles Gesetz, das besagt, dass alles, was man aussendet, auf einen selbst zurückfällt.» Sie nickte bedeutungsvoll.

Gwendolyn zuckte die Schultern. «In unserem Alter müssen wir uns da keine Gedanken mehr machen.»

«Was willst du damit sagen?»

Gwendolyn mochte sich mit einer Erläuterung nicht aufhalten.

«Was ist mit diesen Puppen, in die man Nadeln reinsticht?»

«Also das gehört nicht zu den üblichen Praktiken.»

«Aber die kann man überall kaufen.»

«Na ja», räumte Bernadette ein, «aber eigentlich sollen Voodoo-Puppen nicht dazu verwendet werden, um Leuten Böses anzutun, sondern um Kraft zu verleihen oder Kranke zu heilen.»

«Zombies. Kannst du Leute zu Zombies machen?»

Bernadette riss die Augen auf und sagte mit Nachdruck: «Voodoo nutzt man als Hilfe bei psychologischen und medizinischen Problemen. Man verwendet es nicht zum Schaden anderer Leute. Ich praktiziere ausschließlich freundliches Hühner Voodoo. Es ist ein Orakel mit Hühnerknochen.»

«Gibt's das überhaupt?»

Bernadette schwieg.

Gwendolyn lehnte sich zurück und grinste: «Du hast dir das ausgedacht. Richtig?»

Bernadette war hin und her gerissen, öffnete den Mund und schloss ihn wieder, ohne etwas gesagt zu haben. Mehrmals.

Gwendolyn erlöste sie aus ihrem Dilemma. Sie grinste noch breiter. «Mach nicht so ein Gesicht, ich find's ja gut.»

Bernadette entspannte sich.

«Ich bin ja auch keine Psychologin. Und trotzdem behandle ich Leute.»

«Du behandelst Leute, ohne dass du Ahnung hast?»

«Moment, wer hat gesagt, dass ich keine Ahnung hab? Ich hab Lebenserfahrung!»

Bernadette musste lachen. «Du traust dich was!»

«Na hör mal, du bist auch nicht schlecht mit dieser Hühner-Voodoo-Nummer.»

«Das ist keine Nummer.»

«Okay, okay. Also, wie machst du das? Wie geht es?»

«Ich lege ein Tuch auf den Tisch, nehme die Hühnerknochen in die Hand, stelle eine Frage und werfe die Knochen auf das Tuch. Und dann lese ich aus der Lage der Knochen die Antwort.»

«Wunderbar!» Gwendolyn lachte herzlich.

Bernadette interpretierte Gwendolyns Lachen richtig. Daher sagte sie leicht gekränkt: «Es funktioniert! Obwohl ich mir das ausgedacht habe, funktioniert es! Ganz im Ernst. Es stimmt jedes Mal. Das kannst du mir glauben.»

«Natürlich. Und wie viel verlangst du für so eine Sitzung?»

«Nichts.»

«Du nimmst kein Geld für deine Arbeit?»

«Aber nein! Würde ich niemals tun. Es ist ja keine Arbeit, mir macht es doch Spaß.»

«Verstehe.» Gwendolyn lächelte. Das wurde ja immer besser. Dann würde *sie* eben für Bernadettes Hühner-Voodoo-Service ein Honorar festlegen und das Geld kassieren. Nicht nur, weil es ihre Einkünfte erhöhen würde, sondern auch, weil Gwendolyn der Meinung war, dass Leute Dinge nicht schätzen, für die sie nichts bezahlen müssen. Und um Bernadette nicht den Spaß zu verderben, würde sie diese finanziellen Transaktionen so dezent wie möglich handhaben. Sprich, ihr nichts davon sagen.

In der Kunst der Verschleierung hatte Gwendolyn Übung. Von Kindesbeinen an war ihr Leben eine Abfolge von gut inszenierten Illusionen. Genau genommen war es nicht ihr Leben, sondern das ihrer Eltern, an dem sie notgedrungen teilnahm. Gwendolyns Eltern waren ein sehr attraktives, überaus sympathisches Hochstaplerpärchen gewesen, das zwar den Mittelpunkt jeder Party gebildet hatte, aber ständig gegen Geldnot anarbeiten beziehungsweise anlügen musste. Was teilweise abrupte Ortswechsel nötig machte, ihren Lebensstil jedoch kaum beeinträchtigte. Der Familienname «Herzog» war dabei ein wichtiger Bestandteil, denn er ließ falsche Rückschlüsse zu, die Gwendolyns Eltern nie klarstellten, sondern ermutigten, da sie bei ihrer Charade stets auf die Eitelkeit und Naivität der Leute zählen konnten.

Familie Herzog lebte in teuren Hotelsuiten oder gemieteten Villen, in mondänen Orten der 50er und 60er mit hoher Celebrity-Dichte. Wie etwa Monte Carlo, nachdem Grace Kelly dem kleinen Monaco etwas Hollywood-Flair verliehen hatte, oder St. Tropez zur Zeit Brigitte Bardots. Auch die Küste Italiens gehörte zu den bevorzugten Aufenthaltsorten ihrer Eltern. Man war gerne in San Remo. Oder Positano, wo man Ingrid Bergmann, Pablo Picasso oder den amerikanischen Schriftsteller John Steinbeck traf, der sich über die doch sehr senkrechte Bauweise des Fischerdörfchens beschwerte. Die Winter verbrachte man in Davos, St. Moritz oder – in der Hoffnung, Sophia Loren wieder auf einer Party zu treffen – in Cortina d'Ampezzo.

In diesem Umfeld hatte Gwendolyn Mühe, die Aufmerksamkeit ihrer Eltern zu erringen. Sie freuten sich zwar über die kleine Gwendolyn, aber in deren sehr intensiver Beziehung war eigentlich kein Platz für eine weitere Person. Auch nicht für ein Kind. Die beiden blieben ein aufeinander fixiertes Paar. Gwendolyn für viele Jahre ein Einzelkind. Das sich langweilte. Sie war gezwungen, sich selbst zu unterhalten. Gwendolyn hatte sich schon früh in ihre eigene Welt zurückgezogen, und mit zehn Jahren hatte sie durchgesetzt, dass man sie in ein Internat schickte. Ein Jahr später wurde ihr Bruder geboren. Zu spät für Gwendolyn. Sie hatte kein Interesse mehr daran, geschwisterliche oder familiäre Gefühle zu entwickeln. Jedoch die Fähigkeit, Illusionen zu schaffen und Tatsachen zu verschleiern, die sie in der kurzen Zeit des Zusammenlebens mit ihren Eltern gelernt hatte, blieb ihr erhalten und erleichterte ihr weiteres Leben ungemein.

Gwendolyn lächelte Bernadette an. «Gut, dann sind wir uns also einig.»

«Worin sind wir uns einig?»

«Das wir zusammen ein Business starten.»

«Oh. Ach so. Ähm, ja.»

«Dann würde ich vorschlagen, du schaust dir die Räume mal an. Rosenthal 14. Ruf mich an und sag mir, wann du Zeit hast. Wenn sie dir gefallen, kannst du sofort den Mietvertrag unterschreiben, und wir fangen an.»

Bernadette nickte, Gwendolyn stand auf und wandte sich zum Gehen. «Du kannst dir schon mal Gedanken machen, wie wir das Business zum Laufen kriegen. Wir müssen Werbung machen. Die Leute müssen in Scharen zu uns kommen.»

Nachdem Gwendolyn gegangen war, aß Bernadette zur Feier des Tages noch zwei Stücke Marmorkuchen. Sie war so zufrieden und glücklich wie lange nicht mehr. Das süße Nichtstun, das man ihr, als sie in den Ruhestand ging, in Aussicht gestellt hatte, war alles andere als süß. Es war langweilig, und es betrübte sie. Sie hatte keine Aufgabe mehr. Ihr Leben lang hatte sie sich um andere Leute gekümmert. Als Gemeindeschwester. Das vermisste sie schmerzlich. Zwar hatte sie angeboten, weiterhin für die St. Mariengemeinde zu arbeiten, aber Pfarrer Meuser lehnte freundlich ab und meinte, sie hätte ihren Ruhestand wohlverdient und solle ihn genießen. Vielleicht lag es auch daran, dass Irritationen entstanden waren, weil sie angefangen hatte, ihr Hühner Voodoo bei ihrer Arbeit zum Einsatz zu bringen. Das sah man nicht so gerne.

Aber die Begegnung mit Gwendolyn war ein Zeichen: Die Welt brauchte sie und ihre Fähigkeiten. Jetzt konnte sie ihr Hühner Voodoo zum Wohle anderer Leute nutzen. Ganz offiziell. Mit eigener Praxis. Eine schöne Aufgabe. Bernadette hatte ihr Leben lang nach Zeichen Ausschau gehalten und oft genug wichtige, noch öfter unwichtige Entscheidungen davon abhängig gemacht.

Ihre Berufswahl etwa. Dass sie als Gemeindeschwester in der St. Marienkirche gearbeitet hatte, war einem Hühnerknochen geschuldet. Genau genommen dem bei Vögeln zu einem V-förmigen Knochen zusammengewachsenen Schlüsselbein, dem Gabelbein, von den Amerikanern auch Wishbone genannt.

Als Bernadette ein Teenager war, lebten für zwei Jahre im Haus nebenan die Johnsons, ein amerikanisches Ehepaar aus Boston. Sie hatten Bernadette und ihre Eltern zu einem traditionellen amerikanischen Thanksgiving Dinner eingeladen, und nach dem Essen suchte Mrs. Johnson in den Überresten des Truthahns nach dem «Wishbone». Sie legte ihn frei und teilte Bernadette mit, dass sie in drei Tagen wiederkommen solle, dann sei der Wishbone getrocknet und etwas brüchig, und dann habe Bernadette eventuell einen Wunsch frei.

Bernadette fand das etwas merkwürdig. Nicht die Tatsache, dass sie einen Wunsch freihabe, sondern, dass sie *eventuell* einen Wunsch freihabe. Was für eine Sorte von guter Fee war Mrs. Johnson denn? *Eventuell?!*

Nach drei Tagen fand sich Bernadette wieder bei Mrs. Johnson ein, und sie wurde in die Geheimnisse des Wishbones eingeführt. Zunächst erfuhr sie, dass sie gegen einen Kontrahenten antrat, in diesem Fall Mrs. Johnson selbst. Die oberen Enden des V-förmigen Knochens wurden von ihr und Mrs. Johnson jeweils mit dem kleinen Finger umhakt, dann durfte sich jede der beiden etwas wünschen. Es wurde feste gezogen, so lange, bis der Knochen auseinanderbrach. Wer das größere Stück hatte, dessen Wunsch ging in Erfüllung. Bernadette gewann.

Da Bernadettes Wunsch in Erfüllung ging – sie hatte sich in ihrer Aufregung lediglich gewünscht, dass sie das größere Stück bekam –, war klar: Sie brauchte mehr Wishbones. Zu dumm, dass man die nur einmal verwenden konnte. Ein Truthahn passte nicht in den Kunz'schen Backofen, aber nach dem Studium der Anatomie von Vögeln stellte Bernadette fest, dass Hühner über denselben Knochen verfügen. Fortan stand Huhn auf Bernadettes dringende Bitte hin mehrmals wöchentlich auf dem Speiseplan der Familie Kunz. Was zu einer Schieflage im Haushaltsbudget und zu einer deutlichen Rundung von Bernadettes Figur führte. Da Bernadette nicht das Risiko eingehen wollte, einen Wishbone zu verschwenden, trat sie gegen sich selbst an. Das hatte den Vorteil, dass sie jedes Mal gewann.

Bald gingen ihr die Wünsche aus. Sie kam auf die Idee, den Knochen als Ratgeber zu verwenden. Hatte sie Entscheidungen zu treffen, traf sie sie mit Hilfe des Wishbones: Linker kleiner Finger «Nein», rechter kleiner Finger «Ja».

Als dann nach bestandenem Abitur ihre Berufswahl anstand, ergab sich durch Zufall eine neue Variante, Antworten aus Hühnerknochen zu lesen.

Bei der Entscheidung Gemeindeschwester oder Sekretärin beim Verband der Bauindustrie war ihr der zerbrochene Knochen heruntergefallen, bevor sie sehen konnte, welcher Finger das größere Stück erwischt hatte. Als sie sich nach unten beugte, um die Knochen aufzuheben, hielt sie wie gebannt inne: Sie blickte auf ein Kreuz. Die Knochen hatten sich auf dem Boden gekreuzt, der kleinere Teil des Knochens lag quer über dem großen, und zwar im oberen Drittel des längeren Teils. Es war ganz eindeutig. Die Antwort lautete demnach: Sie solle der Kirche dienen. Und das tat sie. Sie arbeitete daraufhin als Gemeindeschwester in der katholischen St. Mariengemeinde.

Das Missgeschick mit den heruntergefallenen Teilen des Wishbones öffnete ihr eine neue Welt. Man konnte die Knochen auch fallen lassen und dann aus der Formation die Antworten lesen.

Das hatte den ungeheuren Vorteil, dass sie nicht pro Wunsch beziehungsweise pro Frage ein ganzes Huhn verputzen musste, sondern die entzweigebrochenen Wishbones wiederverwenden konnte. Und auch andere Hühnerknochen. Je mehr Knochen man warf, desto komplexer war die Antwort. Ihre Interpretationsfähigkeit wuchs und wurde präziser, ihr Knochenorakel wurde ihr ständiger Begleiter.

Aber es fehlte ihr stets ein griffiger Name für das, was sie tat. Der kam, als vor nicht allzu langer Zeit Pater Mathéo Ledoux, ein Kollege ihres Arbeitgebers, der St. Mariengemeinde einen Besuch abstattete und einen Vortrag hielt. Pater Mathéo kam aus Haiti und erzählte viel und gerne aus seiner Heimat. Bernadette erfuhr, dass Voodoo in Haiti zur offiziellen Religion erklärt worden war, die Voodoo-Priester dieselben Rechte haben wie die katholischen Kollegen, sie dürfen Ehen schließen, Taufen und Begräbnisse durchführen, und dass die Mehrheit der Bevölkerung beiden Glaubensrichtungen angehört. Voodoo und katholischer Glaube schienen sich nicht auszuschließen.

Er zog eine Parallele zwischen den katholischen Heiligen und den ebenso zahlreichen Loas, den Voodoo-Geistern, von denen jedem ein bestimmtes Aufgabengebiet zugeteilt war und die entsprechend verehrt und zu Rate gezogen wurden. Genau wie die katholischen Heiligen. Und von denen einige ihren katholischen Kollegen verblüffend ähnlich sahen.

Dafür hatte er auch eine Erklärung: Voodoo existierte in Westafrika schon seit ewiger Zeit. Als im 18. Jahrhundert die ersten Sklaven nach Haiti verschleppt wurden, übten sie weiter ihre Voodoo-Rituale aus. Genau genommen umso heftiger, weil sie durch ihre neuen Lebensumstände nun noch mehr Hilfe nötig hatten. Das missfiel den französischen Kolonialherren. Sie hatten das ungute Gefühl, viele der Rituale seien gegen sie gerichtet – damit lagen sie nicht falsch. Deshalb führten sie den Katholizismus ein und stellten die Ausübung von Voodoo unter Strafe. Die Sklaven, anpassungsfähig und clever, suchten sich daraufhin unter den katholischen Heiligen diejenigen aus, die ihren Geistern in etwa entsprachen, also dieselben Aufgabengebiete und Eigenschaften hatten, und wandten sich in religiöser Zwiesprache fortan stellvertretend an diese. Nachdem etwa zwei Jahrhunderte später der Bann aufgehoben wurde und Voodoo wieder ganz offen betrieben werden durfte, tat man das in friedlicher Koexistenz mit dem katholischen Glauben. Sprich, die meisten Haitianer sind Voodoo praktizierende Katholiken.

Als Bernadette erfuhr, dass Voodoo in erster Linie als Lebenshilfe, zur Beantwortung von Fragen, zum Lösen von Problemen und zum Heilen von Krankheiten eingesetzt wird, entschied sie, Pater Mathéo zu Ehren, dessen

Toleranz für eine andere Glaubensrichtung großen Eindruck auf sie machte, ihr Hühnerknochen-Orakel von da an «Hühner Voodoo» zu nennen.

Bernadette, nach wie vor beseelt von den Plänen, die Gwendolyn geschmiedet hatte, überlegte, wie potenzielle Kunden von ihrem Hühner-Voodoo-Service erfahren sollen. Sie könnte kleine Plakate in Geschäften aufhängen. Oder Handzettel verteilen. Und sie brauchte Visitenkarten. Visitenkarten wirkten seriös. Sie sollte statt Handzettel Visitenkarten verteilen.

Bernadette hatte sich die Souterrainwohnung angesehen, war sehr angetan gewesen und hatte sie auf der Stelle gemietet. Dass Gwendolyn die Vermieterin war, gefiel ihr. Ein wenig lag es auch daran, dass sie Gwendolyns Namensschild an der großen Eingangstür ihres Hauses entdeckt hatte. «Herzog von Wohlrath» stand da.

Bernadette war beeindruckt gewesen: «Du bist eine Herzogin?»

Gwendolyn liebte diese falsche Schlussfolgerung. War wahrscheinlich genetisch bedingt. Sie hatte bescheiden gelächelt: «Lass uns kein Aufhebens von meinem Namen machen. Ich bin Gwendolyn für dich und gut ist.»

Die Souterrainwohnung verfügte über eine sehr große Diele, die als Wartezimmer fungieren sollte. Es gab zwei gleich große Räume, die mit einer großen Schiebetür verbunden waren. Das eine Zimmer sollte Gwendolyns psychologische Praxis werden, das andere

Bernadettes Voodoo-Zimmer. Gwendolyn hatte versprochen, sich um das Mobiliar zu kümmern, während Bernadette zugesagt hatte, die Rechnungen dafür zu bezahlen. Bernadette war besonders glücklich, als sie die volleingerichtete Küche sah und kündigte an, täglich Marmorkuchen zu backen. Das dritte, etwas kleinere Zimmer sollte ihr Lager sein, schlug sie Gwendolyn vor.

«Wofür brauchen wir ein Lager?», erkundigte sich Gwendolyn.

«Für die Knochen. Ich habe dafür gesorgt, dass wir genügend Hühnerknochen haben.»

Stolz präsentierte sie Gwendolyn eine Einkaufstasche, die vollgefüllt mit Hühnerknochen war. Gwendolyn betrachtete erst die Knochen, dann Bernadette ungläubig.

«Wofür, um Gottes willen, brauchen wir so viele Hühnerknochen?»

«Na, für mein Hühner Voodoo selbstverständlich. Wenn der Ansturm erst mal einsetzt, müssen wir gewappnet sein.»

«Aber doch nicht mit Hühnerknochen.»

«Du meinst, ich habe ganz umsonst zwei Tage lang Huhn gegessen?»

«Du hast was?»

«Ja, morgens, mittags und abends. Möchtest du? Ich hab noch was von gestern Abend übrig.» Sie kramte einen Plastikbehälter aus ihrer Handtasche. «Ich hab Sandwiches gemacht.»

Gwendolyn nahm sie gern entgegen. «Danke.»

Sie sah auf die Tüte mit den Knochen.

«Was hast du dir nur gedacht?», schüttelte sie den

Kopf. «Du brauchst doch nur eine Handvoll. Die nützen sich doch nicht ab.»

«Na, aber wenn jemand mal einen Hühnerknochen mitnehmen will? Als Andenken oder so.»

«Andenken?»

«Souvenir!»

Gwendolyn sah Bernadette begeistert an. «Aber ja! Gute Idee!» Eine zusätzliche Einnahmequelle. «Das machen wir! Jeder erhält ein Knöchelchen zur mentalen Unterstützung. Also, dann weiterhin: guten Appetit!»

«Was schreiben wir denn auf unser Praxisschild?», fragte Bernadette.

«Das hab ich bereits besorgt.»

Gwendolyn präsentierte stolz ihr Luna-Madison-Schild.

Bernadette sah sie etwas verwundert an. «Keine von uns beiden heißt Luna Madison.»

«Ja, das ist doch das Schöne daran, dadurch ...» Gwendolyn brach ab. «Wo ist das Problem?», fragte sie stattdessen.

«Man weiß gar nicht, dass wir Hühner Voodoo betreiben. Sollte das nicht auf das Schild? Und sollte der Name vielleicht etwas mehr nach Hühner Voodoo klingen?»

«Woran denkst du? So was wie Herta Hühnermeier?»

«Nein, ich ...»

Gwendolyn unterbrach sie: «Glaub mir, es ist besser, wir halten es neutral. Ich betreibe hier ja auch eine psychologische Praxis. Und Luna Madison ist der perfekte Name für uns beide.»

«Und wer von uns beiden ist Luna Madison?»

«Wir beide. Unsere Praxis heißt Luna Madison.»

Bernadette dachte einen Moment nach, dann nickte sie. «Das gefällt mir.»

«Ich schreib dir die Hälfte der Kosten für das Schild auf die monatliche Abrechnung, okay?»

«Ja. Und ich lass uns Visitenkarten drucken.»

«Sehr schön.»

VIER

In den nächsten Tagen, während Frederick es sorgsam vermied, mit Sandra Kontakt aufzunehmen oder von ihr kontaktiert zu werden, Gwendolyn ein kostenloses Mahl in einem Schnellimbiss zu sich nahm, einer Lesung lauschte, für die sie keinen Eintritt gezahlt hatte, und sich über die Praxisausstattung Gedanken machte, war Bernadette unterwegs und händigte jedem, der nicht schnell genug zur Seite springen konnte, ihre neue Visitenkarte aus. «Luna Madison – Hühner Voodoo.» Sie hatte sich entschieden, auf der Karte auf ihre spezielle Expertise hinzuweisen.

Bernadette war sehr fleißig, sie arbeitete bis spät in die Nacht hinein. Am Bahnhof händigte sie ankommenden Reisenden den Rest ihrer 250 Visitenkarten aus.

Bei der Bestellung der Möbel orientierte sich Gwendolyn an der Praxiseinrichtung von Frau Doktor Wittenfeld. So sollte ihr Behandlungszimmer auch aussehen. Falls jemand Zweifel an ihrer beruflichen Kompetenz haben sollte – die teuren Bauhausmöbel würden alle Bedenken zerstreuen.

Schwieriger war es, für Bernadettes Voodoo-Behandlungsraum entsprechende Möbel zu finden. Es war geradezu unmöglich. War das eine Marktlücke? Eine neue Geschäftsidee? Darüber würde sie ein anderes Mal nachdenken, denn nun war ihr eingefallen, an wen sie sich wenden könnte.

Sie wollte gerade das Haus verlassen, da klingelte ihr Telefon.

«Hallo?»

«Tante Gwendolyn?»

«Ja, wieso fragst du? Du hast doch meine Nummer gewählt.»

«Ja schon, aber ... Hi. Hier ist Britta.»

«Das weiß ich, Schätzchen. Du hast mich Tante genannt, und du bist meine einzige Nichte.»

Britta war die Tochter ihres jüngeren Bruders. Sie war Mitte 30, Floristin und der festen Überzeugung, zum Heiraten geboren zu sein. Ihre Welt waren die Liebesgeschichten in alten Hollywoodfilmen. Darin ging sie auf, so sollte es auch für sie sein. Leider hatte diese Schwärmerei Auswirkungen auf die Auswahl ihrer Männer, sprich: Wenn ein Mann Ähnlichkeit etwa mit Clark Gable, Cary Grant oder James Stewart hatte, erklärte sie ihn kurzerhand zu ihrem Traummann. Gwendolyn hatte ihre Nichte schon öfter darauf hingewiesen, dass außer ihr und zwei Dinosauriern niemand mehr diese Schauspieler kannte. Aber Britta ließ sich nicht beirren. Sie schwärmte vom «Golden Age» der Hollywoodfilme, die in der Zeit der frühen 30er bis späten 50er Jahre entstanden waren. Das waren noch Männer zum Träumen. Für Britta zumindest. Und bei den Träumen blieb es dann auch stets. Britta hatte ihre Tante als Vertraute gewählt und ließ sie immer telefonisch an ihren Versuchen, den Hafen der Ehe anzusteuern, teilhaben. Denn Britta hielt Gwendolyn für eine Expertin. Schließlich hatte ihre Tante es geschafft, gleich viermal zu heiraten.

«Was gibt es denn?»

«Gleich ist es so weit.»

«Was?»

«Heute fragt er mich.»

«Wer fragt was?»

«Reinhold. Ob ich ihn heiraten will.»

«Darauf würde ich nicht wetten, Schätzchen.»

Bereits bei ihren vergangenen Telefonaten hatte Gwendolyn immer wieder Zweifel an der Aufrichtigkeit von Brittas neuem Freund angemeldet.

«Doch! Ich weiß es. Er hat schon solche Andeutungen gemacht, dass er etwas Wichtiges mit mir besprechen muss. Und was könnte das wohl sein?»

«Alles Mögliche, von aktuellen Geschehnissen in der Weltpolitik bis hin zu neu entdeckten Zuckerersatzstoffen und der EU-genormten Krümmung von Salatgurken.»

«Ach Unsinn, heute fragt er mich, ob ich ihn heiraten werde. Ganz sicher. Britta Runold. Klingt gut, nicht wahr. Britta Runold», übte sie weiter, «Reinhold und Britta Runold. Frau Runold. Oh mein Gott, ich bin so aufgeregt. Ich bin gerade auf dem Weg ins *Le Canard*! Dort treffe ich Reinhold zum Lunch. Ich wünschte, du wärst hier.»

Gwendolyn dachte an ihren leeren Kühlschrank und sagte: «Das wünschte ich auch, Schätzchen.»

«Ich bin gleich da. Ich ruf dich nachher wieder an.

Sobald wir verlobt sind, machen wir einen Antrittsbesuch bei dir. Du musst ihn unbedingt kennenlernen.»

«Natürlich.»

«Tschüs, Tante Gwendolyn.»

«Britta.»

«Ja.»

«Gib nicht den Namen Herzog auf. Sag ihm, er soll deinen Namen annehmen.»

«Ach, Tante Gwendolyn, du weißt doch, ich bin altmodisch. Ich nehme selbstverständlich den Namen meines Ehemannes an. Tschüs.»

Britta war ein gutgelauntes Sonnenscheinchen, ein Stehaufmännchen. Sie hatte die Begabung, in allem etwas Gutes zu sehen und auch unangenehmen Situationen immer etwas Positives abgewinnen zu können. «Wer weiß, wofür es gut ist» war ihre Devise. Meistens klappte das ganz gut. Nur sehr selten mutierte sie zur Dramaqueen. Aber das waren stets nur kurze Episoden, dann kehrte sie schnell wieder zu ihrer Happy-Go-Lucky-Lebenseinstellung zurück.

Britta war mutterlos. So fühlte sie sich zumindest, denn sowohl ihre Mutter als auch ihre Stiefmutter waren muttertechnisch gesehen Totalausfälle. Als Britta mit Anfang 20 aus ihrem Elternhaus auszog, verließ ihr Vater ebenfalls das Haus und startete von vorn. Was in diesem Fall bedeutete: Er gründete eine neue Familie. Neue Frau, neue Kinder. Brittas Mutter schloss sich daraufhin teils schmollend, teils zeternd einer militanten Frauengruppe an, und ihr mütterlicher Einsatz bestand fortan nur noch aus Warnungen vor der Institution Ehe und vor Männern im Allgemeinen.

Vaters neue Frau, seine Ex-Sekretärin Hillie Vogel, war nicht besonders klug, nicht besonders hübsch, aber jung. Sie war gerade mal fünf Jahre älter als Britta. Hillie bemühte sich darum, zu ihrer Stieftochter ein Freundinnen-Verhältnis aufzubauen, ganz so, wie sie es auf der Ratgeberseite diverser Frauenzeitschriften gelesen hatte. Britta brach den Kontakt ab, als ihre «neue Freundin» begann, Schlafzimmerdetails mit ihr besprechen zu wollen. Uäh! Diese Else sprach schließlich von ihrem Vater!

Also hatte Britta ihre Tante Gwendolyn als Ersatzmutter gewählt.

Gwendolyn war mit dieser Rolle nicht sehr glücklich. Schließlich, so schimpfte sie gelegentlich, habe sie sich ja nicht ohne Grund gegen eigene Kinder entschieden. Zu viel Verantwortung. Und die unausgesprochene Verpflichtung, Vorbild zu sein, passte nicht in ihren Lebensstil. Dennoch gab sie Britta ein Gefühl von Familie. Sie nahm Anteil an ihrem Leben, tröstete sie jedes Mal nach einer unglücklich verlaufenen Liebesgeschichte und hielt sich mit Spott zurück, wenn Britta sich Hals über Kopf in das nächste Liebesabenteuer stürzte. Denn trotz dieser nicht idealen Ausgangslage – oder vielleicht gerade deshalb – glaubte Britta nach wie vor an die große Liebe und träumte von einem richtig romantischen altmodischen Heiratsantrag, einer Hochzeit in Weiß, Flitterwochen und mindestens drei Kindern.

Leider konnte sie sich mit dieser Überzeugung bei

ihren bislang Auserwählten nicht so recht durchsetzen. Zwar hatten die Männer, in die sie sich verliebte, eine durchaus positive Einstellung zum Heiraten, allerdings konnte Britta davon nicht profitieren, da die meisten Männer bereits verheiratet waren.

Langsam wurde sie nervös. Mitte 30, kein Mann, keine Kinder – sie hörte ihre biologische Uhr ticken.

Britta versuchte das Schicksal zu zwingen, ihr nun endlich den Mann fürs Leben über den Weg zu schicken. Doch das Schicksal lässt sich nur ungern zwingen und machte sich eher lustig über Britta.

So war das Angebot an heiratswilligen Männern in Brittas Umfeld langsam ausgeschöpft. Der Mechaniker-Volkshochschulkurs, für den sie sich anmeldete, stellte sich als Reinfall heraus, da sie da nur auf eine Menge Frauen mit den gleichen Absichten traf.

Sie kam auf die Idee, viel Zeit in Autowerkstätten zu verbringen. Schon bald fand sie eine, deren Inhaber unverheiratet war und aussah wie James Dean – wenn er 40 Jahre alt geworden wäre. Ihr Auto machte ihr nur leider ausgesprochen wenige Probleme, aber das war ja kein Grund, es nicht in die Werkstatt zu bringen.

«Ich habe da ein sehr komisches Geräusch gehört», teilte sie dem Inhaber der Werkstatt mit.

«Und, haben Sie gelacht?», fragte der entnervte Werkstattbesitzer, denn Britta war nicht zum ersten Mal hier.

Sie brauchte einen Moment, um den Witz zu verstehen.

Als der Kerl dann auch noch sagte: «Lady, Ihr Auto ist in Ordnung, das haben wir Ihnen letzte Woche schon gesagt! Vielleicht lassen Sie mal Ihr Gehör überprüfen», strich sie James Dean von der Liste.

Wütend stieg sie wieder in ihr Auto und fuhr rückwärts aus der Einfahrt heraus.

Da traf sie Reinhold. Sie traf ihn tatsächlich. Nicht nur sprichwörtlich. Denn sie fuhr ihm seitlich in seinen Wagen. Jetzt hätte sie eigentlich einen perfekten Grund gehabt, das Auto in der Werkstatt zu lassen. Aber nun war sie beleidigt. Sie bestellte einen Abschleppwagen und ließ ihr Auto zur nächsten Werkstatt bringen. Als der Abschleppdienst sie darauf hinwies, dass sie genau vor einer Werkstatt stünde und man doch einfach dort ..., verhinderte Reinhold heldenhaft, dass Britta eine Strafanzeige wegen Beleidigung bekommen würde. Ein kurzer Blick auf Reinholds ringlosen Ringfinger, ein forschender Blick in sein Gesicht ... und als sie glaubte, einen jungen Humphrey Bogart in ihm zu erkennen, lächelte sie ihn betörend an. Er lächelte zurück. Und zwar höchst erfreut, amouröse Abenteuer ahnend. Seine Ahnung trog ihn nicht.

Brittas Lunch mit ihrem Reinhold neigte sich bereits dem Ende zu; bisher hatte Reinhold ihr den erwarteten Antrag noch nicht gemacht. Sie hatten bereits ihren Espresso getrunken. Nun sah Reinhold ihr intensiv in die Augen. Britta konnte kaum atmen vor Aufregung. Dann entschuldigte er sich, um zur Toilette zu gehen. Britta lächelte. Er war so süß! Wie nervös er war und wie ihn immer wieder der Mut verließ. Sicher lag es daran, dass er Angst hatte, sie würde ihn zurückweisen. Sie würde ihn etwas ermutigen müssen, wenn er zurückkam. Als er außer Sichtweite war, nahm Britta schnell einen kleinen Spiegel und einen Lippenstift hervor, schminkte sich die Lippen nach, übte ein überraschtes, überwältigtes Gesicht, hauchte ein passendes: «Oh Reinhold ... oh mein Gott, das kommt so überraschend! Aber natürlich will ich! Ja! Ja, ich will deine Frau werden!» Sie überlegte, vielleicht sollte sie etwas Originelleres sagen. Schließlich würde sie sich ja ihr Leben lang an diesen Tag erinnern und es all ihren Freunden immer wieder erzählen. Was wäre eine originelle Art, einen Heiratsantrag anzunehmen? Britta geriet etwas in Panik und machte sich insgeheim Vorwürfe, dass sie bei der Suche nach dem richtigen Mann nie darüber nachgedacht hatte, wie sie einen Heiratsantrag annehmen sollte. Sie dachte fieberhaft nach, doch es fiel ihr nichts ein. Vielleicht ein «Ja». Ein schlichtes, aber von Herzen kommendes «Ja». Britta nickte sich im Spiegel zu, zog erneut ihre Lippen nach, dann fiel ihr ein, dass Reinhold sie vielleicht zum Dank für ihr «Ja» küssen wollte, also wischte sie den Lippenstift wieder ab. Keine zwei Sekunden später entschied sie jedoch, Reinhold einen perfekten Anblick zu bieten, und legte wieder Lippenstift auf. Sie seufzte. Sie konnte es kaum erwarten, verheiratet zu sein. Es würde ihr Leben um einiges erleichtern. Schon deshalb, weil sie dann nicht mehr nach dem perfekten Mann suchen müsste. Sie verstaute Lippenstift und Spiegel wieder in ihrer Handtasche und blickte glücklich strahlend und erwartungsvoll ihrer Zukunft entgegen.

Reinhold kam zurück, nahm wieder am Tisch Platz, griff nach seiner Serviette und drehte sie nervös in der Hand.

Britta schaute ihn liebevoll an.

Reinhold wirkte sehr fahrig. Er streckte die Hand nach seiner Espressotasse aus, hielt dann aber inne, da sie leer war. Schließlich gab er sich einen Ruck.

«Britta, ich muss dir etwas sagen. Es fällt mir nicht leicht.»

Britta strahlte noch glücklicher und säuselte: «Aber Reinhold, du kannst mir doch alles sagen.»

Reinhold wurde noch unruhiger und murmelte mit sichtlich schlechtem Gewissen: «Eigentlich hätte ich es dir schon längst sagen müssen.»

Britta lächelte milde. «Nein, es gibt Dinge, für die man einfach den richtigen Moment abwarten muss.»

Reinhold war etwas erstaunt. «So viel Verständnis hätte ich wirklich nicht erwartet.»

Britta lächelte gewinnend. «Aber Reinhold, ich bitte dich, natürlich habe ich Verständnis für dich.»

Reinhold zögerte. «Du weißt es bereits?»

«Ja. Aber ich möchte es von dir hören», kicherte Britta kokett.

Reinhold war etwas verblüfft, zuckte die Schultern und erfüllte Britta ihren Wunsch: «Na gut, Britta, wie du willst. Ich bin verheiratet.»

Der Inhalt seiner Worte war bei Britta noch nicht angekommen, als sie zuckersüß hauchte: «Oh Reinhold, Liebster …»

Dann stutzte sie, die Synapsen in ihrem Gehirn arbeiteten wieder, und ihr wurde bewusst, was er gerade gesagt hatte.

Sie starrte ihn fassungslos an. «Was hast du gesagt? Verheiratet?»

Reinhold machte ein entschuldigendes Gesicht. Und nickte so langsam wie möglich.

Britta konnte es nicht fassen. «Und das sagst du mir erst jetzt? Schuft! Du elender Schuft.»

Reinhold schaute erschrocken.

Britta sprang auf und sah sich suchend nach etwas um, das sie ihm ins Gesicht schütten könnte. Sie wollte einen furiosen Abgang. Beide Espressotassen waren leer. Sie sah das Zuckertütchen, nahm es, riss es auf und schüttete es Reinhold über den Kopf. Dann verließ sie hoch erhobenen Hauptes das Restaurant.

An einem Tisch ganz in der Nähe saßen ein Herr und eine Dame, beide hatten die Szene aufmerksam verfolgt. Auch sie hatten bereits Espressotassen auf ihrem Tisch. Der Mann schob seine Hand vorsichtig zur Tasse seiner Begleiterin, die immer noch ganz gebannt auf Reinhold schaute, und nahm ihr Zuckertütchen. Schnell steckte er es in sein Jackett.

Abends fiel Gwendolyn auf, dass der angekündigte Anruf von Britta ausgeblieben war. Sie konnte sich denken, warum.

Nach ihrem Telefonat am Vormittag war Gwendolyn zum Theater gegangen. Sie hatte die Hoffnung, in den Requisiten Möbel zu finden, die sich für ein Voodoo-Behandlungszimmer eignen würden.

Der einzige Ansprechpartner, den sie finden konnte, war eine Frau Gärtner, die am Empfang saß. Gwendolyn lächelte sie gewinnend an und brachte ihr Anliegen vor: «Ich betreue das Seniorentheater vom städtischen Altersheim. Wir planen eine Aufführung, und da wollte ich mal fragen, ob sie uns mit ein paar Requisiten aushelfen könnten.»

«Frau … wie war gleich Ihr Name?»

«Schneider.»

«Frau Schneider, ich würde ja gerne etwas für Sie tun, aber ich kann Ihnen im Moment leider nicht weiterhelfen. Herr Braun, der Leiter der Abteilung Bühnenbild, ist nicht im Haus. Kommen Sie doch einfach morgen wieder.»

Nein, lieber nicht, solch einen Auftritt macht man besser nur ein einziges Mal, überlegte Gwendolyn. Sie zog ein äußerst betrübtes Gesicht.

«In den nächsten Tagen werde ich nicht mehr dazu kommen, wir müssen sehr viel proben.» Sie beugte sich etwas näher zu Frau Gärtner und sagte leise: «Die alten Leutchen tun sich schwer, ihre Texte zu lernen.» Frau Gärtner zeigte Verständnis. «Wissen Sie was, wenn Sie auch mit alten ausrangierten Sachen zufrieden sind, könnten wir im Fundus nachfragen.»

«Wunderbar.»

Frau Gärtner griff zum Telefon und legte dann enttäuscht wieder auf. «Niemand da.»

Gwendolyn bemühte sich um einen hilflosen und leicht verzweifelten Gesichtsausdruck. Es wirkte.

«Wie wäre es, wenn ich mich darum kümmere?», schlug Frau Gärtner vor. «Sie sagen mir, was Sie brauchen, und ich veranlasse alles Weitere.»

Gwendolyn wirkte sehr gerührt. «Würden Sie das tun?», hauchte sie.

«Ja. An welche Art von Requisite haben Sie denn gedacht?»

«An Möbel.»

«Möbel?»

«Ja, zwei Stühle, einen Tisch, eine kleine Kommode oder ein Schrank wären nicht schlecht. Und es soll nach Voodoo aussehen.»

«Voodoo?»

Das Wort stand etwas anklagend im Raum. Gwendolyn versuchte abzumildern und ergänzte: «Das Stück spielt in Afrika. Es ist ein religiöses Stück. Es kommen auch Nonnen darin vor.»

Frau Gärtner notierte: «Voodoo, Afrika, Nonnen.»

Sie sah Gwendolyn an. «Soll ich die Sachen direkt zum Seniorenheim liefern lassen?»

«Da ja noch Reparaturen nötig sein könnten, wäre eine andere Adresse besser. Ich kenne da eine sehr fähige Handwerkerin, die das bestimmt gerne übernimmt. Am besten lassen wir es zu ihr in ihre Werkstatt bringen. Luna Madison, Rosenthal 14.»

«Gut. So machen wir's. Ich kann natürlich nichts versprechen, aber was immer ich finde, werde ich Ihnen schicken lassen.»

«Sie wissen gar nicht, wie sehr Sie mir helfen, Frau Gärtner. Vielen Dank.»

«Aber gerne, Frau Schneider.»

«Ich muss los. Die Proben. Sie wissen ja, wie das ist.»

Herzlich verabschiedete sich Gwendolyn.

«Ich weiß nicht, warum mir das immer wieder passiert!», lamentierte Britta, während sie mit einer Flasche Whisky in der einen Hand und mit einem Glas in der anderen in Gwendolyns Wohnzimmer auf und ab lief. Nun ja, auf und ab schwankte.

Gwendolyn saß auf dem Sofa, zog den orientalischen Morgenrock etwas enger und bemühte sich, teilnahmsvoll und nicht allzu müde auszusehen. Was mit fortschreitender Zeit zunehmend schwieriger wurde. Und die Tatsache, dass Britta sie mitten in der Nacht durch Dauerklingeln aus dem Bett geholt hatte, half auch nicht. Britta hatte ihren Job gekündigt und entschieden, sie brauche einen Neuanfang in einer anderen Stadt. Sie hatte sich für die Stadt entschieden, in der Gwendolyn wohnte, und hatte vor einer Stunde mit einem Koffer und einer Flasche Whisky vor dem Haus ihrer Tante gestanden.

Gwendolyn seufzte.

«Na, sag doch was!», schimpfte Britta.

Gwendolyn war zu müde, um weiterhin verständnisvoll zu sein oder gar Trost zu spenden.

«Britta, ich hab dir doch gleich gesagt, dass der bestimmt auch wieder verheiratet ist. Das war genauso ein Typ wie dein Klaus letztes Jahr. Dem hast du seine ganzen dämlichen Erklärungen abgekauft, nur weil er aussah wie Clark Gable! Du hast dir in den letzten Jahren nicht einen einzigen Mann geangelt, der nicht verheiratet war.» Gwendolyn schnaubte ärgerlich. «Aber dafür sahen sie alle aus wie Cary Grant, Humphrey Bogart, Rock Hudson, James Dean, Marlon Brando oder was weiß ich nicht, wer. Du hast die falschen Auswahlkriterien. Hör endlich auf, diese alten Hollywoodschinken zu gucken und einen Hollywoodfilm nachleben zu wollen!»

Britta hatte ihrer Tante nicht zugehört, denn sie war damit beschäftigt, sich einen weiteren Whisky einzuschenken. Was nicht wirklich gelang: Sie kreiste mit der Flasche über dem Glas, aber jedes Mal, wenn sie einschenken wollte, war das Glas an der falschen Stelle. Dafür tränkte sie Gwendolyns Teppich mit Whisky. Britta blickte trauernd auf die feuchten Stellen, schaute dann zur Flasche, fixierte sie, setzte sie mit einem Ruck an die Lippen und trank.

Nachdem sie diese Aufgabe gemeistert hatte, redete sie weiter. Ihre Aussprache litt etwas unter dem Alkoholgenuss. Gwendolyn konnte nur noch jedes dritte Wort ausmachen.

«... war mir so sicher ... kein Ehering ... Wochenende Zeit ... liebt mich ...»

Als Britta wieder die Flasche anpeilte, stand Gwendolyn auf, nahm ihr den Whisky aus der Hand und nötigte ihre Nichte, sich auf die Couch zu setzen. Letzteres war nicht so einfach, Britta rutschte dreimal runter, dann gab Gwendolyn auf. Nun saß Britta vor der Couch auf dem Boden und schaute zu ihrer Tante hoch.

«... bleibe einfach bei dir. Für immer. Jawoll.»

Gwendolyn spürte, wie ihre Nebennieren Panik-Adrenalin in den Körper abgaben, und sie bemühte sich, ruhig durch diesen Prozess hindurchzuatmen. Britta versuchte sich an einem Lächeln, aber nachdem es ihr noch nicht einmal mehr gelang, ihre Augen auf Gwendolyns Gesicht zu fokussieren, ließ sie sich zur Seite fallen und blieb vor der Couch liegen.

Gwendolyn atmete tief durch: «Hör zu, Britta, ich bin müde, ich will wieder ins Bett. Bleib heute Nacht hier, und morgen sehen wir weiter.» Sie fand auch noch einen Rest Humor: «Am besten melden wir dich für ein Single-Seminar an. Dort kannst du dann sicher sein, keinen verheirateten Mann zu treffen.»

Sie nahm ein Kissen von der Couch, legte es auf den Boden und bettete Brittas Kopf darauf. Aus ihrem Schlafzimmer holte sie eine Decke, mit der sie sie zudecken wollte. Als sie zurück ins Wohnzimmer kam, saß Britta wieder aufrecht und hielt eine Visitenkarte in der Hand. Angestrengt versuchte sie zu lesen, was drauf stand.

«Bahnhof ... mir jemand gegeben ... Männername drauf?»

Gwendolyn verdrehte die Augen und nahm Britta die Karte aus der Hand. Sie stutzte: «Luna Madison – Hühner Voodoo» stand darauf. Gwendolyn knurrte verärgert. Sie hätte es nicht Bernadette überlassen sollen, für Werbung zu sorgen. «Lebensberatung» hätte da stehen müssen, um ihre psychologische Arbeit mit einzuschließen.

«Mit Männern bin ich fertig ...», waren Brittas letzte Worte, bevor sie zur Seite kippte und anfing zu schnarchen.

Am nächsten Vormittag, während Britta noch ihren Rausch ausschlief, klingelte Gwendolyns Telefon.

«Hier ist ein junger Mann, der eine Lieferung für eine Frau Schneider abgeben will», berichtete Bernadette, die täglich frühmorgens in der Praxis erschien und bis abends tapfer die Stellung in den bislang fast noch leeren Räumen hielt. Sie hatte sich selbst Praxiszeiten auferlegt und hielt sich streng daran, ungeachtet der Tatsache, dass sie gar keine Kundschaft hatten. Da die Küche bereits voll eingerichtet war, beschäftigte sie sich mit Kuchenbacken. «Was soll ich tun?»

«Sie annehmen natürlich. Das sind die Möbel für deinen Behandlungsraum.»

«Oh, wunderbar. Bringen Sie alles rein.» Der letzte Satz war offensichtlich an den jungen Mann gerichtet, danach hatte Bernadette einfach aufgelegt.

Gwendolyn ging neugierig nach unten. Es roch nach frischgebackenem Kuchen.

«Wo sind die Sachen?», fragte sie.

«Wer ist Frau Schneider?», antwortete Bernadette mit einer Gegenfrage.

Gwendolyn überlegte kurz. «Eine unserer Mitarbeiterinnen.»

«Wir haben Mitarbeiterinnen?»

Hm. Interessante Idee. Wäre das eine weitere Einnahmequelle? Lohnkosten für imaginäre Mitarbeiter? Würde Bernadette dafür bezahlen?

«Sie ist eine freie Mitarbeiterin. Sie hat sehr gut verhandelt, wir bekommen die Sachen zu einem günstigen Preis. Du übernimmst doch die Hälfte?»

Bernadette sah Gwendolyn erstaunt an.

«Was ist?», fragte Gwendolyn streng. «Ich denke, wir sind Partner. Das gilt auch auf der Kostenseite.»

Bernadette zog ein Gesicht. «Natürlich, das ist ja klar. Aber … ich befürchte, Frau Schneider legt uns rein.»

«Wie kommst du denn auf die Idee?»

«Der junge Mann sagte, das wären ausrangierte Requisiten vom Theater, die wir für unsere Aufführung kostenlos haben können.»

Dumm gelaufen. Das Geld konnte sie abschreiben.

«Hm. Ich werde da wohl mal ein Wort mit Frau Schneider reden müssen», meinte Gwendolyn und hoffte, das Thema wäre damit erledigt.

«Von welcher Aufführung sprach er denn?», fragte Bernadette.

«Keine Ahnung. Vielleicht hat Frau Schneider das erfunden, damit sie die Sachen nicht bezahlen muss.»

«Das ist aber nicht sehr nett. Und das werde ich ihr auch sagen, wenn ich sie treffe.»

Gwendolyn überlegte kurz und entschied, auf angebliche Mitarbeitergehälter als Einnahmequelle zu verzichten.

«Wir werden uns von Frau Schneider trennen. Aber jetzt zeig mir mal die Sachen. Wo sind sie?» Bernadette führte sie in ihr Zimmer, in dem sie ihren Campingtisch und ihre beiden Campingstühle aufgestellt hatte, die sie bislang auf der Straße benutzt hatte, und präsentierte Gwendolyn die vom Theater gelieferten Requisiten: zwei etwas ramponierte, ungefähr ein Meter große Heiligenfiguren, eine mannshohe Pappmaché-Giraffe, ein Elefant, ebenfalls aus Pappmaché, der etwa die Größe einer Dogge hatte, und drei Kartons.

Bernadette deutete auf die beiden Heiligenfiguren. «Das sind Thaddäus und Martha.»

«Du hast ihnen bereits Namen gegeben?»

«Aber nein, sie heißen so. Er hier ist der heilige Judas Thaddäus. Er war ein Apostel und mit Jesus verwandt. Nicht zu verwechseln mit dem Judas, der Jesus verraten hat. Thaddäus ist der Schutzheilige der Verzweifelten und Hoffnungslosen.» Die jahrelange Arbeit als katholische Gemeindeschwester zahlte sich aus. Sie sah Gwendolyn an. «Das passt doch gut.»

«Zu Hühner Voodoo?»

«Ja.»

Gwendolyn verbiss sich eine Bemerkung.

«Wir können es ja kombinieren. In Haiti mischen sie auch Voodoo und Katholizismus.»

Gwendolyn betrachtete Bernadette nachdenklich. Erfand sie solche Geschichten? Sie deutete auf die weibliche Figur.

«Und sie? Was ist mit ihr? Wieso hat sie einen Drachen an der Leine? Oder ist das ein genmanipulierter Hund?»

«Das ist Martha von Bethanien. Sie hat den Drachen mit Weihwasser gezähmt und ihm das Leben gerettet.»

«Also ist sie die Schutzheilige der Drachen», spottete Gwendolyn.

«Eher der Hausdrachen», kicherte Bernadette. «Das war ein Witz. Sie ist die Schutzheilige der Hausfrauen. Sie hat einen Kochlöffel in der Hand. Martha hat Jesus mal bewirtet.»

«Und wie heißen der Elefant und die Giraffe? Fritz und Frieda? Gibt's dazu auch eine Geschichte?»

«Nein.»

Gwendolyn betrachtete die Requisiten. «Das ist ja eine traurige Ausbeute.»

«Oh, warte, hier ist noch mehr.»

Aus einem Karton beförderte Bernadette eine Kuckucksuhr hervor und hielt sie Gwendolyn hin.

«Und darüber soll ich mich jetzt freuen?»

Bernadette strahlte: «Wir werden den Kuckuck entfernen und stattdessen ein kleines Huhn einsetzen. Dann haben wir eine Hühneruhr.»

Gwendolyn lächelte gequält.

«Hühner-Voodoo-Uhr», korrigierte Bernadette. Doch das besserte Gwendolyns Laune auch nicht. Was hatte sich Frau Gärtner nur bei ihrer Auswahl gedacht? «Haben die denn keine Möbel geschickt?»

«Nein. Aber Möbel brauchen wir nicht, die hab ich doch. Meinen Campingtisch und die Campingstühle. Damit hab ich bisher doch auch immer gearbeitet.»

Zum Beweis oder zum Schutz setzte sie sich schnell auf ihren Stuhl und legte die Arme auf den Tisch.

«Voodoo für Camper, na bravo», murmelte Gwendolyn. Doch in Ermanglung einer Alternative segnete sie es ab.

Sie sah in dem anderen Karton nach und fand dort eine großzügige Auswahl an Stoffen. Dunkle gemusterte und leuchtend bunte. Mit afrikanischer Anmutung. «Schon besser», murmelte sie. «Leg davon welche über deinen Tisch und die Stühle, das hilft. Und hänge ein paar an die Wände, das macht was her.» Sie sah sich im Raum um.

«Ein paar große Pflanzen wären gut. Ich besorge die.» Gwendolyn überlegte weiter. «Deine Hühnerknochen bindest du an Fäden, wie eine Girlande, und die hängen wir als Dekoration auf.»

«Ich könnte auch eine Kette für mich machen, die ich mir um den Hals hänge.»

«Ja, wieso nicht.»

«Soll ich auch eine für dich machen?»

«Nein danke.» Bernadette sah, dass Gwendolyn alles

in allem nicht sehr zufrieden war. «Warte, da war noch etwas dabei, du wirst begeistert sein.» Aus dem dritten Karton zog sie einen schwarzen Stoff, huschte aus dem Zimmer und stand kurz darauf im Habit einer Nonne vor ihr. Obwohl das Gewand zu lang war und sie es beim Gehen leicht hochhalten musste, rief sie beglückt: «Ist das nicht großartig? Das ist doch perfekt.»

«Nein, ganz und gar nicht. Das ist albern.»

Bernadette sah Gwendolyn gekränkt an. «Du bist eine Spielverderberin.»

«Oh bitte, also wirklich! Du willst hier doch nicht etwa als Nonne herumlaufen?»

«Wieso denn nicht?»

Gwendolyn fiel keine Entgegnung ein.

«Aber nicht immer. Nur manchmal.» Sie wollte wenigstens eine kleine Einschränkung durchsetzen.

Bernadette strahlte. «Weißt du, Katholizismus und Voodoo ist nämlich gar nicht so weit voneinander entfernt, zum Beispiel …»

«Gab es schon Anrufe? Terminanfragen?», wechselte Gwendolyn das Thema.

«Nein.»

«Macht nichts. Heute Nachmittag kommen meine Möbel, und dann kann's losgehen.»

FÜNF

Frederick Ackermanns Taktik, den Kontakt zu Sandra zu meiden, kam bei ihr nicht gut an. Sandra war eine No-nonsens-Frau, die keine Spielchen spielte, sondern geradeheraus sagte, was sie dachte. Das schätzte Frederick. Sie war klug, durchschnittlich hübsch und zeigte, nach einer gewissen Eingewöhnungszeit, auch Verständnis für seinen Beruf. Allerdings ging ihr Verständnis nicht so weit, dass sie sich seinen Arbeitstag schildern ließ.

«Ich finde es schön, dass du einen Beruf hast, der dir Freude macht. Aber ich habe da gewisse Berührungsängste, daher wäre ich dir sehr dankbar, wenn wir dieses Thema auf ein Minimum reduzieren könnten.» Frederick gefiel diese Art von Aufrichtigkeit. Leider führte die übergroße Begeisterung für seinen Beruf dazu, dass er es gelegentlich wieder vergaß. Kein Problem, Sandra erinnerte ihn daran. Sie war sehr geduldig. Diese Eigenschaft kam ihr auch in ihrem Beruf zugute. Sandra war Grundschullehrerin. Diese Profession hatte sie sehr bewusst gewählt, weil sie sich perfekt mit einer Familie, also eigenen Kindern, verbinden ließ. Nach ihrem Studium und einigen Jahren im Beruf war das nämlich ihr nächstes Ziel: die Gründung einer Familie. Das hatte sie Frederick bereits mehrmals mitgeteilt. Diese Information schreckte Frederick nicht ab. Im Gegenteil, genau das war es ja, was er ebenfalls anstrebte. Sie stellten erfreut fest, dass sie auch identische Ethik- und Moralvorstellungen hatten, also stand einem gemeinsamen harmonischen Leben nichts im Wege. Außer der Tatsache, dass Frederick noch den Tod seiner letzten Freundin überwinden musste. Auch dafür hatte Sandra Verständnis. «Das braucht Zeit, das verstehe ich. Wenn du so weit bist, dann machst du mir einen Antrag.» Sandra hatte mit einer Wartezeit von vielleicht einem Jahr gerechnet. Aber auch nach Ablauf eines weiteren Jahres blieb der Antrag aus. Sandra begann daran zu zweifeln, ob Frederick überhaupt vorhatte, sie zu heiraten. Er mied dieses Thema wie der Teufel das Weihwasser und wich auch sehr deutlichen Anfragen ihrerseits aus. Schließlich mied er Sandra sogar ganz.

Daher erschien sie an diesem Morgen verärgert bei ihm im Bestattungsinstitut.

«Was soll das?» Sie kam gleich zur Sache. «Wieso meldest du dich nicht mehr? Und wieso gehst du nicht ans Telefon, wenn ich dich anrufe?»

«Sandra, das hat nichts mit dir zu tun.»

«Sondern?», fragte sie, aber man konnte heraushören, dass es keine echte Frage war. Eher der Beginn einer Gardinenpredigt. «Hältst du mich hin? Hast du nicht den Mut, mir zu sagen, dass du es dir anders überlegt hast?»

«Nein, das ist nicht der Grund. Wirklich nicht. Sandra, du weißt doch ... Ich hab dir doch erzählt, dass ich schlechte Erfahrungen gemacht habe.»

«Buhu! Ich weine gleich. In unserem Alter hat jeder schon mal schlechte Erfahrungen gemacht, Frederick.»

Frederick seufzte.

Er hatte Sandra die näheren Umstände erklärt.

«Du weißt doch, was passiert ist. Und ... also, ich befürchte, das hatte mit meinem Heiratsantrag zu tun.»

«Es waren Unfälle.»

«Schon. Aber es waren wirklich sehr merkwürdige Umstände. Das musst du zugeben.»

«Ach, Frederick, wenn du dir auch so komplizierte Situationen ausdenkst. Was ist denn dagegen einzuwenden, einer Frau ganz traditionell bei einem romantischen Abendessen in einem schicken Restaurant einen Antrag zu machen? Keine Wespen, kein Sturz aus einem Ballon möglich. Ist dir das zu langweilig?»

Frederick schluckte. Und schwieg.

Sandras Geduld war zu Ende. Sie drehte sich um und wollte gehen.

«Sandra, warte.» Er hielt sie an der Schulter fest. «Ich will dich doch heiraten, aber wir müssen vorher reden.»

Sandra stöhnte auf. «Wir reden seit über zwei Jahren! Es gibt nichts mehr zu reden. Ich dachte, wir wären uns einig. Entscheide dich. Jetzt.»

«Sandra, ich muss jetzt zu einer Beerdigung.»

«Natürlich. Tolle Ausrede.»

«Das ist keine Ausrede, ich ... Lass uns heute Abend gemeinsam essen gehen. Okay?»

Sie horchte auf. «Abendessen?»

«Ja. Ein romantisches Abendessen in einem schicken Restaurant. Okay?»

Sandra lächelte. «Versprochen?»

«Versprochen!»

Sie küsste ihn flüchtig auf die Lippen. «Okay. Wir gehen essen. Aber das ist deine letzte Chance.»

Sie drehte sich um und ging.

Frederick sah ihr unglücklich hinterher.

Auf dem Weg in die Stadt versuchte sich Gwendolyn daran zu erinnern, welchen Beruf Britta eigentlich hatte. Sie hielt es für strategisch klug, ihr erst einen Job zu suchen und danach eine Wohnung. Sie würde das nicht Britta überlassen, da sie dann keinen Einfluss auf die Dauer ihres Aufenthaltes in ihrem Haus hätte. Und nach Brittas Ankündigung, sie würde nun für immer bei ihr bleiben, war sie nicht so sicher, ob Britta genug Motivation verspüren würde, diesen Prozess überhaupt in Gang zu setzen.

Als sie durch die Stadt lief und an einem Blumengeschäft vorbeikam, fiel es ihr wieder ein. Richtig: Ihre Nichte war Floristin. Kurz entschlossen ging sie rein und fragte nach einer freien Stelle. Kein Glück. Aber das war ja nicht der einzige Blumenladen. Die nächsten beiden hatten auch keinen Job anzubieten. Vielleicht war es gar nicht so einfach, eine geeignete Arbeitsstelle zu finden. Sie müsste ihre Vorgehensweise ändern. Sie ging in ein Café, um nachzudenken. Erst nachdem sie bestellt hatte, fiel ihr ein, dass dort bestimmt erwartet würde, dass sie ihren Kaffee bezahlte. Sie ärgerte sich ein wenig, so sehr mit den Gedanken an Britta beschäftigt gewesen zu sein, dass sie gar nicht, wie sie es sonst zu tun pflegte, in eins der größeren Hotels gegangen war, um ihren Kaffee zu trinken. Kostenlos natürlich. Wenn man nämlich etwas geschäftig tat, konnte man am Cerberus des Frühstücksbuffets, der normalerweise nach der Zimmernummer fragte, einfach vorbeigehen, mit der Mitteilung: «Ich brauche nur schnell einen Kaffee zum Mitnehmen, habe heute leider keine Zeit für Ihr wundervolles Frühstück.» Je nach Lage der Situation frühstückte sie dann doch ausgiebig, oder aber sie nahm sich zu ihrem Kaffee noch ein Croissant und ging wieder.

Nun gut, sie würde diese Ausgabe als Investition betrachten. Denn wenn es ihr gelänge, Britta wieder zum Ausziehen zu bewegen, war das 2,90 Euro wert. Sie würde sogar Trinkgeld geben. Sie würde auf drei Euro aufrunden.

Gwendolyn zog ihr Smartphone heraus. Sie war weniger an der eigentlichen Funktion eines Telefons, also an der Möglichkeit, mit anderen Leuten zu sprechen, interessiert, sondern daran, dass man in Windeseile jedes Thema der Welt recherchieren konnte. Unter dem Namen Klara Einstein setzte sie das Smartphone als Haushaltshilfe von der Steuer ab. Klara lieferte die gesuchten Informationen erwartungsgemäß innerhalb von wenigen Minuten. Gwendolyns Fähigkeiten, ein Smartphone zu bedienen, entsprachen dem eines zehnjährigen Kindes. Was in diesem Falle bedeutete: Sie war sehr gut. Sie hatte herausgefunden, dass es in der Stadt eine Niederlassung einer größeren Kette mit Namen *Flower Power* gab, dass der Name der Filialleiterin Monika Mertens war, der Inhaber Rudolph Kaufmann hieß und weit weg wohnte. Sie schrieb sich in seinem

Namen selbst eine E-Mail, legte drei Euro auf den Tisch, sah noch einmal bedauernd auf das Geld und machte sich auf den Weg zu *Flower Power*.

Im Laden fragte sie nach Frau Mertens.

Als die Filialleiterin kam, setzte Gwendolyn ihr nettestes Lächeln auf. «Ich soll Sie herzlich von Rudolph Kaufmann grüßen.» Nachdem das nur mit einem Nicken quittiert wurde, fügte sie hinzu: «Rudi und ich sind alte Freunde, wir waren sogar einmal verlobt.» Die Aufmerksamkeit der Filialleiterin steigerte sich. Aber nur so weit, dass sie fragte: «Was kann ich für Sie tun?»

«Sie können Rudi, also Herrn Kaufmann, einen Gefallen tun. Seine Nichte, Britta Herzog, ist Floristin und wohnt zurzeit bei mir. Sie sucht einen Job, aber sie will sich nicht von ihrem Onkel dabei helfen lassen.» Sie machte eine Pause, verdrehte leicht die Augen und seufzte: «Kinder!»

Die Filialleiterin zeigte allerdings Anerkennung. «Das ist doch sehr lobenswert.»

Gwendolyn nickte. «Natürlich, Sie haben ja recht. Dennoch möchte er, dass seine Nichte hier in seiner Filiale arbeitet, er hat Pläne mit ihr.»

Das Interesse stieg, allerdings mit Vorbehalt. Wahrscheinlich fürchtete sie um ihren Job. Da musste Gwendolyn rasch gegensteuern. «Rudi hält große Stücke auf Sie.»

«Ist ja seine Nichte.»

«Nein, auf Sie, Frau Mertens.»

«Oh.»

Gwendolyn lächelte milde. «Deshalb möchte er, dass

seine Nichte hier unter Ihrer Führung arbeitet, dass Sie sie unter Ihre Fittiche nehmen und dass Britta dann, nach ein paar Jahren, in der Zentrale arbeitet.»

Frau Mertens entspannte sich wieder und zeigte Anzeichen von Stolz. Wunderbar.

«Es gibt da nur ein kleines Problem.»

Höchste Aufmerksamkeit. «Ja? Welches denn?»

Gwendolyn zog ihr Smartphone heraus. «Warten Sie, ich will jetzt nichts Falsches sagen.» Sie hielt das Gerät so, dass die Filialleiterin einen Blick auf das Display werfen konnte, und las laut vor: «Liebe Trudi, ...» Sie unterbrach kurz, sah Frau Mertens an und schwelgte in seliger Erinnerung: «Trudi und Rudi, wir waren ein wundervolles Paar.»

Nachdem keine Reaktion von der Filialleiterin kam, wandte sie sich wieder dem Smartphone zu: «... lieb, dass du Britta bei dir aufgenommen hast, dafür bin ich dir unendlich dankbar. Aber nun habe ich noch eine Bitte: Du weißt ja, dass Britta es hasst, wenn ich mich in ihr Leben einmische, deshalb bitte ich dich nun darum. Sprich mit Frau Mertens, sie soll Britta in der Filiale unterbringen und sich etwas um sie kümmern. Aber auf gar keinen Fall soll Britta davon erfahren, und ich möchte auch nicht, dass Frau Mertens mich darauf anspricht, wenn ich vorbeikomme. Ich werde mich auch Britta gegenüber ganz neutral verhalten, so als wären wir nicht verwandt, weil es sonst Unruhe in der Filiale geben könnte, wenn die anderen Mitarbeiter wissen, dass sie die Nichte des Chefs ist. Frau Mertens können wir da vertrauen, sie kann solche Situationen souverän handhaben.»

Gwendolyn sah Frau Mertens erwartungsvoll an.

«Das ist gar kein Problem, das kriegen wir hin», nickte die Filialleiterin.

«Ach ja und noch was ...» Gwendolyn deutete auf das PS der Mail und hielt ihr das Smartphone hin. «Und such dir doch ein paar schöne Pflanzen bei uns aus. Ich weiß ja, dass du Zimmerpflanzen liebst. Das ist das Wenigste, was ich für dich tun kann, um mich für deine Hilfe zu bedanken.»

Frau Mertens nickte. «Dann schauen Sie sich mal um, was Ihnen gefällt.»

Gwendolyn war nicht zimperlich. Nachdem sie zwei mannshohe Philodendren, drei kleinere Gummibäume und einen buschigen Benjamini ausgesucht hatte, wählte sie noch zwei weiße Lilien.

«So, das wär's dann», teilte sie der etwas erstaunt dreinblickenden Frau Mertens mit.

Diese nickte tapfer und sagte: «Ich lasse die Pflanzen zu Ihnen bringen. Geben Sie mir Ihre Adresse?»

Nein, das war nicht so gut. Sie wollte keine nachvollziehbaren Spuren hinterlassen.

«Aber nein. Ich will Ihnen keine Umstände bereiten. Ich kümmere mich selbst um den Transport.»

«Gut. Und wie machen wir das jetzt mit der Nichte von Herrn Kaufmann?»

Gwendolyn legte den Kopf schief. «Tja, was meinen Sie? Wie sollen wir vorgehen?»

«Könnten Sie sie dazu bringen, dass sie sich hier bei mir vorstellt? Der Rest ist kein Problem.»

Gwendolyn tat, als würde sie überlegen. Dann meinte sie: «Ja, ich denke, das sollte ich irgendwie hinkriegen.»

Sie wandte sich zum Gehen. «Ich werde Rudi, also Herrn Kaufmann, von Ihnen grüßen. Okay?»

«Ja, bitte. Das wäre sehr nett.»

«Und darüber hinaus bewahren wir absolutes Stillschweigen über unsere kleine Vereinbarung.»

Sie bestellte ein Last-Taxi, ließ die Pflanzen einladen und fuhr nach Hause. Bernadette durfte die Taxirechnung bezahlen.

Den Preis der Pflanzen schätzte sie großzügig und notierte die Preise auf der Abrechnung für Bernadette.

Frederick fuhr langsam um die Kurve und hielt an. Sandra wartete bereits an der Straße auf ihn. Wütend riss sie die Wagentür auf und fauchte: «Du hast mir versprochen, mich nicht mehr mit diesem Wagen abzuholen!»

«Es ist das neueste Modell! Mit einer Menge Sonderausstattungen.»

«Na und?»

«Wir reden hier von einem individuell verstellbaren, elektronischen Dämpfungssystem, das die Fahrzeughöhe unabhängig von der Beladung konstant hält.»

«Beeindruckt mich nicht.»

«Klimatisierungsautomatik, Licht- und Regensensor, Scheinwerfer-Reinigungsanlage, Eco Start-Stopp-Funktion.»

«Trotzdem.»

«Steig doch bitte ein, ich steh im Halteverbot.»

Murrend stieg Sandra in den Wagen und verfiel in vorwurfsvolles Schweigen.

Frederick seufzte. Das fing ja gut an. Schweren Herzens hatte er sich entschlossen, Sandra heute Abend die entscheidende Frage zu stellen.

Ihrem Vorschlag entsprechend hatte er im romantischsten Restaurant der Stadt einen Tisch bestellt und ein paar Beruhigungstabletten eingenommen. Letzteres war seine Idee gewesen. Seine Therapeutin Luna Madison hatte er nicht erreicht. Ob sie ihm hätte helfen können, seine Sorge in den Griff zu bekommen, bezweifelte er. Besser auf die Pharmaindustrie vertrauen. Er hatte dennoch Angst, dass ihn der Mut verlassen würde. Und wenn er ihr heute keinen Antrag machte, wäre es aus. Das hatte sie ihm unmissverständlich zu verstehen gegeben. Die Tabletten beruhigten ihn nicht wirklich, aber sie verlangsamten seine Reaktionen etwas. Er war leicht schläfrig. Was allerdings im Endeffekt doch irgendwie dazu führte, dass er die Dinge gelassener hinnahm, da er nicht die Energie hatte, sich aufzuregen.

«Wie war dein Tag?», versuchte er ein Gespräch anzufangen.

Sandra verschränkte demonstrativ die Arme vor der Brust und sagte nichts.

Frederick ließ sich nicht entmutigen und erzählte von seinem Tag. Da sein Tag jedoch viel mit seinem Beruf zu tun hatte und dieses Thema nicht zu Sandras Lieblingsthemen gehörte, fing er sich den nächsten Tadel ein.

Als sie beim Restaurant angekommen waren, parkte er den Wagen direkt vor dem Eingang. Der Empfangschef des Restaurants schaute durch die Tür und kam eiligst herausgelaufen. Er ging um den Wagen herum zu Frederick und bedeutete ihm, die Scheibe runterzulassen.

«Würden Sie bitte Ihren Wagen um die Ecke parken.»

«Ja, aber ...»

Sandra schaute Frederick böse an: «Siehst du!»

Der Empfangschef deutete nach vorn. «Irgendwo dort bitte, nicht in Sichtweite unseres Restaurants.»

Frederick ließ die Scheibe wieder hochfahren und parkte aus.

«Ich weiß wirklich nicht, was die Leute immer haben. Mein Auto ist so gut wie jedes andere!»

Sandra schnaubte empört: «Frederick, du fährst einen Leichenwagen!!»

Kurze Zeit später hielt er ihr etwas umständlich und wenig elegant die Tür zum Restaurant auf. Die Tabletten führten dazu, dass er so relaxt war, sich erst in letzter Sekunde an seine guten Manieren zu erinnern. Er hatte die Tür bereits geöffnet und schob nun seine Hand so weit wie möglich an der Tür entlang in die Höhe, bis er unter seinem Arm hindurchgucken und Sandra mit einem Kopfnicken zu verstehen geben konnte, sie möge doch bitte vorgehen. Sandra verdrehte die Augen, bückte sich und ging unter Fredericks Arm hindurch ins Restaurant.

Nachdem sie bestellt hatten, sah Sandra Frederick erwartungsvoll an. Frederick schwieg. Die Wirkung seiner Medikamente hatte nun vollends eingesetzt. Sandra schwieg daraufhin ebenfalls.

Nach der Vorspeise wurde ihr Schweigen immer vorwurfsvoller und irgendwie lauter. Frederick versuchte sich aus dem Stadium völliger Entspannung herauszureißen, aber es gelang ihm nicht. Wortlos saß er da und sah Sandra an.

Sandra hielt es schließlich nicht länger aus. «Frederick, mir reicht's, ich habe die Nase voll. Ich war bereit, über deinen Beruf hinwegzusehen, obwohl ich ihn abstoßend finde. Ich war bereit zu warten, bis du mit deiner Trauerarbeit wegen deiner früheren Freundinnen fertig bist, aber das dauert mir zu lange. Wenn du dich nicht bis zum Ende dieses Abendessens entschließen kannst, mich zu heiraten, dann vergessen wir die Sache.»

Frederick sah sie ausdruckslos an, was dazu führte, dass Sandra schlussfolgerte: «Und die Tatsache, dass du nichts sagst, spricht ja wohl Bände.»

Frederick nahm zweimal Anlauf, um etwas zu sagen, doch seine Reaktion war derart verlangsamt, dass er jedes Mal, wenn er es geschafft hatte, den Mund zu öffnen, vergessen hatte, was er eigentlich sagen wollte.

Sandra ignorierte ihn daraufhin.

Endlich, kurz bevor die Hauptspeise serviert wurde, hatte Frederick genügend Energie gesammelt, um zu sprechen. Vielleicht hatte auch die Wirkung der Tabletten etwas nachgelassen. Er schaffte sogar ein Lächeln und beugte sich über den Tisch zu Sandra rüber und griff nach ihrer Hand.

«Sandra», begann er, doch dann musste er unterbrechen und Sandras Hand wieder loslassen, denn der Kellner brachte die Teller mit dem Hauptgang. Sie hatten sich für Fisch entschieden. Jetzt war es für Frederick noch schwieriger geworden, Sandras Hand zu erwischen, denn sie hatte bereits nach Messer und Gabel gegriffen.

Sie hatte nicht vor, es ihm leicht zu machen. Fredericks Versuche, erneut ihre Hand zu halten, scheiterten alle, er griff stets ins Leere, weil Sandra ungerührt aß.

Nun gut, dann eben ohne Hand, dachte sich Frederick und räusperte sich. «Sandra, wir kennen uns doch jetzt schon seit zwei Jahren ...»

Sandra hielt kurz inne, blickte Frederick an, nickte und meinte: «Ja. Und seit zwei Jahren sag ich dir, hol mich nicht mit dem Leichenwagen ab!»

Hm, stimmt. Er vergaß es immer wieder. Aber Frederick hatte nicht vor, sich beirren zu lassen, er hatte ein Ziel vor Augen.

«Sandra, bitte lass uns nicht streiten. Nicht heute. Ich liebe dich. Und ich will den Rest meines Lebens mit dir verbringen.»

Sandra sah ihn erwartungsvoll an.

«Aber ... müssen wir wirklich heiraten?»

Sandra richtete beleidigt ihren Blick wieder auf ihren Teller.

«Warum ist denn eine Hochzeit so wichtig für dich, Sandra?»

«Ich will Kinder.»

«Ich doch auch. Aber das ist doch heutzutage kein Problem mehr, auch ohne Trauschein ...»

«Frederick, ich weiß wirklich nicht, wo dein Problem ist. Wir haben doch festgestellt, dass wir beide eher konservativ sind. Ich möchte heiraten, dann Kinder bekommen. Und du wolltest das auch immer. Hast du zumindest gesagt. Wieso hast du deine Meinung geändert?»

«Ich hab meine Meinung nicht geändert. Also nicht

grundsätzlich. Aber ich würde mich besser fühlen, wenn … na ja.»

«Wenn was? Wenn wir nicht heiraten? Es ist aber wichtig für mich. Wieso nimmst du auf meine Gefühle keine Rücksicht?»

«Aber das tue ich doch. Ich habe mich bereit erklärt, meine Wohnung im Bestattungsinstitut aufzugeben, und wir suchen uns ein neues Zuhause. Aber das zögerst du immer wieder hinaus.»

«Ich zögere es nicht hinaus, ich möchte gerne die Reihenfolge einhalten: Verlobung, gemeinsame Wohnung, Hochzeit und dann Kinder.»

Frederick seufzte. Genau das wollte er auch!

Sandra sah ihn noch einmal ernst an. «Es liegt jetzt an dir, Frederick, ob wir beide eine gemeinsame Zukunft haben oder nicht.» Dann aß sie weiter.

Frederick blickte auf seinen Teller. Er hatte keinen Appetit. Er seufzte erneut. Er musste jetzt eine Entscheidung treffen.

Sandra nahm ein weiteres Stück Fisch auf die Gabel.

«Sandra!», rief Frederick. «Ich möchte dir etwas sagen …»

Sandra schaute Frederick an und führte die Gabel zum Mund. Aus dem Stück Fisch ragte eine ziemlich große Gräte heraus. Sie bemerkte es nicht.

«… also, genau genommen fragen. Ich möchte dich etwas fragen!»

Sandra kaute äußerlich ungerührt weiter. Doch sie hoffte inständig, dass nun endlich das geschehen würde, worauf sie lange genug gewartet hatte. Frederick kramte in seiner Jackentasche, nahm ein kleines schwarzes Kästchen raus, tastete mit seiner freien Hand nach Sandras Hand und hielt sie liebevoll fest. Zusammen mit der Gabel, aber davon ließ sich Frederick jetzt nicht mehr aufhalten.

Sandra bemühte sich, so schnell wie möglich zu Ende zu kauen, damit sie ihren Mund frei hätte und in der Lage wäre, «Ja» zu sagen.

«Sandra, ich möchte dich fragen ... ähm ... Willst du mich heiraten?»

Sandra schluckte hektisch und bemerkte die Gräte. Hin- und hergerissen zwischen der Gräte, die in ihrem Hals steckte, und seiner Frage versuchte sie zu reagieren.

«Oh Frederick, ich ...»

Dann fing sie an zu husten und zu würgen.

Der herbeigerufene Notarzt konnte nichts mehr für sie tun.

SECHS

Britta wollte sich nicht bei *Flower Power* vorstellen. Sie wollte sich überhaupt nirgendwo vorstellen. Nie mehr. Die Dramaqueen in ihr hatte die Regie übernommen. Britta hatte einen Plan. Nämlich dem Leben nun endlich mal vor Augen zu führen, was es ihr antat. Sie würde sich verweigern. Allem. Männern. Dem Arbeitsleben. Der Gesellschaft. Sie würde sich verwahrlosen lassen. Infolgedessen keinen Mann finden. Keinen Job mehr bekommen. Das würde dazu führen, dass sie verarmen würde. Und sie würde sehr, sehr unglücklich sein. So lange, bis das Leben einsah, dass es ungerecht zu ihr war.

Gwendolyn war nicht sehr begeistert, dass sich das alles in ihrem Haus abspielen sollte.

«Mein liebes Kind, die Sache mit dem Verarmen ist nicht sehr authentisch, wenn man in einer eleganten Jugendstilvilla campiert.»

Erst nachdem sie es gesagt hatte, fiel ihr auf, dass sich Britta dann eigentlich in bester Gesellschaft befinden würde.

«Ach. Und was würdest du vorschlagen? Wo soll ich leben?», fragte Britta.

«Nun ja, also, wenn du Wert auf einen glaubwürdigen Das-Leben-liebt-mich-nicht-ich-bin-am-Ende-Gesamteindruck legst ... es gibt hier eine sehr schöne, denkmalgeschützte Brücke, zentral gelegen. Nimm dir ein paar stabile Pappkartons und starte unter der Brücke eine kleine Siedlung mit ein paar Gleichgesinnten.»

Britta sah ihre Tante an. «Haha. Sehr witzig. Ich werde alt, einsam und unglücklich sterben.» Sie ließ ihre Worte noch ein wenig nachklingen, lächelte und nickte dann eifrig: «Ja, genauso werde ich es machen! Ich werde dieses Haus nie wieder verlassen. Ich werde dieses Zimmer nie wieder verlassen. Ach was, die Couch werde ich nie wieder verlassen.»

Zur Bekräftigung ihrer Worte drückte sich Britta noch tiefer ins Sofa, schlug trotzig die Arme übereinander und übte sich an einem unendlich leidenden Vor-sich-Hinstarren. Starren und Leiden war keine ideale Kombination. Britta reduzierte das Leidende in ihrem Blick, wechselte zu feindselig. Feindseliges Starren funktionierte.

Gwendolyn seufzte. Dass Britta zu einem Zeitpunkt in ihr Leben geschneit war, wo sie eisern sparen musste, war äußerst ungeschickt. Sie hatte ihrer Putzfrau gekündigt, die Heizung abgestellt, bemühte sich, wenig Strom und Wasser zu verbrauchen, kaufte nicht mehr ein, sondern lebte von den restlichen Vorräten und von in Handtaschen geschmuggelten Buffetresten. Früher oder später würde Britta auffallen, dass etwas nicht in Ordnung war. Und das wollte Gwendolyn unter allen Umständen vermeiden. Sie musste Britta so schnell wie möglich wieder loswerden.

Am nächsten Morgen brachte sie erneut das Thema Job zur Sprache.

«Ich denke, du solltest jetzt mal zu *Flower Power* gehen und dich vorstellen. Frag nach der Filialleiterin. Ich habe gehört, dass sie jemanden suchen.»

Britta schmollte: «Wozu denn? Ich werde den Job eh nicht bekommen.»

Okay, das Sonnenscheinchen in Britta war immer noch im Urlaub.

«Versuche es wenigstens. Mir zuliebe.»

«Du wirst sehen, es wird nicht klappen. Bei mir klappt nie was.»

Gwendolyn gab nicht auf. «Ich mach dir einen Vorschlag. Du stellst dich heute im Blumenladen vor. Und wenn du eine Absage bekommst, werde ich dir dabei helfen, unglücklich zu sein. Okay?»

Britta sah Gwendolyn überrascht an. Wie nett von ihrer Tante. Ja, sie könnte Hilfe gebrauchen, denn der Tag, den sie schmollend auf der Couch verbracht hatte, entsprach nicht ihren Erwartungen; die erhoffte Verzweiflung, das Unglück über ihr Dasein waren ausgeblieben. Genau genommen war es ihr einfach nur langweilig gewesen.

Sie war froh, ihre Schmollecke aufgeben zu können.

Gwendolyn warf sich einen Mantel über, der jedem mittelalterlichen Merlin Ehre gemacht hätte, verließ ihr Haus und ging die paar Schritte zu ihrer Praxis.

Vor der Tür stand Frederick Ackermann mit einer Visitenkarte in der Hand. Verflixt, der verrückte Leichenbestatter. Ausgerechnet.

Er sah fürchterlich aus. Völlig fertig. Gwendolyn erschrak etwas bei seinem Anblick.

«Frau Madison, ich brauche Ihre Hilfe», sagte er kläglich, als er sie sah.

«Ähm.» Gwendolyn räusperte sich und dachte angestrengt nach. Sie machte keine Anstalten, die Tür zu öffnen, denn vor ihr stand schließlich der Mensch, der sie bei ihrer letzten Begegnung mit einem tödlichen Heiratsantrag bedroht hatte. Er war definitiv verrückt.

«Woher wissen Sie, wo ich wohne?»

Er hielt ihr eine von Bernadettes Visitenkarten hin. «Wieso steht da *Hühner Voodoo?*»

«Wieso sind Sie hier?»

«Können wir reingehen?», bat er und deutete auf die geschlossene Tür.

Nein, das wollte sie nicht. Sie rührte sich nicht von der Stelle, sondern setzte eine geschäftliche Miene auf. «Worum geht es?»

«Ich werde nie wieder in meinem Leben einer Frau einen Heiratsantrag machen.»

«Schön, schön.»

«Können wir jetzt bitte reingehen?» Er stöhnte. «Ich muss mit jemandem reden. Außerdem schulde ich Ihnen noch Geld von der letzten Sitzung.»

Stimmt. Gwendolyn zögerte. Geld war ein Argument, das bei ihr stets auf fruchtbaren Boden fiel. Sie überwand ihre Bedenken, schloss die Tür auf und machte eine einladende Handbewegung.

Als Frederick in ihr Behandlungszimmer schlurfte, sah er sich verblüfft um.

«Aber das sieht ja genauso aus wie bei Frau Doktor Wittenfeld!»

«Es ist die übliche Praxisausstattung von Psychologen», erklärte Gwendolyn souverän. «Nehmen Sie auf der Couch Platz und entspannen Sie sich.»

Frederick saß da wie ein Häufchen Elend, ließ den Kopf hängen und blickte starr zu Boden.

Gwendolyn zögerte kurz, entschied sich aber dagegen, sich zu ihrem Patienten zu setzen, sondern nahm auf dem Stuhl hinter dem Schreibtisch Platz. Sie wollte Abstand zwischen sich und Frederick bringen. Eine Schutzbarriere sozusagen; so ganz traute sie ihm noch nicht. Frederick sah auf.

«Soll ich mich Ihnen gegenübersetzen?»

«Sehen Sie hier einen Stuhl?»

«Nein.»

«Also, dann ist das auch nicht vorgesehen.» Sie machte sich eine geistige Notiz, einen weiteren Stuhl zu bestellen.

Frederick zog unmutig die Augenbrauen zusammen, der Tonfall seiner Therapeutin ließ etwas zu wünschen übrig.

«Was kann ich für Sie tun?»

Er seufzte, stand auf und begann im Raum auf und ab zu laufen. Gwendolyn beobachtete ihn kritisch. Als er stehen blieb und sie schweigend ansah, legte sie ein professionelles Psychologenlächeln auf und nickte ihm aufmunternd zu.

Frederick hob die Arme und ließ sie wieder fallen. «Ich weiß mir keinen Rat mehr. Es ist wieder passiert. Nun schon zum dritten Mal.»

Obwohl sie die Antwort etwas fürchtete, fragte sie: «Was ist passiert?»

«Sandra.» Er kam auf den Schreibtisch zu, sah ihr in die Augen und sagte tonlos: «Sie ist gestorben. Als ich ihr einen Heiratsantrag gemacht habe.»

Er schwankte leicht und musste sich am Schreibtisch festhalten, um sich zu stabilisieren.

Gwendolyn hielt ihre Mimik unter Kontrolle, schluckte jedoch schwer. Erfand er diese Storys? Bildete er sich das ein? Oder entsprach es etwa der Wahrheit? Sie würde sich die Namen seiner Opfer geben lassen und es überprüfen. Opfer? Sie hielt die Luft an. Hatte sie es mit einem Serienmörder zu tun? Sie brauchte die Namen der Freundinnen. Sie würde recherchieren und überprüfen, ob polizeiliche Ermittlungen gegen ihn liefen. Denn falls er ein Serientäter war, würde sie ihr Honorar verdreifachen.

Honorar! Genau.

«Bevor wir weitermachen, müssen wir das Finanzielle regeln. Mein Stundensatz ist jeweils vor der Behandlung fällig. In bar.»

Frederick nickte, ungerührt griff er in seine Jackentasche und holte seinen Geldbeutel raus.

«Den Hausbesuch rechnen wir auch gleich mit ab. Heute ist Ihre dritte Sitzung. Und für die erste Behandlung hatten wir das doppelte Honorar vereinbart.»

Er zögerte. «Als Sie bei mir waren, haben wir uns kaum eine Viertelstunde unterhalten.»

«Schon, aber es war ein Hausbesuch. Dafür berechne ich den vollen Stundensatz.»

Er holte eine Reihe von Geldscheinen aus seinem

Portemonnaie, und bevor er fragen konnte, wie viel er ihr denn nun schuldete, nahm ihm Gwendolyn das Geld aus der Hand. Es gab ihr Sicherheit, und es motivierte sie weiterzumachen. Gut, er war verrückt, hatte Wahnvorstellungen, aber eine tadellose Zahlungsmoral. Letzteres war für sie die Priorität, alles andere würde sich finden.

Sie schob ihm einen Block und einen Bleistift über ihren Schreibtisch. «Und nun schreiben Sie doch mal bitte die Namen Ihrer … ehemaligen … Freundinnen auf.»

«Wozu brauchen Sie die Namen?»

«Onomatologie.»

Er runzelte die Stirn.

«Namenskunde», übersetzte sie. «Um eine Namensanalyse durchzuführen.»

«Und was soll das bringen?»

«Wir loten jede erdenkliche Möglichkeit und Ursache aus. Und schreiben Sie auch gleich das Geburtsdatum und das Ster… Geburtsdatum reicht.» Das Sterbedatum würde sie ja erfahren, wenn sie seine ehemaligen Freundinnen überprüfte. Google sei Dank! Und bei Namensdopplungen reichte ihr das Geburtsdatum als Anhaltspunkt.

«Und wieso das?»

«Numerologie. Sie wissen schon.»

«Nein.»

«Zahlenmystik. Zahlen haben mystische Bedeutungen. Wir müssen schließlich alles in Betracht ziehen.»

Frederick sah sie erst leidend, dann kritisch an.

Gwendolyn hatte das Gefühl, etwas Erklärendes sagen zu müssen.

«Sie haben Glück, dass Sie bei mir gelandet sind, denn ich beschäftige mich nämlich auch mit den Randgebieten der Psychologie: Mystik und Esoterik.»

«Mystik und Esoterik sind Randgebiete der Psychologie? Das wusste ich gar nicht.»

Sie auch nicht.

«Nun, man lernt nie aus, nicht wahr?» Gwendolyn lächelte vertrauenerweckend. Sie tippte auf den Block. «Die Namen bitte.»

Frederick nahm den Stift, schrieb drei Namen auf den Block, riss das Blatt ab und reichte es ihr.

«Nun setzen Sie sich», wies sie ihn an.

Als er auf die Couch zuwankte, fragte sie in freundlichem Plauderton: «Wie lautet denn Ihre Erklärung für diese ... ähm ... unerfreulichen Zwischenfälle.»

«Zwischenfälle? Unerfreuliche Zwischenfälle?», schnappte er, blieb stehen und drehte sich zu ihr um.

«Nun, ich bevorzuge eine nicht wertende und undramatische Betrachtung Ihres Problems.»

Frederick sah sie ärgerlich an, sie sah unbeeindruckt zurück. Schließlich meinte er: «Ja. Natürlich. Sie haben recht. Sie müssen das ganz professionell angehen.»

Gwendolyn nickte bestätigend. «Also, erzählen Sie mir, was Ihnen so durch den Kopf geht.»

Er begann wieder, vor der Couch auf und ab zu laufen.

«Bitte setzen Sie sich, Sie machen mich ganz wuschig mit Ihrem Gerenne.»

Er setzte sich zwar nicht, blieb aber wenigstens stehen. Er sah sie verzweifelt an. «Ich weiß wirklich nicht, wieso mir das immer wieder passiert. Ich lerne eine

Frau kennen, verliebe mich in sie, mache ihr einen Heiratsantrag, und sie stirbt. In den letzten sechs Jahren ist das drei Mal passiert.»

«Aber nur, wenn sie die Frau heiraten wollten?»

«Ja.»

«Hatten Sie früher oder auch zwischen diesen … ähm … Vorfällen andere Freundinnen?»

«Ja.»

«Viele?»

«Ja. Aber meist nur bis zu dem Moment, in dem sie erfahren haben, was ich beruflich mache. Das schreckt die meisten ab.»

Gwendolyn nickte nachdrücklich. «Verstehe ich.»

Frederick warf ihr einen gekränkten Blick zu.

«Vom Standpunkt einer jungen Frau gesehen ist Ihr Beruf … na ja … eher ungewöhnlich. Aber einige ließen sich nicht abschrecken, sagten Sie. Wie endeten diese Beziehungen?»

«Wie meinen Sie das?»

«Na ja, hatten Sie Beziehungen, die auf, sagen wir mal, *natürliche* Art und Weise endeten?» Da Frederick sie etwas fragend ansah, erklärte sie: «Nicht durch Tod, sondern weil einer von beiden die Beziehung beendet hat?»

«Ja.»

«Wer hat Schluss gemacht? Sie oder die Freundinnen?»

«Unterschiedlich.»

«Hm. Da ist also kein Muster zu erkennen. Aber während der ganzen Zeit, also wenn Sie eine Freundin haben, fühlt sich Ihre Freundin wohl?»

Er sah sie verständnislos an.

«Keine körperlichen Symptome? Schwindel? Unwohlsein in Ihrer Nähe? Beinahe-Unfälle? Krankheiten?»

Nun schien er zu verstehen, worauf sie hinauswollte.

«Nein. Alles bestens. Auch bei den drei Frauen, die ich heiraten wollte, gab es vorab keine Anzeichen.»

Gwendolyn nickte nachdrücklich. Sie hatte absolut keine Ahnung, was sie mit diesen Informationen anfangen sollte. Aber irgendeine Art von Defekt musste sie ihm bescheinigen, damit er weiterhin zu ihr kam. Um Zeit zu gewinnen, fasste sie zusammen: «Es passiert also wirklich immer nur in dem Moment, in dem Sie ihr einen Heiratsantrag machen?»

Frederick schluckte, nickte und sagte kläglich: «Ja. Es ist, als ob ein Fluch auf mir liegt.»

Fluch! Das gefiel ihr. Damit konnte man arbeiten. Das klang vielversprechend.

«Wieso glauben Sie das?»

Er wurde ärgerlich. «Das hab ich Ihnen doch bereits gesagt! Die Frauen, die ich heiraten will, sterben alle.»

Weil sie es für einen psychologisch wertvollen Satz hielt, sagte sie: «Es ist gut, dass Sie Ihrem Ärger Ausdruck geben.»

Aber das interessierte Frederick nicht. Er war am Ergebnis orientiert.

«Können Sie mir helfen?»

«Aber ja, ich bin Spezialistin für Flüche.»

«Sie glauben tatsächlich, es liegt ein Fluch auf mir?»

«Nun, das werden wir herausfinden.»

Frederick schüttelte den Kopf. «Das ist doch absurd!»

«Wenn Sie meinen. Aber wenn ich Ihnen mal einen psychologischen Rat geben dürfte ...» Sie machte eine kleine Kunstpause, in die er sehr ärgerlich hineinsprach: «Deshalb bin ich ja hier. Und dafür bezahle ich Sie auch.»

«Ah, der Ärger, die Wut, sehr schön. Lassen Sie Ihren Emotionen freien Lauf!»

Er knurrte. «Was für einen Rat?»

«Machen Sie keine Heiratsanträge mehr.»

«Danke. Auf die Idee bin ich auch schon selbst gekommen!»

Hm. Das war wohl nicht so überzeugend. So würde sie ihn als Patienten nicht halten können.

«Entspannen Sie sich erst mal, legen Sie sich hin, alles wird gut», versuchte sie ihn aufzumuntern.

Aber er war nicht aufzumuntern. Er schleppte sich zur Couch und ließ sich erschöpft in die Polster fallen. Dann stützte er die Ellbogen auf seine Oberschenkel und vergrub seinen Kopf in den Händen. Ein Anflug von Mitleid überfiel Gwendolyn. Unangenehmes Gefühl. Sie schüttelte sich kurz, dann war es wieder weg. Die Fluch-Variante gefiel ihr gut. Dabei würde sie bleiben. Das war ein nebulöses Gebiet, und sie konnte dafür Extragebühren verlangen. Einen Fluch-Zuschlag sozusagen.

Sie stand auf, kam hinter dem Schreibtisch hervor und wollte sich eigentlich ihm gegenüber auf einen Sessel setzen. Aber dann kamen ihr doch wieder Bedenken. Sie lehnte sich an den Schreibtisch und sah Frederick an. Erneut erfasste sie eine Mitleidswelle. Armer Kerl. Schade, dass sie ihm nicht helfen konnte. Aber zumindest sollte sie so tun als ob. Wie sollte sie vorgehen? Psychologisch. Klassisch. Die meisten Probleme liegen in der Kindheit begründet. Sie würde ihn erst einmal damit beschäftigen, eine gedankliche Reise in seine Vergangenheit zu machen.

«So, dann wollen wir mal. Legen Sie sich hin. Atmen Sie tief in den Bauch. Gehen Sie in Gedanken zurück in Ihre Kindheit, noch ein Stück weiter. Gut so. Atmen Sie gleichmäßig weiter. Immer tief ein und aus. Erinnern Sie sich, ob bei Ihrer Geburt eine Fee an Ihrer Wiege gestanden und etwas gesagt hatte? Vielleicht eine Drohung?»

Er setzte sich auf. «Eine Fee?»

«Eine *böse* Fee natürlich.»

«Eine böse Fee an meiner Wiege? Was soll das?»

«Wenn wir von einem Fluch ausgehen, müssen wir feststellen, woher und wie der Fluch in Ihr Leben kam.»

Frederick schnaubte leicht, und Ironie war aus seiner Stimme herauszuhören, als er sagte: «Ich habe sehr wenig Erinnerungen an meine Zeit in der Wiege, und es wurde nichts überliefert. Aber wir können natürlich mal in unserer Familienchronik nachsehen. Oder bei Grimms Märchen.»

«Sie haben eine Familienchronik?» Das klang nach netter Lektüre und bezahlten Lesestunden. «Bringen Sie sie vorbei, ich werde sie studieren. Allerdings muss ich Ihnen das in Rechnung stellen. Stellt das ein Problem dar?»

Er schien etwas genervt zu sein. «Hören Sie, das geht

klar mit Ihrem Honorar. Geld ist zurzeit meine geringste Sorge.»

«Das ist schön, das freut mich», sagte sie.

Sie sah aus dem Fenster und bemerkte, dass Bernadette die Straße entlangkam. In wenigen Minuten würde sie die Praxis betreten. Da Geld bei dem Herrn keine Rolle spielte, könnten sie auch gleich noch eine Hühner-Voodoo-Sitzung abhalten. Doch dafür sollte sie vielleicht erst einmal die Parameter ihrer Behandlungsmethoden mit Bernadette absprechen. Besser einen Extratermin ausmachen, beschloss sie.

«Für heute sind wir fertig. Ich rufe Sie an und sage Ihnen, wann Sie wiederkommen können.»

Frederick schien nicht gewillt zu gehen. «Wir sind aber keinen Schritt weitergekommen.»

«Oh doch. Wir kennen jetzt die Ursache Ihres Problems.»

«Sie glauben ernsthaft an einen Fluch?»

«Es ist die einzig logische Erklärung.»

Er schien nicht sehr glücklich damit zu sein.

«Nur Mut, wir sind auf dem richtigen Weg. Bald wissen wir mehr und können etwas dagegen tun.»

Er stand widerstrebend auf. «Können Sie mir denn irgendetwas verschreiben? Gegen die Ängste und die Panikattacken?»

«Natürlich», sagte sie, drehte sich zum Schreibtisch um und suchte nach einem Stückchen Traubenzucker oder einem Atemminz. Dann schoss ihr eine viel bessere Idee durch den Kopf. Sie sauste rüber in Bernadettes Zimmer, kam mit ernster Miene zurück und überreichte Frederick einen Hühnerknochen.

«Wenn Sie eine Panikattacke haben, dann nehmen Sie bitte diesen Knochen in die Hand und atmen ganz ruhig und gleichmäßig in den Bauch. So wie wir es vorhin geübt haben.»

Er sah ungläubig auf seine Hand.

«Aber am besten ist es, sie vermeiden eine Panikattacke.»

«Das ist ja ein guter Ratschlag. Danke.»

Gwendolyn ignorierte den ironischen Unterton. «Wir verrechnen den Knochen bei der nächsten Sitzung. Und bitte vergessen Sie nicht, Ihre Familienchronik mitzubringen.»

Frederick ging, sein Schritt war schwer, den Hühnerknochen drehte er mehrmals in seiner Hand.

Gwendolyn strahlte. «Bernadette, es geht los! Wir haben einen Fluch.»

«Oh Gott, was für einen?», rief Bernadette erschrocken.

«Einen Fluch-Patienten», stellte Gwendolyn klar. «Perfekt für Hühner Voodoo!» Da Bernadette immer noch kein erleuchtetes Gesicht machte, ergänzte sie: «Ich habe einen Patienten, Frederick Ackermann, der glaubt, dass auf ihm ein Fluch liegt. Und da kommst du ins Spiel. Mit deinem Hühner Voodoo. Wir müssen nur noch entscheiden, wie du das machst. Wir sollten ein paar Fluch-Sitzungen üben.»

«Das ist nicht nötig, ich mach das wie immer. Ich stelle eine Frage, werfe die Knochen und lese dann die Antwort aus der Lage der Knochen.»

«Nein, ich meine, was du ihm sagst.»

«Ich sage ihm das, was mir die Knochen sagen.»

«Auf alle Fälle solltest du ihm sagen, dass er wöchentlich herkommen muss.»

«Aber sicher, wenn die Knochen das sagen, dann sage ich es ihm natürlich.»

Gwendolyn seufzte. Bernadette ließ wohl nicht mit sich handeln. Na gut, dann würde sie eben Frederick Ackermann neben den normalen Sitzungen bei ihr noch eine wöchentliche Hühner-Voodoo-Behandlung verordnen.

Bernadette ging in die Küche und schnitt zwei Stück Marmorkuchen ab. Gwendolyn war ihr gefolgt.

«Kuchen?», wandte sich Bernadette an Gwendolyn.

«Nein, du kannst mein Stück haben.» Gwendolyn kannte die Prozedur inzwischen.

Bernadette legte die beiden Stücke auf einen Teller, ging zum Küchentisch, setzte sich und begann genüsslich den Kuchen zu futtern. «Das ist echt eine Erholung, nach all den Hühnchen.»

Gwendolyn setzte sich zu ihr. «Um auf den Fluch zurückzukommen. Wenn du deine Sitzung mit Frederick Ackermann hast, musst du es etwas geheimnisvoll und rätselhaft machen. Ihm vielleicht auch anbieten, dass du einen Gegenfluch aussprichst oder so.»

«Ich würde niemals Leute verfluchen.»

Leute verfluchen. Hm. Gwendolyn überlegte. Das könnte eigentlich auch ein ganz vielversprechendes Geschäft sein. Und amüsant. Nun, darauf würde sie später zurückkommen.

«Also, du sagst ihm, dass ein Fluch auf ihm lastet.»

«Ich denke, das weiß er schon.»

«Er glaubt es. Und du bestätigst ihm das.»

«Wenn es stimmt.»

«Das ist doch egal. Es geht doch darum ...» Nein, das würde sie nicht ausführen.

«Hat er was Unrechtes getan?», fragte Bernadette.

«Wieso?»

«Schließlich wird man ja nicht ohne Grund verflucht.»

Gwendolyn lächelte. «Na, das werde ich herausfinden. In vielen langen Sitzungen.»

«Wie kam er denn auf die Idee, dass ein Fluch auf ihm lastet?»

«Jedes Mal, wenn er heiraten will, geht etwas schief.»

«Was denn?»

«Er behauptet, wenn er einer Frau einen Heiratsantrag macht, kommt sie auf der Stelle zu Tode.»

Bernadette sah Gwendolyn zweifelnd an. «Meinst du, das stimmt?»

«Das werden wir gleich mal überprüfen. Ich hab die Namen der Frauen.»

Sie zog ihr Smartphone hervor und den Zettel mit den Namen und begann mit der Recherche. Nach einer Weile schluckte sie und verlor ein klein wenig an Farbe. Leider hatte Frederick nicht gelogen. Aber zumindest wurde nicht polizeilich gegen ihn ermittelt; alle drei Todesfälle galten als Unfälle ohne Fremdverschulden. Sie blickte auf und sah Bernadette an. «Es stimmt. Sie sind tot.»

«Wer?»

«Die Frauen, denen er Heiratsanträge gemacht hat.»

«Ach du liebes Lottchen!», rief Bernadette. «Das ist ja furchtbar.»

«In der Tat.»

Gwendolyn war ein wenig aus dem Konzept. Die Idee, dass er einfach nur verrückt war, hatte ihr besser gefallen. Änderte die Tatsache etwas, dass es diese Frauen wirklich gegeben hatte? Sollte sie ihn als Patienten aufgeben?

Nein. Schließlich bezahlte er anstandslos. Sie würde seine Familienchronik durchforsten. Das würde viele Stunden Zeit in Anspruch nehmen. Bezahlte Stunden.

«Was machen wir denn jetzt?», fragte Bernadette.

«Wir werden seine Familienchronik studieren.»

Bernadette hatte ihren Kuchen aufgegessen. «Möchtest du noch ein Stück?»

Gwendolyn dachte kurz nach und überlegte, welche Antwort sie geben müsste, um Bernadettes Hüften zu schonen. «Ja. Aber pack mir das Stück ein, ich nehme es mit nach oben.»

Bernadette war etwas enttäuscht. Bevor Gwendolyn wieder nach oben ging, um nach Britta zu sehen, wies sie Bernadette noch an, Hühnerknochen zu bemalen. Sie wollte die Knochen, die sie von nun an ihren Kunden mitgeben würde, aufpeppen und ihnen Namen geben. Sie dachte da an Beruhigungsknochen, Energieknochen, Liebesknochen, Glücksknochen und so weiter. Bernadette war begeistert und machte sich mit Feuereifer an die Arbeit.

Britta war nicht da. Gwendolyn sah in allen Zimmern und Ecken nach, und als sie sie nirgends fand, wollte sie sich erleichtert auf die Couch fallen lassen. Ging aber nicht. Britta hatte sich dort ihr Schmollnest gebaut. Alles lag voll mit Zeitschriften und leeren Pralinen- und Kekspackungen. Außerdem schien ihr Koffer auf der Couch explodiert zu sein, überall lagen Kleider herum, auf dem Couchtisch stapelten sich benutzte Kaffeetassen, ein Teller mit Spaghettiresten und zwei Mineralwasserflaschen. Beide halbleer. Gwendolyn seufzte tief.

Sie mochte Britta. Ihre Nichte war ein chaotischer Wirbelwind. Verträumt, enthusiastisch, mit einem Hang zur Dramatik und immer in Bewegung. Nun ja, gestern nicht unbedingt, da bewegte sie nur Dinge in ihrem Haus hin und her und verbreitete damit Unordnung. Aber Britta war durchaus liebenswert. Wenn man gute Nerven hatte. Sie war ein hübsches Mädchen. Und sie wirkte auch mit Mitte 30 immer noch mädchenhaft. Aber um mit Britta zusammenzuleben, musste man sich von klassischen Vorstellungen von Ordnung und Sauberkeit verabschieden. Sie wollte sich jedoch lieber von Britta verabschieden.

Ein Gedanke schoss ihr durch den Kopf. Sie rief bei einem Schlüsseldienst an. «Wie schnell können Sie ein Schloss austauschen?», fragte sie. Doch bevor sie eine Antwort bekam, hörte sie, wie sich der Schlüssel, den sie Britta gegeben hatte, im Schloss drehte.

«Vergessen Sie's», sagte sie ins Telefon und legte auf. Es war auch zu spät, schnell in ihr Schlafzimmer zu flüchten und so zu tun, als würde sie ein Nickerchen machen.

Ergeben wartete sie neben der Couch, bis ihre Nichte ins Wohnzimmer kam.

«Tante Gwendolyn», rief Britta mit vor Lebensfreude berstender Stimme. «Du glaubst nicht, was passiert ist!»

Gwendolyn war zwar äußerst erfreut darüber, dass Britta wieder zu ihrem normalen Temperament zurückgefunden hatte, aber zu viel Enthusiasmus vertrug sie nicht. Betont sachlich fragte sie: «Woher willst du wissen, dass ich es nicht glaube?»

Erwartungsgemäß kam Britta etwas aus dem Konzept. «Ähm, na ja, also ...»

Gwendolyn winkte ab. «Schon gut. Also was ist passiert?»

«Etwas ganz Großartiges. Aus heiterem Himmel! Du wirst es nicht glauben!»

«Kind, an dieser Stelle waren wir bereits.»

«An welcher Stelle?»

«Dass du postulierst, ich würde etwas nicht glauben, mir jedoch nicht sagst, worum es geht. Also kann ich dir weder recht geben noch widersprechen. Es bringt uns nicht weiter.»

Britta legte kurz die Stirn in Falten und betrachtete Gwendolyn sehr kritisch. «Was ist los, Tante Gwendolyn? Wieso hast du schlechte Laune?»

Gwendolyn antwortete nicht. Brittas Blick wanderte im Wohnzimmer umher. Dann nickte sie. «Aha. Die Unordnung. Stimmt's?»

«Nein», log sie. Dann entschied sie sich für ein Lächeln: «Darf ich dir dabei behilflich sein, deine Mitteilung loszuwerden, und die Prozedur abkürzen?» Ohne Brittas Antwort abzuwarten sprach sie weiter: «Du hast den Job in dem Blumenladen bekommen.»

«Ja. Und zwar auf der Stelle. Frau Mertens, die Filialleiterin, sagte, ich solle gleich dableiben!»

«Wunderbar.»

«Aber es kommt ja noch besser! Rate!»

Gwendolyn sah Britta ungläubig an. War Raten bei ihrem Tadel eben nicht auch mit abgedeckt? Sie hasste es, wenn Leute sie raten ließen. Was sollte das? Wenn man es gleich auf Anhieb erriet, waren sie enttäuscht, und wenn man nicht die richtige Antwort gab, ließen sie einen bis zum Sankt-Nimmerleins-Tag weiterraten. Wozu? Das machte die Nachricht ja nicht besser.

«Sag, was los ist, oder lass es sein. Ich rate nicht.»

Britta blickte etwas enttäuscht, aber ihre umwerfend tolle Nachricht wollte sie doch loswerden. «Ich bin verliebt!», jubelte sie.

«Was? Wie bitte? Gestern wolltest du dich noch vor den Zug werfen ...» Gwendolyn war empört.

«Das wollte ich nie! Ich hatte nur gesagt, dass ich mit dem Leben fertig bin. Dass ich die Nase von Männern voll habe. Von Zug war nie die Rede.»

«Ich meinte das metaphorisch. Gestern ging für dich wegen einem Mann die Welt unter! Wie kannst du dich da am nächsten Tag gleich wieder verlieben?»

«Darauf hat man doch keinen Einfluss.»

Darüber wollte Gwendolyn jetzt nicht diskutieren, obwohl sie dazu einiges zu sagen gehabt hätte.

«Also das mit dem Job hat geklappt?», wechselte sie das Thema.

«Ja.»

«Gut. Dann verdienst du ja jetzt Geld und kannst dir eine eigene Wohnung leisten.»

Gwendolyns Tonfall war etwas kühler als beabsichtigt. Sie schickte schnell ein Lächeln hinterher, aber Britta hatte verstanden. «Ich kümmere mich darum. Warum setzen wir uns nicht erst einmal?»

«Ist die Frage ernst gemeint? Möchtest du, dass ich sie beantworte?», schnappte Gwendolyn und sah vorwurfsvoll auf die mit Kleidern und Zeitschriften vollgehäuften Sitzmöglichkeiten in ihrem Wohnzimmer.

Britta räumte einen Sessel leer und sah sich um. Wohin mit dem Zeug? Sie entschied sich schließlich für die Couch und bot ihrer Tante mit einer einladenden Geste an, im Sessel Platz zu nehmen.

Gwendolyns Augenbraue zuckte – bereit zum Hochschnellen bis an den Haaransatz. Doch es gelang ihr, diesen Impuls zu unterdrücken.

Britta ließ sich strahlend ihr gegenüber auf die Couch zwischen alle ihre Kleider fallen. «Also. Darf ich dir jetzt von ihm erzählen?»

Gwendolyn nickte ergeben.

«Er sieht umwerfend gut aus.»

«Wem sieht er ähnlich?»

Britta rief begeistert: «Niemandem! Verrückt, nicht wahr?»

Gwendolyn horchte auf. «Er sieht keinem Hollywood-Star ähnlich?»

«Nein. Er sieht einfach nur gut aus.»

«Ist er nett?»

«Ich hoffe es.»

«Was heißt, du hoffst es? Ist er nett oder nicht?»

«Ich weiß es nicht. Ich hab nicht mit ihm gesprochen.»

«Sondern?»

«Ich hab ihn nur gesehen.»

«Nur gesehen. Aber du bist verliebt?»

«Ja. Liebe auf den ersten Blick.»

«Und er? Wie hat er auf dich reagiert?»

«Gar nicht.»

«Na, dann vergiss ihn.»

«Aber nein. Er hat mich doch gar nicht gesehen. Gott sei Dank.»

«Wie bitte?»

«Frau Mertens war bei einer Kundin und hat Blumen für eine große Dinner Party ausgeliefert, und Rosi, die andere Verkäuferin, war in der Mittagspause. Ich war allein im Laden und war gerade im Lagerraum, als ein Kunde reinkam. Er rief: ‹Hallo? Ist hier jemand?› Als ich seine Stimme gehört habe, war ich wie elektrisiert. Er hat eine unglaublich tolle Stimme. Rau und sanft gleichzeitig. Sie hört sich an wie Erdbeer-Pfeffer-Schokolade.»

Gwendolyn verzichtete darauf, sich zu erkundigen, wie sich Schokolade anhört.

«Ich war so gebannt vom Klang seiner Stimme, ich konnte mich nicht vom Fleck rühren. Aber dann hab ich vorsichtig um die Ecke geguckt und ihn gesehen! Er sieht umwerfend gut aus!»

«Und wieso bist du nicht raus und hast ihn bedient?»

«So, wie ich aussah?» Sie deutete vorwurfsvoll an sich hinunter. Britta trug eine Jeans und eine Bluse; an beidem war eigentlich nichts auszusetzen. Dann hob sie ihren Pferdeschwanz in die Höhe und sagte: «Mit der Frisur?!»

Auch darin sah Gwendolyn kein Problem. «Es war ein

Kunde. Du kannst dich doch nicht verstecken, wenn ein Kunde kommt.»

«Tu ich ja normalerweise auch nicht. Nur wenn es ein toller Mann ist und ich nicht gut aussehe.»

«Aha. Und wie soll diese Lovestory weitergehen?»

«Ich warte, bis er wiederkommt.»

«Und wenn er nicht wiederkommt?»

«Er wird wiederkommen. Er kommt öfter in den Laden.»

«Das hast du dem Klang seiner Stimme entnommen?»

«Ja.»

«Britta!»

«Er hat nach Frau Mertens gerufen. Also kennt er sie. Und ist wohl öfter da. Dann ging er wieder.»

«Was hast du jetzt vor?»

«Beim nächsten Mal werde ich vorbereitet sein. Ich werde umwerfend gut aussehen.» Sie schüttelte ärgerlich den Kopf. «Nicht zu fassen, dass mir so ein Anfängerfehler passiert. Aber das kam nur, weil ich eigentlich allen Männern abgeschworen hatte.»

«Wovon redest du jetzt?»

«Na, dass ich ungeschminkt und in ganz normaler Kleidung das Haus verlassen habe.»

«Das heißt, ab jetzt trägst du zur Arbeit Cocktailkleider und legst Abend-Make-up auf?»

«So in etwa. Man muss allzeit bereit sein. Man weiß ja nie, wann einem der richtige Mann über den Weg läuft. Und der erste Eindruck ist entscheidend. Ich will, dass ihm der Atem stockt, wenn er mich sieht. Er muss auf der Stelle hin und weg sein von mir.»

«Verstehe.» Gwendolyn überlegte, welchen Grund sie angeben könnte, um nun so schnell wie möglich ihr Haus zu verlassen, denn Britta würde keine Ruhe geben. Sie war zu aufgedreht und würde ihr einen Knopf an die Backe reden.

«Wir müssen das perfekte Outfit für mich finden. Ich hab ja bloß einen Koffer dabei, alle meine anderen Sachen sind ja noch in meiner Wohnung.»

Wohnung. Das war das Stichwort für Gwendolyn. Sie stand auf und suchte nach der Zeitung. «Schau mal bei den Immobilienanzeigen nach einer Wohnung für dich.»

Bevor Britta reagieren konnte, flüchtete Gwendolyn. Ihr war eingefallen, dass sie Britta keine Erklärung schuldete, wieso sie ihr Haus verließ.

Sie spazierte einmal um den Block und schlich dann sehr leise und auf Zehenspitzen wieder zurück. Im Schlafzimmer ließ sie sich erschöpft auf ihr Bett fallen.

Am nächsten Morgen lauschte Gwendolyn, bis sie hörte, dass die Haustür ins Schloss gefallen war, dann erst verließ sie ihr Schlafzimmer. Sie wollte ein Gespräch mit ihrer Nichte vermeiden. Dafür war es noch zu früh am Morgen. Aber wenigstens hatte Britta nun eine Motivation, tagsüber das Haus zu verlassen und zur Arbeit zu gehen. Und sie war bestens gelaunt.

Als Gwendolyn das Wohnzimmer betrat, erschrak sie regelrecht, denn es war aufgeräumt. Picobello. Brittas Hang zur Unordnung schien unmittelbar mit ihrer Laune zusammenzuhängen. Nun gut, das machte das Zusammenleben wesentlich erträglicher.

Als sie in die Küche kam und der Frühstückstisch gedeckt war und ein Zettel von Britta dalag, auf dem sie ihr guten Morgen und guten Appetit wünschte, war Gwendolyn vollends versöhnt.

SIEBEN

Judith Kallmeyer wählte mit sehr viel Bedacht ihre Kleidung aus. Sie hatte sich freigenommen. Für eine Beerdigung. Sie entschied sich für ein schwarzes Kostüm, eng geschnitten, mit kurzem Rock. Die Farbe war der einzige Kompromiss, den sie machen wollte. Schließlich hatte sie vor, gut auszusehen. Der Aspekt des Trauerns war zweitrangig. Sie kannte die Verstorbene ja gar nicht. Dafür aber den hinterbliebenen Freund. Genau genommen kannte sie ihn auch nicht wirklich gut, aber sie hoffte, dass sich das nun ändern würde, da er nach dem Tod seiner Freundin ja wieder «auf dem Markt» war.

Sie war Frederick Ackermann zum ersten Mal begegnet, als er die Beerdigung ihres Ehemannes organisierte. Dass sie Witwe wurde, dafür hatte sie selbst gesorgt, denn ihr Ehemann murmelte nach einem halben Jahr Ehe immer wieder etwas von Scheidung. Nein, geschieden wollte sie nicht sein. Dann lieber verwitwet. Denn es stellte sich heraus, dass die Immobilien, die er verwaltete und die der Grund für Judiths Ja-Wort gewesen waren, gar nicht ihm gehörten und sie ihm im Falle einer Scheidung womöglich Unterhalt zahlen müsste. Judith fühlte sich betrogen. Und bekam sehr schlechte Laune. Sie begann sich für nicht nachweisbare Gifte und die Zubereitung von Pilzomeletts zu interessieren. Als Judiths Mann plötzlich, aber doch erwartet, nach dem Genuss eines der seit Wochen obligatorischen Omeletts verstarb, besserte sich ihre Laune allerdings nur geringfügig. Judith war bereits übellaunig zur Welt gekommen, und seither hatte sich daran nicht sehr viel geändert. Sie war die Person, die bei einem Lotto-Gewinn über zwei Millionen lamentieren würde, sie sei ein Pechvogel, denn letzte Woche seien fünf Millionen im Jackpot gewesen. Im Laufe ihres Lebens gesellten sich zur miesen Laune auch noch Missgunst und Geldgier. Sie war nicht in der Lage, sich für andere zu freuen. Ihr erster Gedanke, wenn jemandem Gutes widerfuhr, war stets: «Und ich?»

Sie war sehr unzufrieden mit dem Leben, das es nach wie vor versäumte, jemanden vorbeizuschicken, der sie glücklich machte. Das Konzept, andere glücklich zu machen, war ihr fremd.

Judith arbeitete beim Finanzamt, wo sie ihre schlechten Eigenschaften zwar recht gut ausleben konnte, aber dennoch immer wieder daran erinnert wurde, dass sie nicht zu den Großverdienern gehörte. Ein Umstand, der ihre schlechte Laune noch steigerte. Dass sie langsam auf die 40 zuging und immer noch ihren Lebensunterhalt selbst verdienen musste, hatte bei ihr zu einer selbstgerechten Empörung geführt, die sie intensiv an anderen Leuten auslebte. Kurz: Jeder, der Judith kannte, versuchte ein Zusammensein mit ihr zu vermeiden.

Seit der Beerdigung ihres Mannes bemühte sie sich, Frederick Ackermanns Aufmerksamkeit auf sich zu ziehen.

Ihre Wahl war deshalb auf den Bestattungsunternehmer gefallen, weil sie den Unterlagen ihres Arbeitgebers entnehmen konnte, dass Frederick Ackermann Steuerklasse eins war, also ledig, und er mit dem höchsten Steuersatz veranlagt wurde. Sehr schön. Die genauere Einsicht in die Unterlagen ergab, dass Frederick Ackermann das war, was man üblicherweise «vermögend» nannte. Geld wirkte stets anziehend auf Judith. Es war ihr Aphrodisiakum.

Bei ihrem ersten Mann hatte sie den Fehler gemacht, sich auf seine Angaben zu verlassen, ohne sie zu überprüfen. Das würde ihr nicht noch einmal passieren. Daher der Finanzcheck bei Frederick Ackermann. Als sie seinen Kontostand sah, war sie verliebt. Sehr verliebt. Und sie fasste einen Plan.

Und Frederick Ackermann war nicht nur wohlhabend, sondern auch ungeheuer gut aussehend. Sie hatte wirklich Glück.

Der Gedanke, in ein florierendes Unternehmen einzuheiraten und ihren Lebensstil auf ein höheres Niveau zu bringen, motivierte sie und trieb sie zu allerlei Aktionen an. Einladungen zu Konzerten, Festivals, Kino-Premieren. Sie schickte Frederick pausenlos Eintrittskarten, doch der Platz neben ihr blieb stets leer. Sie erklärte es sich damit, dass sie noch nicht sein Interessengebiet gefunden hatte, und überlegte, ob er wohl ein Mann sei, der nur für seinen Beruf lebte. Nun gut, war ihr auch recht. Also schrieb sie ihm einen Brief, in dem sie ihm mitteilte, dass sie vorhabe, nach Wien zu fahren, um den Zentralfriedhof zu besichtigen, und ob er wohl Interesse daran habe, mitzukommen. Hatte er nicht.

Aber Judith war eine zielstrebige Frau, die sich nicht so leicht von ihrem Vorhaben abbringen ließ. Sie musste schlicht mehr Einsatz bringen. Sie musste auch physisch um ihn herum sein, das würde ihre Chance erhöhen.

Nur, wie sollte sie das anstellen?

Bei ihrem nächsten Besuch im Bestattungsunternehmen lief sie seinem Buchhalter, Ernst Lehmann, über den Weg. Mit ihm würde sie sich anfreunden, beschloss sie, und das würde ihr ermöglichen, sich regelmäßig im Ackermann'schen Bestattungsinstitut aufzuhalten und ein wenig an Fredericks Leben teilzunehmen. Und diese Nähe hatte sich schon gelohnt: Erfreut hatte sie zur Kenntnis nehmen können, dass seine Beziehung mit dieser Sandra ein letales Ende gefunden hatte. Wunderbar.

Ein letzter Blick in den Spiegel. Sie war mit einer guten Figur gesegnet. Aber ihr Charakter zeichnete sich leider in ihrem Gesicht ab, das man statt mit «grauer Maus» in ihrem Fall mit «grauer Ratte» beschreiben würde, denn das Nagetierhafte dominierte. Ihr war das nie aufgefallen. Sie hielt sich für attraktiv und war sehr zufrieden mit sich. Auftritt Judith Kallmeyer.

Ernst Lehmann, Mitte 40, war nach wie vor überwältigt von dem Gedanken, dass er nun endlich eine Freundin hatte. Er interpretierte Judiths Aufmerksamkeit als Interesse an ihm. Ein Anfängerfehler. Er war hingerissen von ihr. Das lag nicht unbedingt an Judiths Persönlichkeit oder ihrem Aussehen. Ernst war hingerissen von ihr, weil – sie ihn ansah. Das kam nicht allzu oft vor. Normalerweise sahen Leute durch ihn hindurch, kein

Blickkontakt. Es war Ernst nicht unrecht, er hielt nicht viel von Blickkontakt. Durch Blickkontakt fühlte er sich gezwungen, etwas zu sagen oder zumindest zu lächeln. Und damit war er überfordert.

Als Judith zum ersten Mal bei ihm im Büro erschien und ihn um eine Tasse Kaffee bat, sah sie ihn an. Ganz direkt. In die Augen. Ernst durchfuhr es heiß. Was teils daran lag, dass er vor Schreck etwas von dem Kaffee, den er ihr gerade überreichen wollte, über seine Hand geschüttet hatte, aber teils auch an Judiths Blick, der ihn so unvermittelt traf. Und er konnte sich dieses Gefühl, das ihn überkam, nur mit einem einzigen Wort erklären: Liebe. Ernst war verliebt. Und Judith musste es wohl auch sein, sonst wäre sie nicht so nett zu ihm, dachte er.

Er hatte zwar ein wenig Angst vor ihr, aber das wertete er nicht als schlechtes Zeichen, er hatte generell Angst vor Frauen. Seine Mutter hatte ihm das beigebracht. Sie hatte ihn gewarnt. «Frauen wollen bloß heiraten und versorgt sein. Und wenn du heiratest, Junge, was soll denn dann aus mir werden? Dann wird sie dich zwingen, dich zwischen ihr und mir zu entscheiden. Und dann? Was machst du dann? Ich sage dir, was dann passiert: Du wirst unglücklich.» Das wollte Ernst natürlich nicht. Er wollte nicht unglücklich sein. Aber er stand nie vor dem Konflikt, eine Entscheidung treffen zu müssen, da er nie eine Frau traf, die ihn vor diese Frage stellte. Frauen stellten ihm überhaupt keine Fragen. Sie übersahen ihn. Bis Judith auftauchte. Und Judith verlangte ihm auch keine Ich-oder-deine-Mutter-Entscheidung ab, was er ihr hoch anrechnete. Er lebte weiterhin bei seiner Mutter in der Drei-Zimmer-Wohnung. Er hatte das wunderbare Gefühl, dass er jeden Tag eine Verabredung mit Judith hatte. Und da sie die Verabredung stets einhielt, nahm er an, dass Judith seine feste Freundin sei. Dass ihr regelmäßiges Erscheinen im Bestattungsinstitut nichts mit ihm zu tun hatte, kam ihm nicht in den Sinn.

Ernst zerbrach sich den Kopf, womit er Judith wohl eine Freude machen und wie er ihr mitteilen könnte, wie sehr sie ihm gefiel. Er war kein Mann großer Worte. Auch nicht kleiner Worte. Worte strengten ihn sehr an.

Er freute sich, dass sie so großes Interesse an ihm und seiner Arbeit hatte. Heute wollte sie sogar gemeinsam mit ihm zur Beerdigung der Freundin seines Chefs gehen. Konnte man sich eine bessere Partnerin wünschen?

Gwendolyn saß am Schreibtisch und hatte ein sehr geschäftsmäßiges Gesicht aufgesetzt, denn sie war in Sachen Luna Madison tätig. Sie war am Telefon und verhandelte mit Frederick Ackermann, der sich weigerte, zu ihr zu kommen. Und das wollte sie nicht so einfach hinnehmen. Sie wollte ihn auf keinen Fall verlieren, er war nach wie vor ihr einziger Patient. Er hatte die Beerdigung von Sandra als Grund für seine Absage genannt, schien allerdings auch nicht an einem weiteren Termin interessiert zu sein.

«Herr Ackermann, keine Sorge, ich werde Sie nicht im Stich lassen.»

«Darüber mache ich mir keine Sorgen. Ich denke nur, das bringt alles nichts.»

«Ich spüre eine Ablehnung bei Ihnen, aber das ist durchaus normal in dieser Phase der Behandlung.»

«Nun ja, also um ganz ehrlich zu sein, ich erkenne auch keine Behandlung.»

Das war etwas dreist, fand Gwendolyn, aber sie gab nicht auf.

«Darüber müssen Sie sich keine Gedanken machen, es läuft alles nach Plan. Allerdings brauchen wir jetzt Ihre Familienchronik.»

«Hören Sie, ich habe jetzt nicht die Nerven, unser Archiv nach der Chronik zu durchstöbern.»

«Aber natürlich nicht. Das übernehme ich.»

«Ich weiß nicht …»

«Geben Sie die Verantwortung ab. Überlassen Sie alles mir.»

Gwendolyn hörte ihn seufzen. Ah, sie war auf dem richtigen Weg.

«Herr Ackermann, Sie brauchen jetzt jede Hilfe, die Sie bekommen können.»

Er schwieg.

«Was haben Sie denn zu verlieren? Es ist doch durchaus einen Versuch wert.»

«Wenn Sie meinen», sagte er schließlich.

«Wunderbar. Ich komme gleich vorbei.»

«Aber ich muss jetzt zu einer Beerdigung.»

«Kein Problem, gehen Sie ruhig. Und denken Sie daran: Kurz vor dem Sonnenaufgang ist es immer am dunkelsten.»

Na, das war doch mal ein prima Satz. Sie legte zufrieden auf und rief nach Bernadette.

«Bernadette, wir müssen los.»

Bernadette betrat mit einem Pinsel in der einen und einem Hühnerknochen in der anderen Hand Gwendolyns Zimmer.

Gwendolyn starrte auf den verzierten Knochen. «Blümchen? Seit wann malen wir Blümchen drauf?»

«Ich dachte, ich mach mal was anderes als nur bunt.»

«Doch keine Blümchen! Dann mal Punkte oder Streifen oder so drauf. Aber doch nichts Niedliches!»

Bernadette war etwas gekränkt. «Ich hab mir viel Mühe gegeben.»

Gwendolyn stand auf. «Mach dich fertig, wir gehen.»

«Wohin?»

«Zu einem Bestattungsinstitut.»

«Fühlst du dich nicht wohl?»

«Bitte? Was soll denn die Frage? Wir gehen aus geschäftlichen Gründen hin.»

«Also, ich hab schon alles geregelt. Ich habe mich für einen dunklen Eichensarg entschieden, ein sehr schönes Modell, er ist innen mit ...»

Gwendolyn winkte unwillig ab. «Ja, ja, schön, schön. Darum geht es nicht. Es geht um Frederick Ackermann.»

«Ist er tot?»

«Himmel noch mal, Bernadette!», rief Gwendolyn. «Nein! Wie kommst du denn auf die Idee? Ich hab doch gerade mit ihm gesprochen.» Dann fiel ihr ein, dass Bernadette ja die Information fehlte, womit er seinen Lebensunterhalt verdiente. «Frederick Ackermann ist Bestattungsunternehmer.»

«Oh! Das wusste ich nicht. Aber das kann natürlich auch der Grund sein.»

«Der Grund wofür?»

«Wieso die Knochen im Zusammenhang mit ihm immer Tod angezeigt haben. Ich hab ein paarmal Probe geworfen, wegen des Fluchs und so, zum Üben. Und da kam immer Tod raus. Egal, welche Frage ich gestellt hatte.»

Die Möglichkeit, dass an Bernadettes Spinnerei etwas dran sein könnte, verursachte bei Gwendolyn ein leichtes Frösteln. Sie zog den Kimono, für den sie sich heute entschieden hatte, etwas enger.

«Und wieso gehen wir zu Herrn Ackermann?», fragte Bernadette. «Er sollte doch zu uns kommen. Ist doch schade, jetzt, wo mein Zimmer so schön dekoriert ist.»

«Herr Ackermann hat heute keine Zeit. Und wir werden jetzt, während er mit einer Beerdigung beschäftigt ist, in seinem Archiv nach seiner Familienchronik suchen.»

«Ist er darüber informiert?»

«Natürlich. Was denkst du denn?»

«Na, bei dir weiß man nie.»

Gwendolyn lächelte.

Sie machten sich auf den Weg zum Bestattungsinstitut.

Judith betrat mit künftigem Besitzerstolz das Ackermann'sche Unternehmen. Sie sah sich um. Sie würde nicht allzu viel verändern lassen, nur ein paar Kleinigkeiten. Ein Porträt von ihr und Frederick würde sich gut machen. Vielleicht auch die Porträts von den Vorbesitzern. Eine Ahnengalerie. Ja, so etwas macht immer Eindruck.

Ernst Lehmann kam freudig auf Judith zu. Von der anderen Seite lief Frederick Ackermann durch die Empfangshalle.

«Herr Ackermann!», rief Judith und eilte an Ernst vorbei, ohne ihn zu beachten.

Er sah ihr hinterher. Aber natürlich. Erst mal musste sie seinen Chef begrüßen. Sie wusste, was sich gehörte.

Judith war gezwungen, noch einmal «Herr Ackermann» zu rufen, da er beim ersten Mal nicht reagiert hatte. Jetzt blieb Frederick stehen und sah sie an. Als Judith sein kummervolles Gesicht sah, fiel ihr wieder ein, wieso sie hier war. Sie änderte ihr strahlendes Lächeln blitzschnell in einen unendlich traurigen Gesichtsausdruck, legte tiefes Mitgefühl in ihre Stimme und ihre Hand ganz sanft auf seinen Oberarm, als sie sagte: «Es tut mir so unendlich leid für Sie. Ich verstehe Ihren Schmerz, glauben Sie mir. Wenn man einen geliebten Menschen verliert, ist es, als würde einem der Teppich unter den Füßen weggezogen. Was man dann braucht, ist die Freundschaft und der Beistand von Leuten, die dasselbe erlebt haben.» Sie lächelte gewinnend.

Frederick versuchte sich zu erinnern, woher er die Frau kannte. Judith spürte das, und ein Ausdruck heftiger Verärgerung huschte kurz über ihr Gesicht. Seit Monaten kam sie immer wieder hierher. Wieso konnte er sich nie an sie erinnern?!

Es hörte sich leicht fauchend an, als sie sagte: «Sie haben meinen Mann beerdigt. Judith Kallmeyer ist mein Name.»

«Oh, natürlich, entschuldigen Sie bitte. Ich bin ... also ... es ist ...»

Sie ließ ihre Hand von seinem Oberarm zu seiner Hand gleiten, umfasste sie, legte nun auch noch ihre andere Hand darauf und drückte immer wieder ermutigend, während sie nickte, ihn zärtlich ansah und hauchte: «Ich weiß, ich weiß. Es ist schwer. Wenn Sie jemanden zum Reden brauchen, ich bin jederzeit für Sie da. Tag und Nacht.»

«Danke, das ist nett von Ihnen», murmelte Frederick, entzog ihr seine Hand und setzte seinen Weg fort.

Judith lief neben ihm her und redete weiter, schließlich hatte sie sich auf dieses Treffen vorbereitet und sich in allen Einzelheiten ausgedacht, was sie Frederick sagen wollte. Vor der Herrentoilette blieb er stehen und sah Judith auffordernd an. Keine Chance. Sie redete weiter. Er legte die Hand auf die Klinke, öffnete die Tür leicht und hielt inne, als er bemerkte, dass Judith Anstalten machte, ihm zu folgen.

Er schüttelte den Kopf und sagte: «Ich würde gerne alleine hier reingehen.»

Erst jetzt beachtete Judith das Schild an der Tür. «Oh … Ähm … Ja, natürlich. Ich warte hier.»

Frederick seufzte und schloss die Tür hinter sich.

Ernst war den beiden mit einigem Abstand gefolgt. Er tippte Judith auf die Schulter.

Sie schrak zusammen und drehte sich empört um. «Herrgott, Ernst, schleich dich doch nicht so an.»

«Entschuldige, Judith.»

«Schon gut.»

«Nach der Beerdigung gibt es noch Kaffee und Kuchen, ich hoffe, du bleibst, dann könnten wir etwas Zeit miteinander verbringen und …»

Judith unterbrach ihn barsch. «Wie kannst du jetzt an so etwas denken? Ich muss mich um deinen Chef kümmern.» Dann lächelte sie und legte ihre Hand auf Ernsts Oberarm. «Das ist doch auch in deinem Interesse. Ich tue das nur für dich.»

«Danke, Judith. Das ist wirklich sehr selbstlos von dir.»

«So bin ich nun mal», hauchte sie und drückte ihm einen Kuss auf die Wange.

Ernsts Hand legte sich auf die Stelle dieser köstlichen Liebesbezeugung. Judith sah das und lächelte ihm ermutigend zu. Dann wandte sie ihre Aufmerksamkeit wieder der geschlossenen Herrentoilettentür zu. Bis sie wieder aufging.

Frederick sah auf die Uhr und wandte sich an seinen Mitarbeiter. «Herr Lehmann, ich habe eine Bitte. Ich erwarte eine ältere Dame, Luna Madison. Sie möchte im Archiv nach unserer Familienchronik suchen. Könnten Sie wohl hierbleiben und ihr behilflich sein. Sie können ja dann später nachkommen.»

«Aber natürlich, Herr Ackermann. Jederzeit. Gerne.»

Dann wandte sich Frederick an Judith. «Vielleicht leisten Sie Herrn Lehmann Gesellschaft.»

«Aber nein, ich werde Sie doch nicht in dieser schweren Stunde alleine lassen. Ich bin für Sie da, ich bleibe an Ihrer Seite!» Sie hängte sich bei ihm ein. «Gehen wir.»

Frederick zog seinen Arm zurück und legte seine Hand auf ihren Rücken, um sie vor sich herzuschieben. Das war Judith auch recht. Hauptsache, sie durfte mit.

Als Gwendolyn und Bernadette im Bestattungsinstitut ankamen, wurden sie von einem kleinen, unscheinbaren Mann empfangen, der sehr leise sprach und ein wenig stammelte. «Guten Tag ... mein Name ist Lehmann ... Ernst Lehmann ... Herr Ackermann ... hat mich gebeten, Ihnen behilflich zu sein.»

Gwendolyn ließ ihre Hand aus dem weiten Ärmel ihres Kimonos herausgleiten und reichte sie Ernst Lehmann, als wäre es für ihn eine Ehre, ihr die Hand schütteln zu dürfen. Mit donnernder Stimme sagte sie: «Ich bin Luna Madison!»

Sie machte eine Kunstpause, ließ ihm Zeit für eine Reaktion, aber er sagte nichts, er zog nur wie eine Schildkröte den Kopf ein.

Bernadette räusperte sich.

«Ach ja», fuhr Gwendolyn fort und deutete mit weit ausholender Geste auf Bernadette. «Und das ist meine Kollegin ...»

Bevor Gwendolyn einen Namen nennen konnte, machte Bernadette einen großen Schritt nach vorn und hielt Ernst die Hand hin. «Luna Madison. Sehr angenehm.»

Ernst sah ungläubig zwischen den beiden Damen hin und her.

«Unsere Praxis heißt Luna Madison», versuchte Gwendolyn zu erklären und bemühte sich, Bernadettes Aufmerksamkeit zu erhaschen, um sie mit einem strengen Blick zu tadeln. Aber Bernadette mied Gwendolyns Blick.

Gwendolyn seufzte. Dann sagte sie im Befehlston: «Wir müssen in Ihr Archiv. Wir brauchen die Chronik der Familie Ackermann. Herr Ackermann weiß Bescheid.»

«Ja. Ich weiß auch Bescheid. Sie brauchen die Familienchronik aus dem Archiv.»

«Meine Worte.»

«Dann gehen wir mal ins Archiv und suchen die Familienchronik.»

Gwendolyn sah Ernst Lehmann abschätzend an. Wollte er witzig sein?

Ernst führte die beiden in den hinteren Teil des Gebäudes. Der kleine Raum wurde offensichtlich selten genutzt, eine dicke Staubschicht bedeckte die Bücher und Ordner, und in den Ecken hingen Spinnweben.

Ernst entschuldigte sich. «Wir gehen hier fast nie rein.»

Auch an den Wänden, zwischen überladenen Regalen, waren Ordner aufgestapelt. Gwendolyn verzog das Gesicht. Schmissen diese Leute denn gar nichts weg?

«Na bravo», meinte sie. «Dagegen ist der Stall des Augias ein Projekt für Anfänger.»

Lehmann und Bernadette sahen sie fragend an.

«Herkules», half Gwendolyn den beiden auf die Sprünge. Ohne Erfolg. Sie winkte ab. «Egal.»

«Ich denke, wir sollten zuerst in den Schränken nachsehen», schlug Lehmann vor und deutete auf eine Wand von Ordnern und Papierbergen. «Sie sind dahinter.»

Er begann Papierstapel zur Seite zu räumen, und tatsächlich – dahinter wurden zwei alte Eichenschränke sichtbar.

«Hier sind die persönlichen Aufzeichnungen der Familie Ackermann.»

Gwendolyn öffnete beherzt einen der Schränke. Er war voll mit Büchern. Systematisch sah sie sich Buchrücken für Buchrücken an, zog hier und da ein Exemplar heraus, schob es wieder zurück und suchte weiter.

Lehmann nahm sich den anderen Schrank vor.

Bernadette hatte eins ihrer kleinen umhäkelten Taschentücher in der Hand und wischte Staub.

Gwendolyn sah sie ungläubig an. «Was tust du da? So geht das nicht.»

Bernadette nickte und sprach Lehmann von hinten an. «Haben Sie vielleicht ein Staubtuch und etwas Möbelpolitur?»

Bevor der Buchhalter auch nur verständnislos den Kopf zu Bernadette drehen konnte, fuhr Gwendolyn dazwischen. «Nein, ich meinte damit: Vergiss den Staub. Jetzt suchen wir die Familienchronik. Fang du bitte in der unteren Reihe an.»

Bedauernd sah Bernadette auf den vielen Staub. Aber dann schloss sie sich Gwendolyn an und zog ebenfalls Buch für Buch heraus. Zum Teil war die verschnörkelte Schrift unleserlich. Wie sollte man da die Familienchronik finden? Bernadette war keine große Hilfe, ganz im Gegenteil. Sie brachte es tatsächlich fertig, immer, wenn sie glaubte, Gwendolyn würde es nicht bemerken, mit ihrem Taschentuch ein bisschen Staub zu wischen. Gwendolyn wollte sie gerade zurechtweisen, da drehte sich Lehmann um.

«Ich glaube, ich habe sie. Das könnte die Familienchronik sein.»

Er hielt ein dickes, schweres Buch in den Händen. In

großen goldenen Lettern stand auf dem ledernen Einband: «Chronik der Familie Ackermann».

«Sind Sie sicher, dass das die Familienchronik der Ackermanns ist?», fragte sie ironisch.

Lehmann wurde unsicher. «Nun ja, also ...»

Gwendolyn winkte ab. «Vergessen Sie's. War ein Scherz.»

«Oh.»

Lehmann hielt Gwendolyn das dicke Buch hin.

Gwendolyn nickte Bernadette zu. «Fass mal mit an.»

Als Bernadette unter dem Gewicht des Buches leicht in die Knie ging, entschied Gwendolyn: «Das wirst du nicht den ganzen Weg zurücktragen können. Du brauchst ein Taxi.» Diese Formulierung würde hoffentlich keinen Zweifel aufkommen lassen, wer die Fahrt bezahlen müsste.

«Ich kann Ihnen das Buch raustragen», bot Ernst an.

«Ja, aber erst rufen Sie doch bitte für meine Kollegin ein Taxi.»

Ernst nickte.

Bernadette fragte: «Und was ist mit dir?»

«Keine Sorge, ich komme natürlich auch mit.»

Kaum saßen sie im Taxi, schimpfte Gwendolyn. «Du kannst dich nicht Luna Madison nennen, wenn ich mich vorher mit diesem Namen vorgestellt habe.»

«Ja, stimmt. Das ist ungünstig.» Bernadette lächelte Gwendolyn an. «Aber du hast das gut erklärt, von wegen, dass unsere Praxis Luna Madison heißt.»

Gwendolyn schnaubte verärgert, zerrte Bernadette

die Familienchronik vom Schoß und blätterte darin herum.

Bernadette wartete eine Weile, dann zog sie ein kleines Büchlein aus ihrer Jackentasche. «Schau mal, was ich in dem Schrank gefunden habe.»

Gwendolyn blickte erstaunt auf. «Hast du das einfach so mitgehen lassen?»

«Also von *einfach so* kann keine Rede sein. Ich habe mich bemüht, es *heimlich* mitgehen zu lassen.»

«Bernadette!»

«Was? Ich bringe es ja wieder zurück.»

«Aber nein, das war kein Vorwurf. Ich bin stolz auf dich! Was ist das denn für ein Buch?»

Bernadette reichte es ihr.

«*Journal meines Handels mit dem Teufel – Aufzeichnung einer wahren Begebenheit von Heinrich Ackermann, Anno 1763*», las Gwendolyn vor.

Bernadettes Augen blitzten. «Na, was sagst du? Klingt doch spannend, oder?»

«Aber ja. Du studierst die Chronik, ich lese das hier.»

Bernadette sah zwischen den beiden Büchern hin und her, widersprach jedoch nicht.

Zurück in ihrer Praxis waren beide in ihre Lektüre vertieft, als zum allerersten Mal das offizielle Luna-Madison-Telefon klingelte. Bernadette war schneller. Und das, obwohl sie wieder ihr Lieblingsoutfit, die Nonnentracht, trug und auf dem Weg zum Telefon mehrfach stolperte.

Sie führte ein kurzes Gespräch, dann hielt sie die Hand über den Hörer und teilte Gwendolyn leise mit:

«Da will mir jemand Hühner verkaufen. Er sagt, er sei ein Großhändler.»

Hühner-Großhändler? Gott, was es nicht alles gibt, dachte Gwendolyn.

«Was soll ich tun? Brauchen wir Hühner?», fragte Bernadette.

«Frag ihn, wie er auf die Idee kommt, dass wir Hühner brauchen.» Vielleicht hatte er ja eine interessante Geschäftsidee.

«Wegen der Karte. Hühner Voodoo. Ich glaube, er hat da was missverstanden.» Empört fügte sie hinzu: «Er denkt, wir opfern lebende Hühner und brauchen ständig neue.»

«Leg auf.»

Bernadette war empört. «Wie kommt er bloß auf so eine Idee?!»

«Die Visitenkarte ist vielleicht etwas missverständlich», sagte Gwendolyn mit einer Mischung aus Spott und Vorwurf. Kurz darauf wurde ihre Aussage bestätigt.

Es klingelte an der Praxistür, und ein Mann mit zwei Hühnern unter dem Arm stand davor. Bäuerliche Herkunft, entschied Gwendolyn. Nicht nur wegen der Hühner, auch wegen seiner Kleidung. Weite, alte Cordhose, abgewetzte Arbeitsjacke, nach deren Taschen sich die Hühner die Köpfe verdrehten.

«Ich habe Ihre Karte …», begann er.

Weiter kam er nicht. Gwendolyn unterbrach ihn. «Vielen Dank, aber wir brauchen keine Hühner. Und an der Haustür kaufen wir eh nichts.»

Der Mann sah sie empört an. «Aber ich würde meine Hühner doch niemals verkaufen!»

«Ach? Und wieso sind Sie dann hier?»

«Wegen des Hühner Voodoos. Meine Hühner brauchen Hilfe.»

Gwendolyn riss ungläubig die Augen auf. «Wie bitte?»

«Ich dachte, Sie könnten sie behandeln.»

«Wie kommen Sie auf die Idee, dass wir Hühner behandeln?»

«Wegen Ihrer Karte. ‹Hühner Voodoo› steht drauf.»

Gwendolyn überlegte kurz, ob sie ihrem ersten Impuls, laut zu lachen, nachgeben sollte. Aber dann entschied sie sich dagegen. Sie war schließlich Geschäftsfrau.

«Aber ja. Natürlich. Kommen Sie rein. Wir können jetzt ein kurzes Vorgespräch führen, für eine richtige Behandlung müssen Sie einen Termin ausmachen, damit wir uns vorbereiten können.»

Um zum Beispiel die Hühnerknochen-Girlande im Voodoo-Zimmer abnehmen zu können, denn sie hielt es für psychologisch ungünstig, wenn ihre neuen Patienten Knochen ihrer eigenen Spezies dort entdecken würden. Sie könnten die richtigen Schlüsse ziehen.

Gwendolyn öffnete die Tür nun ganz, trat einen Schritt zur Seite und wies auf ihr Behandlungszimmer.

Bernadette blickte verblüfft auf den Mann mit den beiden Hühnern unterm Arm.

Gwendolyn sah sie beschwörend an und sagte: «Wir haben Kundschaft.»

Bernadette nickte dem Mann freundlich zu. «Guten Tag. Ich bin Luna Madison. Wie können wir Ihnen helfen?»

Gwendolyn schnappte nach Luft.

Der Mann setzte die Hühner ab und gab Bernadette die Hand.

«Meierdierks. Johann Meierdierks», stellte er sich vor. Dann drehte er sich zu Gwendolyn. «Und Sie sind?»

«Bernadette Kunz», knurrte Gwendolyn und warf Bernadette einen ärgerlichen Blick zu.

«Ich hatte mal ein Huhn, das Bernadette hieß», informierte Meierdierks die beiden Damen. Beide waren nicht amüsiert.

«Was haben Sie denn für ein Problem?», erkundigte sich Bernadette.

«Die beiden *Hühner* sind die Patienten», sagte Gwendolyn scharf und fügte autoritär hinzu: «*Ich* werde das übernehmen.»

Sie hoffte, dass Bernadette gelassen reagieren würde.

Bernadette wirkte etwas verblüfft und blickte nachdenklich auf die beiden Tiere, die rechts und links zu Meierdierks' Füßen standen und sich nicht von der Stelle bewegten. Schließlich nickte sie, schlug ein Kreuz über ihnen und sagte: «Ich werde ein paar Ave-Maria für die beiden beten.» Mit wehendem Gewand verschwand sie in ihrem Zimmer.

Gwendolyn gab Bernadette in Gedanken einen Pluspunkt. Das war pfiffig.

Meierdierks sah auf die geschlossene Tür. «Sollte sie denn nicht die Behandlung machen?»

«Wieso?»

«Weil sie Luna Madison ist.»

«Sie wird für sie beten. Ich behandle.»

Gwendolyn deutete auf die Couch. «So, dann nehmen

Sie bitte Platz und schildern Sie mir das Problem. Dann kann ich Ihnen sagen, ob wir etwas für Sie ... für Ihre Hühner tun können.»

Meierdierks ging zur Couch, die beiden Hühner blieben an seiner Seite. Als er saß, hüpften sie rechts und links neben ihn und pickten an seinen Jackentaschen herum.

Gwendolyn setzte sich ihm gegenüber auf den Sessel und überlegte: Sollte sie das rügen? Oder hatten alle Patienten, egal welcher Rasse und Gattung sie angehörten, das Recht auf dem Sofa zu sitzen? Nun ja, solange sie zahlen ...

«Sehen Sie!», sagte Meierdierks.

«Was?»

Er beugte sich vor und sagte leise zu Gwendolyn: «Das ist das Problem. Sie laufen mir ständig hinterher. Weichen nicht von meiner Seite.»

«Trennungsangst», diagnostizierte Gwendolyn.

Meierdierks war verblüfft. «So schnell erkennen Sie das?»

«Ich bin Psychologin.»

«Ich dachte, Sie machen Voodoo.»

«Ich kombiniere es. Ich analysiere psychologisch und behandle mit Voodoo-Techniken.»

Er griff immer mal wieder in seine Jackentasche, holte ein paar Körnchen heraus und hielt sie den Hühnern hin, die sie freudig aufpickten.

Gwendolyn erkannte das Problem. «Bei Ihren Hühnern liegt eine Fixierung vor.»

«Ach?»

«Ja. Ist aber gut behandelbar.»

Nun musste sie abwägen. Wollte sie ihn langfristig als Kunden behalten, oder sollte sie kurzen Prozess machen? Das war eine finanztechnische Entscheidung. Hm. Auf Dauer hatte sie eigentlich keine Lust darauf, Hühner-Psychologin zu spielen. Okay, einmalige Sache.

«Wie heißen Ihre Hühner?»

«Agathe und Berta.»

«Wir machen Folgendes: Sie gehen jetzt mal raus ins Wartezimmer und warten dort, bis ich Sie wieder hereinbitte. Ich werde mich mit Agathe und Berta ein wenig unterhalten.»

Meierdierks stand gehorsam auf.

«Ach ja, legen Sie doch bitte Ihre Jacke ab.»

Er tat es, etwas verblüfft.

Gwendolyn griff nach der Jacke und hielt sie in Bodenhöhe vor die Hühner, die erwartungsgemäß vom Sofa gehüpft waren und hinter Meierdierks herliefen. «Ihr beiden Hübschen bleibt bei mir», sagte sie. Und die Hühner blieben stehen.

Meierdierks war beeindruckt. «Sie sind gut.»

Gwendolyn nickte gnädig.

Als Meierdierks die Tür hinter sich geschlossen hatte, ließ Gwendolyn die Jacke fallen und beobachtete die Hühner, die auf die Taschen einpickten.

Hm. Die Lösung war zu leicht, dafür könnte sie ihm nicht allzu viel berechnen. Aber dann zog ein Lächeln über ihr Gesicht. Sie nutzte die Schiebetür, um in Bernadettes Zimmer zu gelangen. Bernadette kniete auf dem Boden und hielt leise murmelnd einen Rosenkranz in der Hand.

«Was tust du da?»

«Ave-Marias für die Hühner beten.»

«Du hattest das ernst gemeint?»

«Ja.»

Punktabzug.

Gwendolyn ging zu dem Elefanten aus dem Theaterfundus und schob ihn in ihr Zimmer. Dort hängte sie ihm Meierdierks' Jacke um. Agathe und Berta wichen nicht von der Seite des Elefanten. Perfekt. Gwendolyn war sehr zufrieden.

Sie setzte sich an ihren Schreibtisch, blätterte durch eine der vielen Zeitschriften, die sie noch aus der Praxis der Psychologin hatte, und rief Meierdierks nach 20 Minuten wieder ins Zimmer.

«Ich habe eine Übertragungsbehandlung durchgeführt. Agathe und Berta sind nun auf den Elefanten fixiert.»

«Wieso auf einen Elefanten?»

Gwendolyn zuckte die Schultern. «Ich habe verschiedene Gegenstände ausprobiert, aber sie haben nur auf den Elefanten reagiert. Sehen Sie selbst.»

Gwendolyn schob den Elefanten quer durchs Zimmer, die Hühner folgten.

Meierdierks strahlte. «Also dieses Voodoo funktioniert ja hervorragend.»

«Ja.»

«Ich werde Sie weiterempfehlen. Ein Bekannter von mir hat Probleme mit einer seiner Kühe.»

Gwendolyn riss die Augen auf. «Wir behandeln ausschließlich Hühner. Also, empfehlen Sie uns bitte nicht weiter.»

«Es sei denn, jemand hat Hühner-Probleme», warf er ein.

Gwendolyn konnte Patienten ja auch ablehnen, daher nickte sie. «Also, wir wären dann fertig.»

Er wollte seine Jacke nehmen. Sie legte ihm die Hand auf den Arm.

«Sie sollten sich eine neue Jacke kaufen. Das war der Kompromiss, den ich machen musste. Etwas an dem Elefanten sollte Agathe und Berta an Sie erinnern.»

Meierdierks nickte.

«Zu den Behandlungskosten kommt noch der Preis für den Elefanten hinzu. Können Sie ihn nach Hause transportieren?»

«Kein Problem. Ich hab den Anhänger dabei.»

«Und füllen Sie die Taschen der Jacke immer mal wieder mit Futter.»

Meierdierks nickte noch einmal. Dankbar.

«Wie ist es gelaufen?», fragte Bernadette.

Sie war in der Küche und bereitete ein paar Sandwiches zu, Hühnersalat-Sandwiches. «Für uns, als kleine Stärkung.»

Gwendolyn war sich nicht sicher, ob sie so kurz nach der Sitzung mit Agathe und Berta Huhn essen wollte. «Hervorragend. Und ich bin sauer.»

«Wieso?»

«Weil du dich schon wieder mit Luna Madison vorgestellt hast. Wir können nicht denselben Namen verwenden!»

«Haben wir doch nicht. Du hast meinen Namen genannt.»

«Mir blieb ja nichts anders übrig!»

«Ich mag den Namen Luna Madison.»

«Dann sag ihn, wenn du alleine bist. Aber nicht, wenn ich gerade Luna Madison, die Psychologin, bin!»

«Okay.»

«So und jetzt sollten wir uns wieder unserer Lektüre widmen. Wenn dieser Ackermann kommt, müssen wir ihm etwas bieten.»

Der Leichenschmaus nach Sandras Beerdigung fand in den Räumlichkeiten des Bestattungsinstituts statt.

Frederick zog sich schon bald in seine Wohnung im oberen Stock des Hauses zurück. Er war deprimiert, erschüttert, er steckte in einer Krise. Es ging sogar so weit, dass er fürchtete, die Freude an seinem Beruf zu verlieren. Und dann war da auch noch diese lästige Frau, deren Namen er sich nie merken konnte und die ihm seit Wochen nicht von der Seite wich. Er fühlte sich überfordert.

Doch auch in seiner Wohnung fand er nicht den erhofften Trost. Vielleicht sollte er wegziehen? Weit weg. Irgendwo ein neues Leben anfangen. Ein Leben ohne Särge, Urnen und Tote. Er sollte sich einen anderen Beruf suchen.

ACHT

Judith war verstimmt. Sie hatte wirklich sehr viel Einsatz gebracht, aber dieser Frederick Ackermann zeigte sich wenig dankbar. Sie hatte ihm angeboten, täglich zu kommen, sodass er sich bei ihr ausweinen konnte. Sie schlug vor, gemeinsam zu trauern, da sie ja auch einen Verlust zu beklagen hatte. Aber er meinte, er wolle lieber alleine trauern. Sie schwenkte um und sagte ihm, dass er nun Zerstreuung brauche, und schlug einen gemeinsamen Trip nach Mallorca vor. Er behauptete, grundsätzlich nie zu verreisen. Sie erreichte langsam das Ende der Fahnenstange. Als er ihr gerade eben auch noch sehr unmissverständlich den Zutritt zu seinen Privaträumen verwehrte, war ihre Laune auf dem Tiefpunkt angekommen. Da fiel ihr Ernst wieder ein. Er war ihre Verbindung zu Frederick. Sie sollte ihn nicht vernachlässigen. Wo hatte sie ihn noch mal «geparkt»? Ach ja, bei einem älteren Herrn, der Modelleisenbahnen liebte. Da Ernst Modelle von Gebäuden sammelte, hatte sie die beiden miteinander ins Gespräch gebracht, damit sie sich um Frederick kümmern konnte. Ernsts Leidenschaft hatte eine große Bandbreite: Vom Eiffelturm über die London Tower Bridge bis hin zum Sydney Opera House hatte er Nachbildungen, aber auch das örtliche Kaufhaus gehörte zu seiner Sammlung. Letzteres hatte er selbst nachgebaut. Judith kam gerade hinzu, als Ernst aufzählte, welche berühmten Bauwerke er noch in seine Sammlung einreihen wollte.

«Das Empire State Building fehlt mir noch.»

Judith setzte sich dicht neben Ernst. «Ich hab noch nie das Empire State Building gesehen», seufzte sie kokett.

Was sprach dagegen, sich von Ernst zu einem Trip nach New York einladen zu lassen, während sie darauf wartete, dass Frederick endlich von ihr Notiz nahm?

«Soll ich es für dich nachbauen?», fragte Ernst und schaute Judith verliebt an.

«Nein!» Was für eine dämliche Idee! Doch schnell wandelte sie ihren unmutigen Blick in ein bezauberndes Lächeln um und säuselte: «Ich dachte eher dran, dass wir beide mal nach New York fliegen ...» Tiefer Blick in Ernsts Augen, vielversprechendes Lächeln.

Der ältere Herr entschuldigte sich und ging. Ernst schoss vor Aufregung und Freude das Blut in den Kopf. Judith hatte ihm soeben mitgeteilt, dass sie mit ihm nach New York reisen wollte. Und sie hatte ihm noch viel mehr mitgeteilt. Aber das konnte er alles so schnell gar nicht dechiffrieren. Er hatte eine vage Ahnung und probierte es auf gut Glück: «Aber sollte man sich eine solche Reise nicht für einen ganz besonderen Anlass aufheben?»

Judith sah ihn irritiert an. «Wofür denn? Eine Hochzeitsreise?», fragte sie ironisch.

Ernst war Ironie nicht gewohnt. Ihm stockte der Atem. Okay. Nun wusste er, was Judith von ihm erwartete. Ihre Anspielung war eindeutig. Er hatte es zwar nicht mit seiner Mutter besprochen, aber manchmal muss ein Mann auch mutig sein. Er sah Judith tief in die Augen. Das heißt, er wollte ihr tief in die Augen sehen, aber ihre Aufmerksamkeit lag nicht bei ihm. Sie scannte die Gesichter der versammelten Trauergäste. Vielleicht hatte Frederick sich ja entschlossen, zurückzukehren? Nein. Sie seufzte. War es an der Zeit, einen Plan B zu entwickeln? Ihr Blick fiel auf Ernst. Er war höchstens Plan E. Wenn überhaupt. Er sprach mit ihr, sie hatte nicht zugehört.

«Wie bitte? Was hast du gesagt?», fragte sie.

Ernst wirkte plötzlich sehr nervös. Er räusperte sich und begann von neuem: «Das Leben ist kurz, Judith, man muss jeden Tag genießen. Willst du mich heiraten?»

Judith sah ihn fassungslos an. Was redete er da? Wie kam er zu dem Schluss, dass, wenn das Leben kurz war und man jeden Tag genießen muss, sie ihn heiraten sollte? Das entbehrte jeder Logik. Im Gegenteil. Wenn seine beiden ersten Thesen stimmten, dann zog er definitiv die falsche Schlussfolgerung.

Sie war empört, beschränkte sich jedoch zunächst darauf, gekränkt zu wirken: «Du machst mir auf einer Beerdigung einen Heiratsantrag?»

Ernst überlegte, was für eine Art von Frage das war. Und wie die richtige Antwort lauten müsste.

Judith entschied, dass sie ihm besser keine endgültige Absage erteilen sollte. Man weiß ja nie, ob Plan E nicht doch einmal zum Plan A avanciert.

Ernst sagte zögernd das, was er meistens sagte, wenn

er nicht wusste, was Leute von ihm erwarteten: «Es tut mir leid.»

Er entspannte sich, als Judith lächelte und sagte: «Vergessen wir's. Mach dir keine Vorwürfe.»

«Danke, Judith.»

Judith war wirklich sehr großzügig. Ernst hoffte, dass sie ihm bei Gelegenheit sagen würde, was er falsch gemacht hatte. Und Judith hoffte, dass sie nie auf dieses Angebot zurückkommen müsste. Ihre Sehnsucht nach Frederick wurde größer.

Ein paar Tage später hatten Gwendolyn und Bernadette ihre Nachforschungen abgeschlossen. Das Studium der Ackermann'schen Familienchronik und des kleinen Büchleins *Journal meines Handels mit dem Teufel* war außerordentlich ergiebig. Und beunruhigend.

Frederick Ackermann hatte mit seinem Seufzer, dass wohl ein Fluch auf ihm liege, ins Schwarze getroffen.

Gwendolyns und Bernadettes Recherchen hatten Folgendes ergeben:

Im Jahre 1348 erkannte ein cleverer Vorfahr Fredericks die Zeichen der Zeit (es war die Blütezeit der Pest) und gründete ein Leichenbestattungsunternehmen. Seit dieser Zeit ernährte diese Branche Generation um Generation die Ackermanns. Und zwar nicht schlecht. Vor etwa 250 Jahren, im Jahre 1763, ließ sich ein nicht so cleverer Vorfahre Fredericks auf einen Deal mit dem Teufel ein. Fredericks Ahne hatte gerade ein sehr schönes großes Gebäude erstanden – das Haus, in dem Frederick auch heute noch lebte und arbeitete – und sich dabei finanziell etwas übernommen. In Ermangelung einer vertrauenswürdigen Bank mit Kreditabteilung wandte er sich, wie so viele damals, an den Teufel. Der half gerne. Wie das so ist, wenn man in Not ist, lässt man sich auf jede Bedingung ein, in diesem Falle waren es 50% des jährlichen Umsatzes, die an den Teufel als Zins zu zahlen waren. Als die Geschäfte wieder besser liefen, setzte Reue ein. Nicht über die Tatsache, dass er mit dem Teufel einen Deal geschlossen hatte, sondern über die Höhe der Zinsen. Die Nachverhandlungen schlugen fehl, der damalige Ackermann begann, die Umsätze zu fälschen, im Glauben, er könne den Teufel betrügen. Keine gute Idee. Daraufhin belegte der Teufel das Unternehmen mit einem Fluch: In jeder Generation gehört ein männlicher Ackermann dem Teufel – und der darf nicht heiraten. Wagte er es dennoch, «einem weiblichen Wesen die Ehe anzutragen», kam es auf der Stelle zu Tode.

Diese Bedingung wurde über viele Generationen hinweg unwissentlich erfüllt. Es gab stets eine Menge Ackermanns, und in jeder Generation blieb immer mindestens einer der zahlreichen Ackermänner Junggeselle.

Mit dem Tode von Fredericks Vater brachen die Aufzeichnungen in der Familienchronik ab. Und wenn sie korrekt geführt worden war, gab es zum ersten Mal seit Bestehen des Fluchs jetzt nur noch einen einzigen männlichen Ackermann: Frederick.

Gwendolyn und Bernadette saßen sich gegenüber und sahen sich etwas ratlos an.

«Müssen wir das ernst nehmen?», fragte Gwendolyn.

«Aber ja. Wir sollten ihn warnen.»

«Du glaubst also tatsächlich daran?»

«Daran muss man nicht glauben. Es steht doch hier. Schwarz auf weiß. Na ja, sagen wir bräunlich auf beige.» Bernadette hob das kleine, alte Büchlein hoch. «Und wir haben ja auch schon den Beweis, dass es stimmt. Gleich dreimal ist es Frederick Ackermann passiert!»

Gwendolyn gefiel diese Entwicklung nicht besonders gut.

«Wir sind raus, Bernadette. Wir suchen uns neue Kunden und servieren diesen Ackermann ab.»

«Aber nein. Wir können ihn doch jetzt nicht im Stich lassen! Er braucht Hilfe.»

«Sollen wir ihm sagen, er soll dem Teufel die Schulden, die sein Vorfahr gemacht hat, zurückzahlen, und dafür soll der Teufel den Fluch von ihm nehmen?»

«Das wäre eine Möglichkeit. Aber wie machen wir den Teufel ausfindig?»

«Wie wär's mit einer Annonce in der Zeitung?», fragte sie spöttisch.

Bernadette wiegte den Kopf hin und her. «Wer weiß, ob sich da nicht auch Betrüger melden, die bloß das Geld haben wollen.»

«Unsinn! Hör zu: Ich finde, es reicht, wenn wir ihm sagen, dass eventuell ... also, vielleicht ein Fluch auf ihm liegt. Er soll eben nicht heiraten. Damit ist unsere Arbeit erledigt.»

«Ich finde es nicht richtig, dass wir ihn im Stich lassen. Vor allem jetzt, wo wir wissen, dass er ein echtes Problem hat.»

«Aber genau deshalb lassen wir ihn doch im Stich.»

«Das ist aber nicht nett von dir.»

«Wie kommst du auf die Idee, dass ich nett sein will?»

«Wir sollten ihm zumindest noch das Ergebnis unserer Nachforschungen mitteilen. Und die Bücher zurückbringen.»

«Ja. Machen wir.» Das Honorar für das Studium der Familienchronik stand auch noch aus. Darauf wollte Gwendolyn nicht verzichten.

«Jetzt gleich?»

«Nein. Morgen.» Oder nächste Woche oder nächsten Monat. Gwendolyn wollte warten, bis der Gedanke, dass das alles völliger Blödsinn ist, wieder die Oberhand gewonnen hatte. Sie sollte zur Ablenkung vielleicht mal wieder ausgehen. In der Zeitung hatte sie eine Veranstaltung im *Palast Hotel* entdeckt, eine ganztägige Tagung. Dort würde sie in angenehmer Atmosphäre ihr Mittagessen einnehmen. Sie sah nach, wer tagte. Der Anwaltsverein. Also Business-Kostüm und Aktenkoffer. Das Outfit, das sie heute früh gewählt hatte, könnte wohl als Anwaltskleidung durchgehen. Sie hatte sich für den Existenzialisten-Look entschieden, der in den 40er Jahren in den Jazz-Kellern von Paris populär gewesen war. Eine Jean-Paul-Sartre/Juliette-Gréco-Atmosphäre umwehte sie. Sie trug eine schwarze Männerhose, einen schwarzen Rollkragenpulli und ein kleines schwarzes Jäckchen von Yves Saint Laurent aus den 60ern, der damals diesen Stil in der Haute Couture einführen wollte. Die schwarze Baskenmütze würde sie abnehmen.

Sie verabschiedete sich von Bernadette. «Wir sehen uns morgen.»

Frederick hatte sich in den letzten Tagen zurückgezogen. Er hielt sich viel in seiner Wohnung auf, und als er feststellte, dass der Radius seines Hin- und Herlaufens durch zu viele Wände eingeschränkt war, machte er lange Spaziergänge in der Natur. Seine Abwesenheit im Bestattungsinstitut war kein Problem, das Geschäft lief auch ohne ihn – wie er mit leichtem Bedauern feststellte. Aber es sprach für seine Angestellten.

Er hatte täglich frische Blumen an Sandras Grab gebracht. Das Gesteck für ihren Sarg wollte er eigentlich bei *Flower Power* kaufen, dem teuersten Blumenladen in der Stadt. Aber dort war trotz geöffneter Ladentür niemand anzutreffen gewesen. Es hatte ihn gewundert, dass Frau Mertens nicht da war. Da war ihm der Gedanke gekommen, dass es womöglich besser wäre, ein Geschäft zu wählen, wo man ihn nicht kannte. Das würde ihm unerquickliche Fragen nach seinem Befinden ersparen, denn darüber wollte er nicht reden. Es ging ihm ganz und gar nicht gut. Er sagte sich die Dinge, die er den Hinterbliebenen stets sagte: «Das Leben geht weiter. Der Schmerz wird mit der Zeit nachlassen. Der Verstorbene würde nicht wollen, dass man leidet. Man muss nach vorn blicken.» Aber die Sätze fühlten sich sinnlos an. Er steckte tief in einer Krise. Er hatte gegrübelt, gelitten, sich der Verzweiflung hingegeben, aber den versprochenen Silberstreif am Horizont nicht entdeckt.

So ging es nicht weiter.

Der Gedanke an eine Therapie schoss ihm wieder durch den Kopf. Aber Doktor Luna Madison? Nein, danke. Sie hatte ihm nicht helfen können. Er würde es wieder mit der guten alten Verdrängungsmethode versuchen. Jeden Gedanken an Sandra meiden. Er musste dieses Kapitel beenden. Und neu starten. Er würde Sandra noch einen letzten, ganz besonders exquisiten Strauß bringen und dann nach vorn blicken. Und diesen letzten Strauß würde er bei *Flower Power* kaufen. Und er würde sich einem Gespräch mit Frau Mertens stellen. Er kannte Frau Mertens schon lange, von Zeit zu Zeit beauftragte er sie. Etwa, wenn er sehr anspruchsvolle Kunden hatte.

Es kostete ihn Überwindung, den Laden zu betreten. Als er Frau Mertens nicht sah, entspannte er sich etwas.

Eine junge Frau war gerade damit beschäftigt, einzelne Rosen aus verschiedenen Eimern zu zupfen und einen bunten Rosenstrauß zusammenzustellen. Er hielt sie für eine Kundin bei der Blumenauswahl, denn für eine Verkäuferin war sie unpassend gut gekleidet.

Als sie ihn sah, strahlte sie, legte die Rosen auf die Theke und reichte ihm die Hand. «Hallo, ich bin Britta Herzog.»

Er war etwas irritiert. «Ähm, Frederick Ackermann. Hallo.»

Sie sah ihn erwartungsvoll an. Sie hatte leuchtend blaue Augen, die eine unbändige Fröhlichkeit ausstrahlten. Er lächelte. Sie lächelte ebenfalls, und die Atmosphäre, die sich um sie herum verbreitete, schien ihm eher dazu angetan, sie zu fragen, ob er ihr einen Drink bestellen dürfte. Ihr Outfit wäre dafür passend.

«Was kann ich für Sie tun?», erkundigte sie sich.

Ihre gute Laune war ansteckend, Frederick fühlte sich zum ersten Mal seit Sandras Tod wieder etwas besser.

«Arbeiten Sie hier?», fragte er.

«Ja sicher. Sonst würde ich Sie ja wohl kaum fragen, ob ich etwas für Sie tun kann.» Sie lachte.

«Natürlich. Entschuldigen Sie.»

Eine peinliche Schweigeminute folgte, in der sich die beiden anschauten.

«Also», meinte Britta schließlich, «um jetzt noch einmal auf das Was-kann-ich-für-Sie-tun? zurückzukommen: Kann ich etwas für Sie tun?»

«Nein danke. Im Moment nicht.»

«Und wieso sind Sie dann hier in den Laden gekommen?»

«Oh, ach so, natürlich. Um Blumen zu kaufen. Ich wollte einen Blumenstrauß kaufen.»

«Na, sehen Sie – und schon sind wir im Geschäft.» Sie beugte sich näher zu ihm und flüsterte, als ob sie ihm ein gutgehütetes Geheimnis anvertrauen würde: «Wir verkaufen hier nämlich Blumen.»

«Na, da habe ich ja genau den richtigen Laden erwischt.»

«Allerdings. Ein Geschäft weiter, und der Metzger hätte sich sehr gewundert.»

Als Britta ihn anlächelte und ihr Blick in seine Augen über die üblichen drei Sekunden, die soziologisch als neutral akzeptiert wurden, hinausging, wurde er unruhig.

«Also, ich muss jetzt los, ich ...»

«Ohne Blumen?»

«Natürlich! Die Blumen. Deshalb bin ich ja gekommen.»

«Woran haben Sie denn gedacht?»

«Wieso wollen Sie wissen, woran ich gedacht habe?»

Britta lachte wieder. «Ich meinte mit dieser Frage: Welche Art von Blumenstrauß soll es sein?»

Nun war der Punkt erreicht, an dem Frederick nicht umhinkam, sich einzugestehen, dass er kommunikationstechnisch noch nicht ganz auf der Höhe war. Er fühlte sich nervös. Aber wieso eigentlich? Sein Blick fiel auf die Rosen, die Britta auf der Theke abgelegt hatte.

«Ich nehme den.»

«Ja, der ist schön. Ich mag bunte Rosensträuße.» Sie gab sich Mühe, den Strauß besonders schön zu binden, und schlug ihn abschließend in Zellophan ein. «Er sieht gutgelaunt aus.»

Frederick nickte. «Gutgelaunt und sehr attraktiv. Und charmant.»

«Charmant?»

«Ähm ... ja. Der Strauß. Er sieht charmant aus.» Frederick brach den Blickkontakt ab und bezahlte. Und nun? Sollte er einfach so gehen? Etwas hielt ihn zurück. Er straffte sich, sah Britta erneut an und sagte nach langer Überlegung: «Also ...» Er machte eine Pause. «... dann, vielen Dank.»

«Gern geschehen. Ich hoffe, Sie kommen wieder.»

«Ja.» Mehr fiel ihm nicht ein.

Als er bereits in der Tür stand, blickte er noch einmal auf die Rosen. Sie passten nicht zu Sandra.

Einem spontanen Impuls folgend drehte er sich noch einmal um und überreichte Britta den Strauß.

«Der ist für Sie.»

«Wieso?»

«Er passt zu Ihnen. Auf Wiedersehen.»

Er würde wiederkommen. Ganz sicher. Er wollte Britta wiedersehen. Die Begegnung mit ihr hatte ihm gutgetan.

Aber er würde darauf achten, Frau Mertens nicht im Laden anzutreffen. Denn er befürchtete, dass Britta dann vorschnell erfahren würde, welchem Beruf er nachging. Und wenn er eins gelernt hatte, dann, dass sein Beruf ihn nicht attraktiver machte.

Beschwingt ging er zurück zum Bestattungsinstitut und nahm heute nicht, wie er es in den letzten Tagen gemacht hatte, den Seiteneingang zu seiner Wohnung, sondern den Haupteingang zum Geschäft. Er war wieder da.

Und geriet gleich in ein Minenfeld.

Chantal Fischer kämpfte am Empfang mit zwei Damen. Judith stand da und redete missmutig auf Chantal ein. Und eine junge Frau, die zu stark geschminkt war und aussah, als wolle sie zum Casting eines drittklassigen Model-Wettbewerbs, hielt Chantal immer wieder einen Zettel unter die Nase.

«Herr Ackermann!», rief Chantal erfreut und erleichtert zugleich, als sie ihn sah.

Mit ausgebreiteten Armen kam Judith auf ihn zu. Er hielt ihr weit vorgestreckt seine Hand entgegen und hoffte, dass sie die Botschaft «Ich-möchte-nicht-umarmt-werden» verstehen würde. Tat sie natürlich nicht. Er blieb reglos, während sie ihm um den Hals fiel.

«Ich hatte mir schon solche Sorgen um Sie gemacht!»

«Danke», sagte er vage.

Sie strich ein paar Mal über die linke Schulter seines Anzuges, als müsste sie dort etwas richten. «Ich habe

Muffins für Sie gebacken.» Sie drückte ihm ein Körbchen in die Hand und lächelte.

Er sah sie überrascht an. Sie wirkte nicht hausfraulich. «Sie backen?»

Judith schien etwas gekränkt, deshalb beeilte er sich hinzuzufügen: «Das ist ... sehr nett, ähm, danke.»

Judith lächelte.

Er lächelte zurück.

Judith intensivierte ihr Lächeln.

Und überschritt damit Fredericks Wohlfühlzone. Er brach den Blickkontakt ab.

«Frau Kallmeyer wollte, dass ich sie in Ihre Wohnung lasse. Aber ich habe gesagt, das geht nicht.» Chantal Fischers vorwurfsvoller Unterton war nicht zu überhören.

«Damit ich Ihnen die Muffins persönlich geben kann. Ich wusste ja nicht, dass Sie gar nicht in Ihrer Wohnung sind», verteidigte sich Judith.

Frederick nickte Chantal zu. «Das war in Ordnung. Danke.»

Judith sah ihn empört an.

«Es ist meine Privatwohnung», erklärte Frederick freundlich.

«Ich wollte Sie ja auch privat besuchen.»

Frederick lächelte süßsauer und atmete tief durch. Nein, er würde nicht unhöflich werden «Wissen Sie, private Besuche während der Geschäftszeiten sehen wir nicht so gerne.»

«Aber Sie sind doch der Chef.»

«Deshalb muss ich ja mit gutem Beispiel vorangehen.»

«Ich kann heute Abend wiederkommen.»

«Das ist … Nein, danke.»

Er ging mit den Muffins zu Chantal und gab ihr das Körbchen. «Das ist für die Belegschaft.» Dann wandte er sich an die junge Frau. «Guten Tag, mein Name ist Frederick Ackermann. Wie kann ich Ihnen helfen?»

Die junge Frau hielt ihm einen Zettel vors Gesicht.

«Komme wegen Arbeit.»

Den Zettel konnte er nicht lesen, aber er erinnerte sich, dass er eine Reinigungskraft suchte. «Kommen Sie aufgrund der Anzeige?»

Die junge Frau fuhr entsetzt zurück. «Anzeige? Ich nix gemacht!»

«Nein, ich meine die Anzeige in der Zeitung. Wir suchen eine Reinigungskraft.»

«Nix Reinigung. Putzfrau.»

«Nun, wir sagen Reinigungskraft.»

«Nein. Putzfrau.»

«Okay.» Frederick lächelte. «Sie wollen hier als Putzfrau arbeiten?»

«Przecież.»

Da die junge Frau dabei heftig nickte, ging Frederick davon aus, dass es «Ja» bedeutete.

«Wie ist denn Ihr Name?»

«Ewa. Ewa Lewandowski.»

Frederick nickte. «Also, Frau Lewandowski …» Er deutete auf Chantal. «Frau Fischer wird Sie herumführen und Ihnen die Räumlichkeiten zeigen. Wenn Sie Interesse haben, können Sie morgen anfangen.»

Judith war hinter ihn getreten. «Sie stellen einfach so jemanden ein? Ohne Referenzen?»

Frederick sah Judith kurz an und wandte sich an Ewa. «Haben Sie Referenzen?»

Ewa hielt ihm wieder den Zettel hin. In krakeliger Schrift stand dort, dass sie Ewa Lewandowski hieß und aus Polen kam. Bei Verständigungsschwierigkeiten konnte er ihre Cousine Eliana Lewandowski anrufen.

«Das ist wohl die Referenz», meinte er zu Judith und reichte Chantal Fischer den Zettel. «Wenn Sie nicht weiterkommen, rufen Sie hier an. Und geben Sie ihr einen Arbeitsvertrag mit. Den kann ihre Cousine ihr dann vorlesen und erklären. Weisen Sie sie bitte darauf hin, dass es eine halbe Stelle ist. Arbeitszeit von 15 bis 20 Uhr.» Und wieder an Judith gewandt fügte er hinzu: «Wissen Sie, Frau ...»

«Kallmeyer», presste Judith gekränkt hervor.

«Frau Kallmeyer, es ist nicht leicht, in unserer Branche Personal zu bekommen. Wir können nicht sehr wählerisch sein. Viele Leute möchten nicht in einem Bestattungsinstitut arbeiten.»

«Also mir würde es nichts ausmachen, hier zu arbeiten.»

«Als Putzfrau?»

«Nein, natürlich nicht. Ich will damit sagen, dass es ein sehr ehrenvolles und respektables Gewerbe ist, was Sie da betreiben.»

«Es freut mich, dass Sie das so sehen.»

Ewa hatte inzwischen verstanden, dass Frederick bereit war, ihr den Job zu geben. Sie sah ihn strahlend an. «Dziękuję!»

Frederick hoffte, dass es «Danke» hieß, und nickte Ewa aufmunternd zu. Daraufhin ergriff sie seine Hand und schüttelte sie sehr herzlich. Judith sah das äußerst ungern. Und warf Ewa einen feindseligen Blick zu. Ewa war noch keine 30, und man konnte erkennen, dass unter der dicken Schminkschicht ein hübsches Gesicht war. Judith hoffte, dass es ewig unter der Make-up-Schicht verborgen bleiben würde.

Chantal winkte Ewa mit sich, und Frederick wandte sich auch zum Gehen. «Ich muss ins Büro. Es ist einiges liegen geblieben in den letzten Tagen. Auf Wiedersehn Frau ... ähm ... Und vielen Dank für die Muffins.»

Und schneller, als er sich normalerweise bewegte, verschwand er in seinem Büro. Kurz überlegte er, ob er hinter sich abschließen sollte.

Er setzte sich an seinen Schreibtisch und sah die Post durch. Einige seiner Kunden sandten ihm Dankesschreiben. Er öffnete einen Umschlag. Die Karte, die er herauszog, war mit einer sehr schönen Zeichnung versehen. Es war eine Rose.

Frederick lehnte sich zurück und dachte an Britta. Der Gedanke an die Blumenverkäuferin ließ ihn lächeln. Sie versprühte eine unbeschwerte Fröhlichkeit. Genau das, was er brauchte. Er sollte öfter in ihrer Nähe sein. Morgen würde er wieder in den Blumenladen gehen.

Judith stand stirnrunzelnd da. War Frederick etwa vor ihr geflüchtet? Wieso mochte er sie nicht? Sie gab sich doch alle erdenkliche Mühe. Vielleicht musste sie sich noch mehr anstrengen. Beharrlichkeit war eine von Judiths stärksten Eigenschaften. Doch leider setzte sie sie meist für die falschen Dinge ein. Judith sah Ewa sehr missbilligend hinterher. Für ihren Geschmack war die kleine Polin eine Nummer zu freundlich zu ihrem neuen Chef. Und er war definitiv zu freundlich zu seiner neuen Putzfrau.

Sie würde ein Auge auf die beiden haben müssen. Sie würde noch mehr Zeit hier verbringen müssen. Judith seufzte. Sie verbrachte bereits ihre Mittagspausen hier und kam nach Feierabend, den sie für sich selbst auf 16 Uhr festgesetzt hatte, stets ins Bestattungsinstitut. Aber das war vielleicht nicht genug? Ob sie sich Urlaub nehmen sollte? Sie sah auf die Uhr. Sie musste zurück ins Büro. Ihre Mittagpause hatte sie heute bereits auf drei Stunden ausgedehnt. Doch bevor sie gehen würde, sollte sie Ernst noch schnell guten Tag sagen.

«Judith!», rief Ernst hocherfreut, als sie sein Büro betrat. Dann sprang er auf und lief zu einem Regal, auf dem er zur Verschönerung seines Büros seine Modelle von berühmten und nicht so berühmten Bauwerken stehen hatte.

«Ich hab etwas für dich», sagte er mit kindlichem Stolz, nahm vorsichtig den Nachbau eines durchschnittlichen Bürohauses aus dem Regal und hielt es Judith hin.

Judith sah verständnislos auf das Haus. «Was ist das?»

«Ich hab das Finanzamt nachgebaut. Also, das Haus, in dem du arbeitest.»

«Ach», machte Judith ohne großen Enthusiasmus. Dann schoss ihr der Gedanke durch den Kopf, dass Ernst womöglich wieder auf einen Heiratsantrag hinarbeitete und das Modell vielleicht so etwas wie ein Verlobungsring sein sollte. Und sie war noch nicht verzweifelt genug, seinen Antrag anzunehmen. Sie hoffte nach wie vor auf Frederick. Er war so schön. So charmant. So wohlhabend.

«Ich muss zurück ins Büro. Schönen Tag noch», sagte sie deshalb kurz angebunden und ließ Ernst mit dem Finanzamt in den Händen einfach stehen.

Auf dem Flur atmete sie tief durch. Na, das war gerade noch mal gutgegangen. Sie marschierte durch die Halle Richtung Ausgang, als Chantal und Ewa gerade aus dem Ausstellungsraum kamen. Ewa versuchte Chantal eine Frage zu stellen und da diese nicht verstand, wurde Ewa immer lauter. Wodurch sie nicht verständlicher wurde.

Zwischen polnischen Rudimenten blieben nur die Worte «Männer» und «arbeiten» und «Chef hibsche Mann» verständlich. Alarmiert machte Judith auf dem Absatz kehrt und ging auf die beiden zu. Konkurrenz konnte sie nun wirklich nicht brauchen. Sie würde Ernst bitten, sich um Ewa zu kümmern und sie von Frederick fernzuhalten. Chantal völlig ignorierend legte sie Ewa vertraulich die Hand auf die Schulter und sagte: «Ich denke, Sie sollten noch ein paar weitere Mitarbeiter kennenlernen. Fangen wir doch beim Buchhalter von Herrn Ackermann an. Ich mache Sie mit ihm bekannt.»

Chantal wollte protestieren, doch da in diesem Moment ein Ehepaar das Institut betrat, hatte sie keine Gelegenheit dazu.

«Kümmern Sie sich ruhig um die Kunden, ich übernehme Ewa», sagte Judith mit der Attitüde einer zukünftigen Chefin.

Widerstrebend überließ Chantal Ewa nun Judith und wandte sich den Kunden zu.

Judith führte Ewa zu Ernsts Büro. Bevor sie die Tür öffnete, setzte sie Ewa ins Bild: «Ernst Lehmann ist der wichtigste Mann hier. Er ist Junggeselle und sehr wohlhabend.»

Ewa sah Judith verständnislos an. Judith bemühte sich um eine polnische Übersetzung: «Guter Mann. Viel Geld.»

Ewa schüttelte bedauernd den Kopf. «Nix kenne Mann für Sie.»

Judiths Hand rutschte von Ewas Schulter, und ihr Blick war jenseits von empört. Dachte diese kleine impertinente Person etwa, sie, Judith Kallmeyer, fragte ein bemaltes Püppchen nach einem Mann?

«Unverschämtheit!», murmelte sie. Sie holte tief Luft, öffnete die Tür zu Ernsts Büro, schubste Ewa leicht hinein und rief: «Ernst, ihr habt eine neue Mitarbeiterin!»

Was nun passierte, war schlichtweg kitschig.

Ewa sah Ernst an.

Ernst sah Ewa an.

Und Judith war sich nicht sicher, ob das Adrenalin, dass durch Ewas dreiste Annahme von ihren Nebennieren ausgeschüttet wurde, das Klingeln in ihren Ohren verursachte oder ob es das Glockengeläut war, das ganz offensichtlich Ernst und Ewa hörten. Hier fand gerade Liebe auf den ersten Blick statt. Judith schüttelte sich leicht. Wie unangenehm, so etwas mit ansehen zu müssen.

Aber musste sie ja nicht. Sie konnte einfach gehen.

Und sie tat es. Allerdings mit sehr gemischten Gefühlen.

Auf dem Weg zurück zum Finanzamt sagte sie sich immer wieder, dass es ja genau das war, was sie wollte, nämlich Ewas Aufmerksamkeit von Frederick weglenken. Und Ernst war ihr ja egal. Es war zwar empörend, dass er, wo er sich doch als ihr Freund fühlte und sie beide sozusagen bereits verlobt waren, sich so Hals über Kopf in eine Andere verlieben konnte, aber sie hatte ein viel größeres Problem: Aus welchem Grund konnte sie fortan ins Bestattungsinstitut gehen? Erst als sie wieder an ihrem Schreibtisch saß, fiel es ihr ein. Aber natürlich: Um einen Freund zu besuchen. Ernst war ab jetzt ganz offiziell ein guter Freund. Sie hielt inne. Ach so! Ernst war mit Sicherheit auch der Grund, weshalb sich Frederick ihr gegenüber so zurückhaltend verhielt. Er war ein Gentleman. Er hatte selbstverständlich angenommen, dass Ernst und sie ein Paar waren. Sie lächelte. Das erklärte alles. Nun war der Weg für eine gemeinsame Zukunft mit Frederick geebnet. Sie musste ihm nur noch sagen, dass mit Ernst Schluss war, dass sie nun wieder frei war. Frei für ihn.

Ernst Lehmann war im siebten Himmel. Und das schon seit fast zwei Wochen. Das Gefühl, das er jedes Mal hatte, wenn er Ewa sah oder an sie dachte, wollte gar nicht abflauen. Ganz im Gegenteil. Es wurde eher stärker. Das war es. Das war die Liebe, von der er gehört hatte. Es fühlte sich großartig an. Viel besser als irgendetwas anderes jemals zuvor. Interessanterweise fehlte diese Angst, die er generell vor Frauen hatte und vor Judith ganz besonders, bei Ewa völlig. Liebe ist also, wenn man keine Angst vor jemandem hat. Für einen kurzen Moment zögerte er. Bedeutete das etwa, dass er seine Mutter nicht liebte? Nein, das konnte nicht sein. Schließlich sagte sie ihm ja oft genug, wie sehr er sie liebte und dass er alles für sie tun würde. Hm. Aber für Ewa würde er mehr tun.

Und Ewa tat auch viel für ihn. Sein Büro war das sauberste im ganzen Haus. Mit Abstand. Ewa sollte eigentlich die Büros erst nach Feierabend putzen, aber Ernsts Büro putzte sie den ganzen Nachmittag über in stündlichem Rhythmus. Herr Ackermann hatte ihr mehrfach erklärt, dass es ungünstig war, wenn man einen Raum putzte, solange noch jemand drin war. Aber Ernst hatte ihm versichert, dass es ihn nicht störe. Und nun durfte sie Ernsts Büro putzen, wann immer ihr danach zumute war.

Aber was war nun mit Judith? Er kannte die Spielregeln nicht. Er hatte ihr einen Heiratsantrag gemacht, sie hatte weder ja noch nein gesagt. In welcher Beziehung standen sie nun zueinander? Waren sie verlobt? Hatte sie bemerkt, dass er sich in Ewa verliebt hatte?

Judith, die ihn nach wie vor besuchte, schien es nicht zu stören, wenn Ewa in seiner Nähe war. Im Gegenteil, sie war sehr nett zu Ewa, plauderte mit ihr, wobei das in diesem Fall mit sehr wenig Erfolg gekrönt war. Ewas Deutschkenntnisse ließen sehr zu wünschen übrig. Für ihn kein Problem, Ewa und er verstanden sich auch ohne Worte.

«Du solltest sie mal zum Abendessen einladen»,

sagte Judith zu ihm, nachdem Ewa sein Büro verlassen hatte.

«Ewa arbeitet doch abends immer.»

«Anschließend natürlich. Essen muss sie ja.»

«Das würde dich nicht stören?»

«Nein? Wieso sollte es?»

«Nun ja, weil ...»

Judith fiel ihm ins Wort. «Wir beide sind gute Freunde. Und gute Freunde stehen dem Glück des anderen nicht im Weg. Ich weiß, dass dir Ewa gefällt.»

Ernst sah Judith mit tiefer Dankbarkeit an. Judith war so selbstlos!

«Also, wenn ich mal etwas für dich tun kann ...»

«Ich werde es dich wissen lassen. Nun kümmer dich um Ewa. Ich sehe noch mal kurz nach Herrn Ackermann.» Judith zögerte etwas, dann fragte sie: «Sag mal, er ist in der letzten Zeit sehr guter Laune. Weißt du, wieso?»

«Ich bin nicht ganz sicher, aber als ich vor ein paar Tagen in seinem Büro war, telefonierte er. Privat. Er sagte: ‹Aber gerne doch. Sushi also. Bis später, Britta. Ich freue mich.› Ich glaube, er hat eine neue Freundin.»

«Ist nicht wahr!», rief Judith erschüttert.

NEUN

Frederick Ackermann war tatsächlich rundum gut gelaunt. Und das lag an Britta. Er hatte eine Britta-Sucht entwickelt. Er musste sie sehen. Täglich. Er fühlte sich leicht und beschwingt in ihrer Nähe. Er erwischte sich sogar dabei, wie er leise vor sich hin pfiff, wenn er an sie dachte. Er pfiff eigentlich nie. Er konnte gar nicht pfeifen. Also, natürlich konnte er pfeifen, aber es klang eher unmelodisch, wie er aus den schmerzlich verzerrten Gesichtern der Leute um ihn herum ablesen konnte.

Nach seiner ersten Begegnung mit Britta hatte er bei der Friedhofsgärtnerei einen großen Strauß weiße Lilien gekauft, die Blumen auf Sandras Grab gelegt und sich von ihr verabschiedet. Er war bereit, ein neues Kapitel in seinem Leben aufzuschlagen.

Am nächsten Tag war er wieder zu *Flower Power* gegangen und hatte gehofft, Frau Mertens nicht anzutreffen. Seine Chancen standen gut, denn üblicherweise war sie am späten Vormittag und über die Mittagszeit unterwegs, um ihre exklusiven Kunden zu betreuen. Die Betreuung bestand darin, dass sie deren Häuser wöchentlich mit frischen Blumen und Arrangements ausstattete, dabei saisonale und innenarchitektonische

Aspekte berücksichtigte, die floralen Kunstwerke an exponierten Stellen platzierte und ein wenig Smalltalk mit der Dame des Hauses betrieb. Diese blumentechnische Rundumbetreuung war ein sehr kostspieliger Service, aber in den besseren Kreisen war es Mode geworden, sich eine Floristin zu halten.

Der schicke *Flower-Power*-Lieferwagen stand nicht vor dem Geschäft, also konnte er davon ausgehen, dass «die Luft rein war».

Britta lächelte ihn an, als hätte sie ihn erwartet. Das ersparte ihm die Erklärung, wieso er gekommen war. Er hatte sich bereits Gedanken darüber gemacht, war aber zu keiner Lösung gekommen. Was tat ein Mann in einem Blumenladen? Außer einer Frau Blumen zu kaufen. Aber er wollte nicht den Eindruck erwecken, dass er für eine Frau Blumen kaufte. Britta sollte nicht denken, dass es eine Frau in seinem Leben gab. Warum er das nicht wollte, wusste er selbst nicht so genau. Er hatte eine vage Ahnung, aber er wollte es sich nicht eingestehen. Er könnte für sich selbst Blumen kaufen. Aber das fand er unmännlich.

Doch es war gar nicht nötig, irgendetwas zu erklären, denn als Britta ihn sah, begrüßte sie ihn mit: «Ich hab mir gerade was zu essen geholt. Möchten Sie mitessen?» Ganz selbstverständlich. Ohne «Hallo» oder «Was kann ich für Sie tun» oder «Nett, Sie wiederzusehen», so als wären sie verabredet. Waren sie? Nein. Daran hätte er sich erinnert.

«Ja oder nein?», fragte sie, nachdem er nicht antwortete.

«Ja», sagte er, obwohl er keinen Hunger hatte. Aber

er war nicht in der Lage, Brittas Angebot zu verneinen. So fröhlich und gut gelaunt, wie sie ihn anlächelte, hätte er auf keine Frage nein sagen können. Selbst wenn sie ihn gefragt hätte, ob er Interesse an einer Zahnwurzelbehandlung habe.

Sie saß auf einem Barhocker hinter der Theke, nahm einen Donut aus einer Tüte, brach ihn in zwei Teile und hielt ihm einen Teil hin. Er nahm ihn aus Reflex.

«Ist das Ihr Mittagessen?»

«Ja.»

«Haben Sie keine Mittagspause, in der Sie richtig essen gehen?»

«Ich esse meist im Laden. Die Chefin ist erst nachmittags wieder da, und Rosi, meine Kollegin, trifft sich mit einer Freundin zum Mittagessen. Ich halte hier die Stellung.»

Er nickte.

«Außerdem wollte ich Sie nicht verpassen.»

«Ach. Wieso ... Woher wussten Sie, dass ich komme?»

«Ich hatte doch gesagt: ‹Ich hoffe, Sie kommen wieder›, und Sie haben ‹Ja› gesagt.»

Frederick war fasziniert, wie unkompliziert Britta die Dinge sah.

Sie hatte inzwischen ihre Hälfte aufgefuttert und deutete auf den halben Donut in seiner Hand: «Essen Sie den noch?»

Er schüttelte den Kopf.

«Dann nehme ich ihn.»

Und obwohl sie ihn nicht danach fragte, lieferte er doch eine Erklärung für seinen Besuch. Sie war ihm gerade eingefallen: «Ich bin gekommen, um mich nach dem Rosenstrauß zu erkundigen.»

«Dem geht's gut.»

«Erfüllt er seine Aufgabe?»

«Welche wäre das?»

«Er soll Ihnen Freude machen. Ich hoffe, er tut es.»

«Fragen Sie ihn selbst.»

Sie deutete auf einen bunten Rosenstrauß, der zwischen all den anderen Blumen stand. «Hier ist er.»

«Sie haben ihn nicht mit nach Hause genommen?»

«Aber nein. Wieso denn? Dann sehe ich ihn doch kaum. Meine wache Zeit verbringe ich schließlich hier.»

«Aber hier ist doch alles voller Blumen. Da fällt er doch gar nicht auf.»

«Mir fällt er auf. Ich würde ihn unter Hunderten von Sträußen erkennen. Er ist perfekt.»

«Ja, manchmal trifft man ganz unerwartet auf etwas Perfektes, und es zieht einen magisch an. Man kann nichts dagegen tun.»

«Reden wir noch über den Strauß?»

Er nutzte die gute Vorlage nicht. Ihr intensiver Blick machte ihn nervös.

Die Ladenklingel erlöste ihn. Kundschaft. Britta verzog das Gesicht. Noch zwei weitere Kunden betraten das Geschäft.

Britta seufzte. «Ich befürchte, es kommt nicht gut an, wenn ich den Kunden sage, ich hätte jetzt keine Lust, sie zu bedienen. Ich werde wohl ...» Sie stopfte sich den Rest des Donuts in den Mund und hüpfte von ihrem Hocker.

«Kommen Sie morgen wieder?», fragte sie.

«Ja. Und morgen bringe *ich* das Essen mit. Und danke für den Donut.

«Den haben Sie doch gar nicht gegessen.»

«Stimmt. Na, dann danke, dass ich ihn kurz halten durfte.»

«Gern geschehen.»

«Also, bis morgen.»

Und wieder stellte sich bei Frederick dieses Gefühl der Leichtigkeit und Beschwingtheit ein, das für den restlichen Nachmittag anhielt.

Von da an begann Frederick, sich täglich eine Mittagspause zu gönnen. In Brittas Laden. Er kaufte Sandwiches, Salate oder Crêpes für sie und sah ihr beim Essen zu. Er aß nicht. Er hatte keinen Hunger, er war zu glücklich. Bei einem Tomaten-Mozzarella-Ciabatta gingen sie zum Du über. Nach zwei Wochen kam er auf die Idee, sie vorher anzurufen und sich nach ihren Essenswünschen zu erkundigen.

Britta schien das weder merkwürdig noch aufdringlich zu empfinden, sie freute sich wie ein kleines Kind über das Essen, das er ihr vorbeibrachte, und wenn sie gerade keine Kunden hatte, plauderten sie. Unbefangen, fröhlich, über dies und jenes. Er achtete sorgsam darauf, das Thema Tod, Beerdigung oder Bestattungsunternehmen zu meiden; er befürchtete, dass die Preisgabe seines Berufes der unbeschwerten Atmosphäre einen Dämpfer versetzen würde. Es war wunderbar, mit Britta Zeit zu verbringen, aber auf keinen Fall sollte es eine romantische Note bekommen. Um Beziehungen würde er von nun an einen großen Bogen machen. Sie waren in seinem Fall mit zu großem Schmerz und Kummer verbunden. Auf Brittas ansteckende Fröhlichkeit jedoch wollte er auf keinen Fall verzichten. Seinen Flirt-Impuls konnte er inzwischen immer besser bekämpfen, und Britta hatte ihn noch kein einziges Mal nach seinem Beruf gefragt. Gutes oder schlechtes Zeichen? Er entschied sich für gut.

Heute wollte er den nächsten Schritt wagen: Er würde Britta zum Mittagessen einladen. Er war später dran als sonst. Diese nervige Judith Sowiekirchen hatte ihm in der Halle des Bestattungsinstitutes aufgelauert und versucht, ihn in ein Gespräch zu verwickeln. Er überlegte inzwischen ernsthaft, ob er ihr sagen solle, dass sich nur Kunden in seinem Geschäft aufhalten dürften. Keine Besucher. Also wenn sie nicht beabsichtigte, einen Sarg zu kaufen, hatte sie dort nichts zu suchen. Sie benahm sich, als wäre es ihr Unternehmen und kommandierte seine Angestellten herum. Das musste aufhören. Er hatte angenommen, sie sei die Freundin seines Buchhalters, deshalb hatte er sie bislang toleriert. Aber der schien sich inzwischen umorientiert zu haben; diese Ewa aus Polen machte immer verliebte Kuhaugen, wenn sie Ernst Lehmann begegnete, und der guckte auch jedes Mal ziemlich kariert, wenn er Ewa sah. Zwischen den beiden lief was. Vielleicht hatte Lehmann versäumt, diese Entwicklung seiner Judith mitzuteilen, und Judith war eine Ex, ohne zu wissen, dass sie eine Ex war. Jemand sollte ihr das mal beibringen. Musste nicht schonend sein.

Als er vor dem Blumenladen stand, zögerte er kurz. Dann straffte er sich, atmete tief durch und betrat den Laden.

«Gott sei Dank! Ich hatte schon befürchtet, mein Essenslieferservice hätte die Route geändert, und ich steh nicht mehr auf der Liste», rief ihm Britta fröhlich entgegen.

«Aber nicht doch. Ganz im Gegenteil. Heute Mittag führe ich dich zum Essen aus. Curry King.»

Britta verzog leicht das Gesicht.

Er hatte es für witzig gehalten, sie in eine Imbissbude einzuladen. Außerdem wollte er nicht den Eindruck erwecken, es sei ein Date. Er hatte Angst, sie zu verschrecken. Es sollte locker klingen, daher Imbissbude. Aber das war wohl keine gute Idee.

«Wir können auch zum Japaner gehen», schlug er sofort vor.

«Nein.»

Verflixt. Es war zu früh, er hätte ihr einfach wie immer etwas mitbringen sollen. Sie fand es wohl zu aufdringlich.

«Ich kann auch was holen», ruderte er zurück. Etwas leiser fügte er hinzu: «Du musst nicht mit mir essen gehen, wenn du nicht möchtest.»

Sie sah ihn überrascht an.

«Nein. Das ist es nicht. Ich würde gerne mit dir essen gehen. Aber wie wäre es mit Abendessen?»

«Abendessen?»

«Ja. Abends muss ich auch was essen.»

Offensichtlich hatte er ein ziemlich verblüfftes Gesicht gemacht, denn Britta beteuerte: «Nichts Teures.

Curry King ist auch okay. Obwohl ich, ehrlich gesagt, gerne beim Essen sitze und nicht stehe.»

Frederick war sehr erleichtert. Alles okay. Gott sei Dank. «Ich kann einen Klappstuhl für dich mitbringen.»

Britta lachte. «Ja, dann ist alles in Ordnung. Klappstuhl. Mehr brauch ich nicht zum Glücklichsein.»

Frederick lachte ebenfalls. «Wie wäre es mit *Antonio?*»

«Ein Freund von dir oder ein italienisches Restaurant?»

«Letzteres.»

«Klingt lecker.»

«Gut. Soll ich dich nach der Arbeit abholen?»

«Ich muss mich noch umziehen.» Dann sah sie an sich hinunter. Sie trug ein kurzes Cocktailkleid, mitternachtsblau. «Nein, muss ich nicht.»

«Mir ist schon aufgefallen, dass du stets super gekleidet bist. Ist das nicht unpraktisch?»

«Allerdings. Sehr sogar.»

«Und wieso tust du es dann?»

«Weil ich gut aussehen will.»

Frederick nickte. Bei der exklusiven Kundschaft des Ladens war das wohl angebracht. Er lächelte, sie lächelte zurück. Ihr Lächeln verursachte wieder diese Nervosität bei ihm. Er sollte gehen.

«Also dann, bis heute Abend.»

«Halt.»

«Was ist?»

«Na, was ist denn jetzt mit dem Essen?»

«Italiener heute Abend hatten wir doch gesagt.»

«Nein, ich meine jetzt. Gilt das Curry-King-Angebot noch?»

«Oh. Ähm, ja. Ich dachte, du wolltest nicht.»

«Ich wollte nicht, weil ich den Laden nicht verlassen kann. Ich bin doch alleine. Aber auf eine Currywurst hätte ich schon Lust.»

Ach, das erklärte ihre ablehnende Reaktion eben. Das hätte sie ja auch gleich sagen können. Aber stattdessen hatte sie nach einem Abendessen gefragt. Hm. Sie schien ebenfalls gerne Zeit mit ihm zu verbringen. Diese Erkenntnis machte ihn noch ein bisschen nervöser. Aber er hatte noch Verstand genug anzubieten: «Ich kann eine holen gehen.»

«Das wär super. Mit Pommes.»

Blitzschnell verließ er den Laden.

Seine Nerven flatterten.

«Sehen wir doch einmal nach, was das Buch der Voodoo-Weisheit in Ihrem Fall empfiehlt», sagte Gwendolyn mit wichtiger Miene, setzte eine Lesebrille auf, die sie gar nicht brauchte, von der sie jedoch annahm, dass sie damit akademischer aussah, und begann in der Ackermann'schen Familienchronik zu blättern. Sie hatte sich zum wichtigsten Utensil in Gwendolyns Behandlungsmethoden entwickelt. Das opulente Werk war dekorativ auf ihrem Schreibtisch in ihrem Behandlungszimmer platziert. Das Hühner-Voodoo-Business lief ganz ordentlich an, sie hatten zwar nicht viele, aber regelmäßige Kunden.

Ihre erste vorschriftsmäßig angemeldete Patientin war eine junge Dame. Sie hatte angerufen und einen

Termin ausgemacht. Als sie kam, stellte sich heraus, dass sie keine Dame war, sondern eine üppige Blondine mit Namen Candy, die Beratung suchte, weil sie nicht sicher war, ob sie ihren Job im Nagelstudio aufgeben und das Angebot eines Agenten annehmen sollte, der sie als Model ganz groß rausbringen wollte. Gwendolyn riet von einem Branchenwechsel ab, empfahl aber sicherheitshalber noch das Hühner-Voodoo-Orakel zu befragen. Bernadette kam zum selben Ergebnis. Candy war zwar sehr enttäuscht, fügte sich aber dem Urteil. Zwei Tage später stand sie strahlend wieder vor der Tür, bedankte sich überschwänglich, und da der Agent wegen Zuhälterei verhaftet worden war, beschloss sie, fortan keine Entscheidungen mehr zu treffen, ohne vorher Luna Madisons Hühner Voodoo zu befragen.

Candy hatte einen großen Bekanntenkreis, aus dem sich durch ihre Empfehlung der neue Kundenstamm von Luna Madison rekrutierte. Kein erlesener Kreis, was natürlich keine Überraschung war, aber doch interessant genug, um Gwendolyns Aufmerksamkeit für einige Zeit zu fesseln. Zumal Candys Freunde willig waren, sich zunächst einem psychologischen Gespräch zu unterziehen und sich anschließend per Hühner Voodoo beraten zu lassen. Und dafür zu bezahlen.

Als Candy bei ihrem ersten Besuch Gwendolyns Behandlungszimmer betreten hatte, hatte sie auf das Buch gedeutet und gefragt: «Ist das ein Hühner-Voodoo-Buch?»

Gwendolyn hatte diesen Vorschlag sehr gerne aufgegriffen. «Ja.»

«Da steht ‹Chronik der Familie Ackermann› drauf.»

Oh, die Blondine konnte lesen.

«Das ist zur Tarnung. Über viele Jahrhunderte hinweg war Hühner Voodoo verboten. Familienchroniken jedoch nicht. Dieses Buch ist das Vermächtnis eines sehr einflussreichen und überaus begabten Hühner-Voodoo-Priesters, der hier all sein Wissen und seine Praktiken niedergeschrieben hat.»

Candy war beeindruckt.

Fortan wurde die Chronik in den Behandlungsablauf integriert. Gwendolyn ließ die Patienten von ihren Problemen berichten, und wenn es ihr langweilig wurde und sie das Gespräch nicht weiter fortsetzen wollte, stoppte sie, nahm die Chronik, schlug eine Seite auf, tat, als läse sie, sah schließlich über ihre Brille hinweg ihren Patienten an und sagte: «Sie haben Glück. Ihr Problem kann per Hühner Voodoo behandelt werden. Meine Kollegin wird das übernehmen.»

Dann war Bernadette dran.

Sie waren inzwischen ein eingespieltes Team, der Ablauf funktionierte reibungslos.

Gwendolyn hatte einen Schwung bemalter Hühnerknochen auf dem Buch aufgestapelt, um die Schrift auf dem Einband zu verdecken. Die Hühnerknochen gaben dem Ganzen auch ein gewisses Flair, und es hatte den Vorteil, dass Gwendolyn ihren Patienten, bevor sie sie zu Bernadette schickte, auch noch einen der bemalten Hühnerknochen verkaufen konnte. Inzwischen hatte sie diese Nebeneinnahme noch weiter spezifiziert und individualisiert, je nach Problem verkaufte sie zum Beispiel Anti-Falten-Knochen, Diät-Durchhalte-Knochen, Knochen, die vor Insektenstichen und Hundebissen schützen sollten, sie scheute auch nicht davor zurück, Hühnerknochen gegen Laktose-Intoleranz zu verkaufen. Erstaunlicherweise bekam sie viele positive Rückmeldungen, was ihr bewies: Der Glaube versetzt Berge.

Aufmerksam und konzentriert sah Gwendolyn nun in die Familienchronik und blickte schließlich über ihre Brille hinweg ihren Patienten an. Es war Ronny, ein Freund von Candy, Imbissbudenbesitzer, der sich fragte, ob er wohl sein Sortiment um Nackensteaks erweitern sollte. Gwendolyn hatte ihm alle möglichen Fragen gestellt, sachliche, wie Lage und Umsatz, Kundschaft und Sortiment, schließlich persönliche, nach Eltern und Kindheit, Freunden und Hobbys, aber da Ronny nur sehr einsilbig antwortete und sich kein interessantes Gespräch entwickeln wollte, entschied sie, ihn Bernadette zu überlassen. Er war einfach kein interessanter Mann, und er hatte kein interessantes Problem.

«Nackensteaks. Hm. Das ist eine schwere Entscheidung. Unser Buch empfiehlt, das Orakel zu Rate zu ziehen.» Sie stand auf. «Wenn Sie mir bitte folgen würden.» Sie ging in die Diele, sprich Wartezimmer, öffnete die Tür zu Bernadettes Voodoo-Zimmer und winkte Ronny hinein.

Bernadette war nicht da.

«Nehmen Sie doch bitte hier Platz, ich hole unsere Spezialistin.»

Sie ging, dem Duft nach frischgebackenem Kuchen folgend, in die Küche. Bernadette schnitt gerade ein Stück vom noch warmen Marmorkuchen ab.

«Du solltest doch nicht backen während unserer Bürozeiten. Das riecht ja hier wie bei Muttern. Es soll nach Voodoo riechen. Mach Räucherstäbchen an. Und nun los: Du hast Kundschaft.»

«Was, schon? Er war doch höchstens zehn Minuten bei dir.»

«Er ist ein Langweiler. Ich hab kein Interesse mehr.»

Bernadette war hin- und hergerissen zwischen dem Stück Kuchen, das sie gerade essen wollte, und ihrer Aufgabe als Hühner-Voodoo-Spezialistin.

«Zieh die Schürze aus und geh zu ihm», drängelte Gwendolyn.

Bernadette stand immer noch unschlüssig da.

«Nun mach schon, lass ihn nicht so lange warten.»

Gwendolyn ging wieder in ihr Zimmer, ließ die Tür zum Wartezimmer offen und begann im Internet nach einer Wohnung für Britta zu suchen.

Sie hatte heute Morgen mit ihrer Nichte gefrühstückt und die Chance genutzt, sie darauf hinzuweisen, dass sie sich im Blumenladen doch mal umhören könnte, ob jemand von einer Wohnung wisse, die zu vermieten war. Britta hatte keinen Widerstand geleistet, sondern genickt. Sie war immer noch bester Laune. Ihr Traumprinz war tatsächlich wiedergekommen, das Ganze schien sich sehr gut zu entwickeln.

«Er besucht mich täglich im Laden», hatte sie geschwärmt.

Gwendolyn hatte gelächelt und gemeint: «Wie schön für dich. Aber finde zumindest heraus, ob er verheiratet ist.»

Britta hatte Gwendolyn erschrocken angesehen.

«Ach, du meine Güte, daran hab ich noch gar nicht gedacht. Du hast recht. Er kommt immer nur in der Mittagspause. Und er hat mich noch nicht nach einem Date gefragt. Aber er hat auch noch keinen Annäherungsversuch gestartet. Ist das ein gutes oder ein schlechtes Zeichen?» Ohne Gwendolyns Antwort abzuwarten, fuhr sie fort: «Ich werde mal vorschlagen, dass wir uns abends treffen. Wenn er sagt, das geht nicht, bedeutet es, dass er verheiratet ist.»

«Kindchen, mach es nicht so kompliziert. Frag ihn einfach, ob er verheiratet ist.»

«Was? Wie sieht denn das aus?»

«Es sieht genauso aus, wie es ist: Du hast keine Lust, deine Zeit mit einem verheirateten Mann zu verschwenden.»

«Aber dann denkt er doch, ich hab Interesse an ihm.»

«Hast du doch.»

«Ja, aber das muss er doch nicht wissen.»

Gwendolyn hatte den Mund geöffnet und wieder geschlossen. Nein, diese Diskussion wollte sie nicht fortführen.

Sie hörte, wie Ronny Bernadettes Zimmer verließ, und sah ihn durch das Wartezimmer Richtung Ausgangstür gehen. In der Hand hielt er ein Stück Marmorkuchen, von dem er gerade abbiss. Als er Gwendolyn sah, hob er die Hand mit dem Kuchen zum Gruß in die Höhe, dann fiel die Tür hinter ihm ins Schloss.

Bernadette kam zu ihr ins Zimmer, Gwendolyn sah sie verblüfft an.

«Du hast ihm Kuchen gegeben?»

«Ja, das war bereits sein drittes Stück. Er findet meinen Marmorkuchen richtig gut.»

«Wieso fütterst du deine Kunden mit Kuchen?»

«Tu ich normalerweise nicht. Aber ich hatte mich so auf ein Stück Kuchen gefreut, und es wäre unhöflich gewesen, ihn länger warten zu lassen oder vor ihm zu essen, ohne ihm etwas anzubieten. Also hab ich den Kuchen mit in mein Zimmer genommen und ihm ein Stück angeboten. Er war begeistert. Er hat gefragt, ob ich für seinen Imbiss Kuchen backen will. Ich hab ja gesagt.»

«Du backst ab jetzt Kuchen für Ronnys Imbissbude?»

«Ja. Ist das nicht toll?»

Gwendolyn sah Bernadette an. Marmorkuchen für eine Imbissbude? Hm. Auch eine Geschäftsidee. Ausbaufähig? Lukrativ? Eher nicht. Dennoch würde sie mal dezent nachfragen müssen, ob denn auch eine finanzielle Vereinbarung getroffen wurde. Falls nicht, würde sie das mit Ronny aushandeln.

«Was kam bei den Nackensteaks raus?»

«Nackensteaks? Davon hat er nichts gesagt.»

«Das war der Grund, weshalb er gekommen war. Hast du überhaupt Hühner Voodoo gemacht?»

«Nein. Irgendwie kamen wir gar nicht dazu. Über den Kuchen und die Idee, dass ich den ab jetzt für ihn backe, haben wir das wohl ganz vergessen.»

Da Gwendolyn das Honorar für die Sitzung bereits zu Beginn kassiert hatte, war es ihr egal. Bernadettes Blick fiel auf die Chronik.

«Hör mal, Gwendolyn, ich denke, wir sollten Herrn Ackermann das Buch wieder zurückgeben.»

«Nein, ich brauche es für meine Behandlungen.»

«Dieses Buch? Wieso denn?»

«Weil ich so tue, als sei es ein Voodoo-Weisheitsbuch. Ich bin für die Theorie zuständig, du für die Praxis. Das kommt gut an.»

«Aber dafür kannst du doch auch ein anderes Buch nehmen. Ich hab wirklich ein schlechtes Gewissen, weil wir es immer noch haben. Wir sollten es ihm vorbeibringen.»

Bernadette lag ihr schon länger in den Ohren wegen der Chronik. Und der Gedanke, dass sie von Frederick doch noch Honorar kassieren könnte, kehrte immer wieder und von Mal zu Mal drängender zurück. Sie könnte das Geld gut brauchen. Sie überlegte. Sie müsste ja nur die Chronik zurückbringen, ihn über den Fluch in Kenntnis setzen, sie würde das Geld kassieren – und gut ist. Damit wäre das Kapitel Ackermann abgeschlossen.

«Okay. Aber dann besorgst du mir ein anderes Buch. Aber es muss groß und dick sein und alt aussehen.»

Bernadette überlegte. «Wie wäre es mit einem Band einer Brockhaus-Enzyklopädie? Ich habe da eine Jubiläumsausgabe.» Wie auswendig gelernt fügte sie hinzu: «Handgearbeiteter, grüner Ledereinband mit reich verziertem Rücken, in Gold geprägte Signatur des Verlagsgründers F. A. Brockhaus auf dem vorderen Buchdeckel, sowie Kopfgoldschnitt. 17. Auflage.»

«Ich nehme den Band mit V.»

«Wieso?»

«Na V wie Voodoo.»

«Also, ich habe nur den ersten Band. Von A bis ATE.»

«Was willst du mit einem Lexikon, wenn du nur Begriffe von A bis ATE nachschlagen kannst? Was ist, wenn du mal ein Wort mit B suchst? Oder L oder P?»

«Weißt du, wie teuer die sind?»

«Schon gut, bring deinen Band morgen mit.»

Bernadette deutete auf die Chronik. «Nur wenn du Herrn Ackermann dieses Buch zurückgibst.»

Gwendolyn hatte heute keine weiteren Termine, sie nickte. «Ich mach es jetzt gleich.»

«Und du sagst ihm, dass tatsächlich ein Fluch auf ihm liegt.»

«Ja. Ich sag es ihm.»

«Und vergiss das kleine Büchlein nicht.»

«Geht klar.»

«Dort steht das mit dem Fluch ja drin.»

«Ja!»

Gwendolyns Antworten wurden kürzer, aber dafür lauter. Als sie ging, murmelte sie leise: «Wie bin ich bloß durchs Leben gekommen, bevor ich diese Frau getroffen habe?»

Sie hatte sich ein Taxi bestellt, sich von Bernadette Geld dafür geben lassen und den Taxifahrer gebeten, die Chronik für sie zu tragen. Als er sah, dass sich hinter der Adresse, die sie ihm genannt hatte, ein Bestattungsinstitut verbarg, zögerte er etwas, aber ein Blick von Gwendolyn genügte, und er nahm die Chronik widerspruchslos.

Sie gingen zum Empfang.

«Luna Madison. Ich möchte zu Herrn Ackermann.»

Chantal Fischer nickte freundlich, rief Frederick

kurz an, er hatte offensichtlich Zeit, und sie führte Gwendolyn und den Taxifahrer den Gang entlang zu Fredericks Büro. Gwendolyn trat ein, bedeutete dem Taxifahrer, das Buch auf dem Schreibtisch abzulegen und bat ihn, draußen auf sie zu warten. Frederick reichte ihr die Hand. «Guten Tag, Frau Madison.»

Gwendolyn setzte ein geschäftsmäßiges Gesicht auf. «Guten Tag, Herr Ackermann.»

«Nehmen Sie Platz.»

«Vielen Dank. Ist aber nicht nötig, ich werde nicht allzu viel Ihrer Zeit in Anspruch nehmen.»

Frederick blieb ebenfalls stehen.

«Lassen Sie mich gleich zur Sache kommen.» So sachlich wie möglich sagte sie: «Unsere Recherchen haben ergeben, dass auf Ihrem Unternehmen ein Fluch liegt.»

«Sie machen Witze.»

«Nein, dafür werde ich nicht bezahlt. Gegen einen geringen Aufpreis jedoch wäre ich bereit ...»

Frederick unterbrach sie: «Was für ein Fluch soll das sein?»

«In jeder Generation Ihrer Familie muss ein männlicher Nachkomme unverheiratet bleiben.»

«Wieso?»

Hm. Den Teufel wollte sie eigentlich nicht erwähnen.

«Ist halt so. Und wenn Sie der letzte männliche Ackermann sind, bedeutet das, dass Sie nicht heiraten dürfen.»

Frederick ließ sich auf seinen Stuhl fallen und sah Gwendolyn ausdruckslos an.

«Nun, sind Sie?»

«Was?»

«Der letzte männliche Ackermann?»

«Ähm, ja.»

«Na bitte. Da haben wir's. Also dürfen Sie nicht heiraten.»

Frederick schüttelte den Kopf. «Wissen Sie, ich glaube an so etwas nicht.»

«Ich auch nicht. Ich erzähle Ihnen nur, was unsere Nachforschungen ergeben haben. Dafür steht auch noch das Honorar aus.»

Frederick erhob sich und lief hinter seinem Schreibtisch auf und ab. «So was gibt's doch gar nicht.» Er schüttelte den Kopf, und Gwendolyn überlegte, wann wohl der passende Moment sei, ihn erneut auf das ausstehende Honorar hinzuweisen. Er murmelte: «Aber auf der anderen Seite ... Da sind ja diese, ähm, Unglücksfälle ... Und die kann ich nicht ignorieren.» Er drehte sich zu ihr um und sah sie an. «Was soll ich tun?»

«Nicht heiraten.»

«Also, das Thema ist für mich nach den bisherigen Ereignissen sowieso erledigt. Aber ein Fluch! Das kann doch gar nicht sein. Das ist absurd!»

«Hören Sie. Wenn Sie mir nicht glauben, lesen Sie es selbst nach. Steht alles hier drin.» Sie tippte auf die Chronik.

Dann fiel ihr etwas ein. «Nein. Nicht hier, sondern hier.» Sie holte das kleine Büchlein, in dem Fredericks Vorfahr seinen Handel mit dem Teufel beschrieben hatte, aus ihrer Handtasche und legte es auf die Chronik.

«Vielleicht fangen Sie erst einmal hiermit an. Lesen Sie selbst.»

Er nahm das kleine Büchlein in die Hand. «Wo haben Sie das her?»

«Aus Ihrem Archiv. Und dann wäre da noch das Honorar», erinnerte sie ihn.

Den Blick auf das Buch gerichtet, reichte er Gwendolyn ein paar Scheine. Sie nahm das Geld und dachte kurz darüber nach, ob sie ihm sagen solle, dass es zu viel war. Aber sie wollte ihn nicht länger stören und steckte das Geld ein.

Er hatte das Büchlein in die Hand genommen und aufgeblättert. Gwendolyn ging zur Tür.

«Ach, Frau Madison, Moment noch bitte. Haben Sie bei Ihren Recherchen irgendeinen Hinweis darauf gefunden, dass ich mich nicht verlieben darf? Keine Beziehung haben darf?»

«Nein. Es ist nur von Heiraten die Rede. Und es ist auch kein persönlicher Fluch. Sie haben nichts falsch gemacht. Es ist nicht Ihre Schuld. Außerdem hatten Sie ja Beziehungen. Es ging immer nur schief, wenn Sie Ihrer Freundin einen Heiratsantrag gemacht haben, oder? Also, lassen Sie das in Zukunft.»

«Nicht heiraten. Keinen Antrag machen. Das ist alles?»

«Also ich kann es nicht garantieren, aber so sieht es aus.»

Er sah Gwendolyn an. «Danke für Ihre Hilfe, Frau Madison.»

Gwendolyn ging, war aber nicht ganz so happy, wie sie es mit dem Geld in der Handtasche eigentlich hätte sein sollen.

Frederick war auf dem Weg zum Blumenladen, um Britta für ihr gemeinsames Abendessen abzuholen. Von Zeit zu Zeit blieb er stehen und machte ein paar beruhigende Atemübungen. Er hatte die Aufzeichnungen seines Vorfahren Heinrich gelesen. Absurd. Verrückt. Dennoch: Um auf Nummer sicher zu gehen, würde er sich an das halten, was Luna Madison ihm empfohlen hatte und was nach Lektüre des Büchleins naheliegend war – nicht heiraten. Die Recherchearbeit, die sie geleistet hatte, beeindruckte ihn. Vielleicht hatte er sie unterschätzt. Sie hatte sein Problem zwar nicht gelöst, aber eine Erklärung dafür gefunden. Das half ihm bedingt weiter.

Erleichtert war er darüber, dass er eine Beziehung haben konnte, ohne die potenzielle Freundin zu gefährden. Er musste sich nur konzentrieren, dass er Britta nicht aus Versehen fragte, ob sie ihn heiraten wolle. Britta? Hatte er eben daran gedacht, Britta zu heiraten? Ja. Stopp. Langsam. Davon waren sie weit entfernt. Britta wusste ja noch nicht einmal, dass er Bestattungsunternehmer war. Und das war ja üblicherweise bereits der Deal Breaker.

Britta stand vor dem Laden. Sie ging auf ihn zu und begrüßte ihn mit einem Kuss auf die Wange. Er hütete sich davor, das als persönliche Wertschätzung zu interpretieren. Diese Küsschen-Küsschen-Begrüßungen waren derart inflationär geworden, dass es ihn nicht wundern würde, wenn man demnächst seinen Briefträger oder den Paketboten so begrüßen würde.

«Wo ist *Antonio's*? Laufen wir?»

«Nein, es ist zu weit.»

«Bist du mit dem Wagen da?»

«Wir nehmen uns ein Taxi.»

So viel hatte er inzwischen gelernt: Man fährt seine Dates nicht mit einem Leichenwagen durch die Gegend. Er hatte darüber nachgedacht, sich einen Zweitwagen anzuschaffen. Aber seine Rechnung hatte ergeben, dass es wesentlich günstiger war, sich in solchen Fällen ein Taxi zu nehmen.

Als sie im Taxi saßen, fragte er Britta: «Wo wohnst du eigentlich?»

«Bei meiner Tante. Vorübergehend. Ich bin auf der Suche nach einer Wohnung. Du weißt nicht zufällig eine?»

Frederick durchzuckte ein wilder Gedanke. Sollte er? Wieso nicht.

«Ich ... also ... es gibt da eine Zwei-Zimmer-Wohnung, so um die 70 Quadratmeter, in einem sehr schönen alten Barockgebäude. Aufwendig renoviert, Vollbad, Balkon, Einbauküche. Die Küche ist sehr groß, man kann bequem einen Esstisch für vier Personen reinstellen.»

«Klingt sehr gut. Wo ist der Haken?»

«Welcher Haken?»

«Es gibt meist einen Haken bei Sachen, die gut klingen.»

Den gab es tatsächlich in diesem Fall. Die Wohnung, von der Frederick sprach, war in seinem Bestattungsinstitut. Im ersten Stock, gleich neben seiner Wohnung. Die Schwester seines Vaters hatte dort gelebt, bis sie ins Seniorenheim zog. Als Begründung für ihren Umzug gab sie an: «In meinem Alter sollte man sich nicht ständig mit Toten umgeben. Das drückt aufs Gemüt.»

Seither war die Wohnung unbewohnt, weil Frederick sich keine Chancen ausrechnete, dass jemand gerne in einem Bestattungsinstitut wohnen wollte. Er selbst benötigte die Räume nicht. Er wohnte nach wie vor in der Wohnung, in der er aufgewachsen war, eine Fünf-Zimmer-Wohnung, die fast das gesamte erste Stockwerk einnahm.

Jetzt kam die entscheidende Probe.

«Es gibt tatsächlich einen Haken.»

«Welchen?»

«Die Wohnung liegt in einem Haus ...»

«Das halte ich für einen Vorteil und keinen Haken.»

«Aber in diesem Haus ist in der unteren Etage ein Geschäft.»

«Das macht doch nichts.»

«Es ist ein Bestattungsinstitut.»

«Okay. Und wo ist der Haken?»

Frederick sah sie ungläubig an. Hatte sie ihn nicht verstanden?

«Ein Bestattungsinstitut», wiederholte er.

Sie nickte und sah ihn weiter fragend an.

Er erklärte es deutlicher. «Du würdest sozusagen in einem *Bestattungsinstitut* wohnen.»

«Ja, hab ich verstanden. Aber du wolltest mir sagen, was der Haken an der Sache ist.»

«Das ist der Haken. Das Bestattungsinstitut ist der Haken.»

«Aber wieso? Muss ich da mitarbeiten? Oder muss ich durch die Leichenhalle, wenn ich in meine Wohnung will? Darf ich nur im Sarg schlafen?»

«Nein, du kannst dein eigenes Bett mitbringen. Und

es gibt einen Extraeingang für die Wohnungen im ersten Stock.»

«Na also.»

Frederick konnte es nicht fassen: «Findest du das nicht schlimm? Das ist doch eklig. Gruselig. Abstoßend.»

Britta rückte leicht von ihm ab und sah ihn tadelnd an. «Also, du solltest mal an deiner Einstellung zu solchen Dingen arbeiten. Sterben ist eine natürliche Sache und Leute zu beerdigen, ist ein ganz normales Business. Irgendjemand muss es ja tun, schließlich gibt es eine gesetzlich vorgeschriebene Bestattungspflicht.»

Frederick sah Britta geschockt an.

«Ich bin Bestattungsunternehmer», brach es aus ihm heraus.

Gespannt hielt er die Luft an. Was nun?

Das Taxi hielt an, sie waren da.

«Ach was!», rief Britta. «Dann ist das dein Unternehmen, von dem du eben gesprochen hast?»

«Ja.»

«Und du wohnst auch dort?»

«Ja. In der Wohnung nebenan.»

«Hey, dann wären wir ja Nachbarn.»

Das war's. Er war verliebt. Als er aus dem Taxi stieg, wusste er: Britta war die perfekte Frau für ihn. Er würde sie heiraten! Sie oder keine.

NEIN!

Verflixt.

Auf keinen Fall.

Okay. Ganz ruhig bleiben. Musste kein Problem sein. Vielleicht wollte Britta gar nicht heiraten. Aber einer harmonischen Beziehung stand zumindest nichts im Wege.

Sie betraten das Restaurant.

Britta wählte Scaloppine al limona, Kalbsschnitzel in Limonensoße. Sie hatte eigentlich vorgehabt, Fredericks Geldbeutel zu schonen und eine Pizza zu bestellen, aber wenn er ein eigenes Unternehmen hatte, wäre wohl ein schöner Hauptgang drin. Sie hatte Hunger auf eine richtige warme Mahlzeit. Gwendolyn schien nur Reste in ihrem Kühlschrank aufzubewahren; was sie etwas wunderte, denn Gwendolyn kochte nie. Irgendwie organisierte sie Essensreste. Die allerdings selten zueinander passten. Und da Britta über deren Herkunft Zweifel hegte, hielt sie sich essenstechnisch etwas zurück. Daher war eine Einladung zum Abendessen für sie ein Highlight.

Sie war bester Laune. Frederick gefiel ihr ausgesprochen gut. Wieso eigentlich?

Er sah toll aus. Er war sehr höflich und aufmerksam. Hatte tadellose Manieren, war charmant, gebildet, wirkte aufrichtig. Er war auf angenehme Art und Weise zurückhaltend. Er war ein wenig zu nervös, aber da sie hoffte, das hinge mit ihr zusammen, freute sie sich darüber. Wenn er gerade mal nicht nervös war, zeigte er Humor. Gute Gründe, von jemandem begeistert zu sein. Ach was, sie musste gar nicht analysieren, wieso sie ihn gut fand, unterm Strich war es einfach so, dass sie sich Hals über Kopf in ihn verliebt hatte. Die Chemie stimmte. Es fühlte sich richtig an.

Nachdem er ihr gesagt hatte, dass er Bestattungsunternehmer sei, blühte er richtig auf. Was hatte er erwartet? Dass sie schreiend davonlaufen würde, wenn er ihr sagte, womit er sein Geld verdiente?

«Du wohnst also bei deiner Tante. Wieso?»

«War Teil eines Fluchtplans.»

Frederick sah etwas besorgt aus.

Sie lachte: «Keine Sorge, hab keine Bank überfallen oder so. Ich hatte einfach die Nase voll. Meine letzte Beziehung hat ein sehr …, sagen wir mal: unschönes Ende gefunden. Ich wollte einfach nur weg aus der Stadt. Hab meinen Job gekündigt, meinen Koffer gepackt und bin zu meiner Tante gezogen. Hier starte ich jetzt neu.»

«Das klingt sehr optimistisch.»

«Sicher. Ich meine, ich kann doch nicht immer Pech mit Männern haben. Irgendwann muss ich doch den Richtigen treffen.»

«Wieso glaubst du so unerschütterlich daran?»

«Na, weil ich davon ausgehe, dass das Leben es gut meint. Mit mir und allen anderen. Grundsätzlich. Und wenn Dinge nicht so laufen, wie man es geplant oder erwartet hat, bedeutet das, dass man entweder härter kämpfen muss oder aufgeben und einen anderen Weg gehen soll.»

Frederick lachte. «Tolle Theorie. Und wie weißt du, welche von beiden Optionen die richtige ist?»

«Versuch und Irrtum.»

«Du bist wirklich eine Optimistin.»

«Allerdings! Wie soll ich denn sonst durchs Leben kommen? Wenn Dinge schiefgehen, sehe ich das als Hinweis an, dass ich auf dem Holzweg bin. Das Universum greift ein, um mir zu helfen.»

«Das ist wirklich eine faszinierende Lebenseinstellung.»

«Na ja, also das ist natürlich nicht so leicht, wie sich das jetzt anhört. Erst mal schimpfe ich wie ein Rohrspatz. Balle die Faust und fluche. Und nach ein paar Tagen hab ich mich beruhigt und fange wieder von vorn an.» Sie seufzte leicht. «Und das seit über 30 Jahren.»

Frederick lächelte ganz lieb. «Was geht denn immer schief in deinem Leben?»

Britta beugte sich näher zu Frederick und flüsterte: «Männer.»

«Das dachte ich mir», lachte er. «Ich hatte nicht angenommen, dass du Schwierigkeiten beim Einkauf von Cocktailkleidern hast. Das, was du heute trägst, sieht übrigens toll aus.»

«Danke. Obwohl Kleiderkauf auch nicht so einfach ist, wie man annehmen könnte.»

«Und was machen die Männer falsch?»

«Sie sind verheiratet.»

«Aber das ist doch kein Fehler.»

«Doch, wenn sie mit mir eine Beziehung anfangen.»

«Oh.»

Britta nickte. Doch dann sah sie Frederick alarmiert an.

«Du bist doch nicht etwa ...?»

«Verheiratet?»

«Ja. Bist du?»

«Aber nein. Gott, nein. Ganz bestimmt nicht.»

Doch Britta war inzwischen etwas misstrauisch geworden.

«Aber du hast irgendeine Macke?»

«Ich hoffe nicht.»

«Denk nach. Bestimmt hast du irgendein Problem, das Stress verursachen wird.»

«Wieso glaubst du das?»

«Weil noch jeder Mann, der mir gefallen hat, ein Problem hatte. Was stimmt bei dir nicht?»

Frederick griff nach Brittas Hand. «Hast du gerade gesagt, dass ich dir gefalle?»

«Hab ich das? Hm. Also: Du bist nicht verheiratet?»

«Nein.»

«Feste Freundin?»

«Nein. Sonst würde ich dich nicht zum Abendessen einladen.»

Britta grinste: «Du bist ziemlich altmodisch, was?»

«Sagen wir konservativ. Das klingt besser.»

«Und wie konservativ ist deine Einstellung zum Thema Ehe?»

«Ich wollte mein Leben lang heiraten und eine Familie gründen», rief er ohne nachzudenken und sah Britta lange und tief in die Augen.

«Ich hoffe, deine konservative Einstellung lässt zu, dass eine Frau den ersten Schritt macht», sagte Britta, beugte sich zu ihm über den Tisch und küsste ihn.

ZEHN

Als Gwendolyn morgens in ihre Küche kam, verkündete Britta jubelnd: «Ich ziehe um! Ich habe eine Wohnung gefunden.» Und noch strahlender fügte sie hinzu: «Und einen Freund! Und das Beste ist: Er ist *nicht* verheiratet.»

«Sehr schön.» Gwendolyns Interesse an der Wohnung war größer. «Und wo ist die Wohnung?»

«Ach je. Hab ich gar nicht gefragt. Aber unten im Haus ist ein Bestattungsunternehmen.»

«Du ziehst in ein Bestattungsunternehmen?»

«Nein. Ich ziehe in eine Wohnung. Und zufällig ist im selben Haus ein Bestattungsunternehmen.»

«Also ziehst du in ein Bestattungsunternehmen», wiederholte Gwendolyn ungerührt.

«Nein!», sagte Britta mit Nachdruck. «Im ersten Stock sind ganz normale Wohnungen. Und in der Wohnung nebenan wohnt übrigens mein neuer Freund.»

«Soll das jetzt für die Wohnung oder für den Freund sprechen?»

Britta war gekränkt. «Er wohnt dort, weil ihm das Unternehmen gehört.»

Gwendolyn schüttelte den Kopf, dann stutzte sie. Sie verlor etwas die Farbe und fragte fast tonlos: «Wie heißt er?»

«Frederick. Frederick Ackermann.»

Gwendolyn schnappte nach Luft.

«Du ziehst auf keinen Fall zu ihm!»

«Wie bitte?»

«Besser noch: Du trennst dich von ihm. Sofort.»

Britta war wie vor den Kopf geschlagen. Sie sah ihre Tante völlig fassungslos an. «Was ist los mit dir? Wieso freust du dich nicht für mich, dass ich eine neue Beziehung habe?!»

«Ich verbiete sie dir!»

Britta schwankte zwischen Empörung und Verblüffung. «Du kannst mir doch nicht verbieten, eine Beziehung zu haben. Das ist schließlich eine Sache zwischen mir und Frederick.»

Gwendolyn unterdrückte den Impuls, Britta zu erklären, wieso sie so vehement dagegen war. Unter normalen Umständen würde eine solche Erklärung schon absurd anmuten, wenn man jedoch verliebt war – keine Chance. Britta würde sich nicht von ihrem Plan abbringen lassen. Und Frederick ... Frederick! Genau. Den würde sie sich vorknöpfen.

Gwendolyn drehte sich um, ließ Britta stehen und verließ das Haus.

Sie marschierte, ohne zu grüßen, am Empfang vorbei direkt in Fredericks Büro. «Sie werden sich nicht mehr mit Britta treffen!»

«Wie wäre es erst mal mit ‹Guten Tag›?»

«Guten Tag. Sie werden sich nicht mehr mit Britta treffen.»

«Aber wieso denn nicht?»

«Wieso? Das müssen Sie gerade fragen!»

«Woher wissen Sie überhaupt von Britta und mir?»

Gwendolyn dachte kurz nach, entschied dann aber, dass die verwandtschaftliche Verflechtung eigentlich keine Rolle spielte. «Ich bin schließlich Psychologin! Sie können nichts vor mir verbergen.»

Frederick zeigte deutliche Anzeichen von Verunsicherung.

Gwendolyn setzte nach: «Sie werden Schluss machen. Diese Frau werden Sie nicht umbringen.»

«Aber um Gottes willen, das habe ich doch gar nicht vor.»

«Hatten Sie ja bei Ihren anderen Freundinnen auch nicht. Und die können sich jetzt die Gänseblümchen von unten angucken!»

«Aber doch nur, weil ich ihnen einen Heiratsantrag gemacht hatte. Und das werde ich bei Britta selbstverständlich nicht tun. Davon abgesehen, habe ich mir überlegt ...»

«Was?»

«Könnte es vielleicht sein, dass meine bisherigen Heiratsanträge deshalb immer tödlich endeten, weil es nie die richtige Frau für mich war?»

«Was ist denn das für eine dämliche Idee? Man vertut sich bei der Partnerwahl, und schwupp! wird das Objekt eliminiert? Wer soll denn dafür zuständig sein? Amor? Das würde die Menschheit ja ganz schnell dezimieren. Also wirklich! Haben Sie die Aufzeichnungen denn nicht gelesen?! Keine Heiratsanträge! Und um kein Risiko einzugehen, werden Sie Britta überhaupt nicht mehr treffen. Aus. Ende. Vorbei.»

«Aber ich liebe sie doch!»

«Ach was», spottete Gwendolyn. «Sie lieben sie. Das ist natürlich Grund genug, sie umzubringen.»

Fredericks Gesicht zeigte rote Stressflecken. «Hören Sie auf, so furchtbare Dinge zu sagen!»

Gwendolyn starrte ihn eine Weile böse an, schließlich sagte sie, fast schon versöhnlich: «Was ist eigentlich dagegen einzuwenden, Junggeselle zu bleiben? Den Frauen abzuschwören? Zölibatär zu leben?»

Frederick seufzte. «Dazu war ich doch bereit. Nach Sandra. Das war mein Plan. Wirklich. Doch dann traf ich Britta. Sie hat mich magnetisch angezogen, ich musste sie immer wieder treffen. Und je öfter ich sie traf, desto sicherer war ich …» An dieser Stelle verklärte sich sein Gesicht: «Britta ist die Frau, nach der ich immer gesucht habe. Es war wie ein Erkennen auf den ersten Blick. Hier ist eine höhere Macht im Spiel. Wir sind Seelenverwandte.»

Gwendolyn verdrehte die Augen und stöhnte auf.

Frederick ließ sich nicht aus dem Konzept bringen. «Kennen Sie den Mythos von den Kugelmenschen?» Ohne ihre Antwort abzuwarten, erläuterte er: «Platon hat in seinem *Symposion* den griechischen Dichter Aristophanes davon erzählen lassen. Die Menschen waren ursprünglich kugelrund, hatten vier Arme, vier Beine und einen Kopf mit zwei Gesichtern. Als sie die Götter angriffen, hatte Zeus sie zur Strafe in zwei Hälften geteilt. Das sind die heutigen Menschen. Sie leiden unter der Trennung, fühlen sich unvollständig und suchen ihre verlorene andere Hälfte.»

«Kenn ich, fand ich immer albern.»

«Aber nein, es macht Sinn: Britta ist meine verlorengegangene andere Hälfte. Meine Seelenverwandte.»

Gwendolyn verzog das Gesicht. «Das wird mir jetzt zu esoterisch. So was vertrag ich nicht auf nüchternen Magen. Ich hab noch nicht mal gefrühstückt.» Sie lächelte Frederick an: «Sie hätten nicht zufällig …?»

Er sah sie ungläubig an. «Fragen Sie mich gerade nach einem Frühstück?»

«Ja. Wo ist das Problem?»

«Sie wissen schon, dass Sie hier in einem Bestattungsinstitut sind?»

«Und? Ich bin ja nicht tot. Also kann ich doch Hunger haben.»

«Warum gehen Sie nicht in ein Café?»

«Ich musste wegen Ihnen so überstürzt aufbrechen, dass ich mein Portemonnaie zu Hause vergessen habe.»

Frederick schüttelte den Kopf. Reichte ihr dann aber einen Zwanzig-Euro-Schein.

«Na, das Ritz ist damit zwar nicht drin, aber ich werde zumindest nicht verhungern», sagte sie und steckte den Schein ein. «Also, was haben Sie jetzt vor?»

Frederick wurde mit einem Mal misstrauisch. «Hier stimmt doch was nicht. Woher wissen Sie von der Beziehung, und wie kommen Sie auf den Namen *Britta?*»

Gwendolyn überlegte. Die Situation war zu prekär, um sich mit Charaden aufzuhalten.

«Britta ist meine Nichte. Sie wohnt zurzeit bei mir, sie hat mir von Ihnen erzählt.»

«Ihre Nichte! Das wusste ich nicht, Frau Madison. Britta hat nie den Namen ihrer Tante erwähnt.»

«Hätte auch nichts genützt, ich heiße nicht Madison. Mein Name ist Gwendolyn Herzog von Wohlrath.»

«Ja aber ...»

«Luna Madison ist mein Künstlername.»

«Künstlername?»

«Mein Name als Psychologin. Egal jetzt. Wie gehen wir weiter vor?»

«Verlangen Sie wirklich von mir, dass ich den Kontakt zu Ihrer Nichte einstelle?»

Gwendolyn war etwas milder geworden. «Zunächst mal erwarte ich von Ihnen, dass Sie ihr sagen, dass Sie auf gar keinen Fall heiraten wollen.»

«Das stimmt ja auch.»

«Na also, dann kann es ja nicht so schwer sein.»

«Und dann?»

«Na, warten wir ab, wie Britta reagiert.»

Gwendolyn hielt das Problem nämlich damit für erledigt, denn Britta wollte heiraten, großes Kino, Romantik mit allem Drum und Dran. Und die Information, dass Frederick ihr diesen Traum nicht erfüllen würde, würde sie nicht gut aufnehmen. Damit hätte sich die Sache von selbst erledigt.

«Ähm ... werden Sie Britta sagen, wieso ...?»

«Wieso was?»

«Wieso ich sie nicht heiraten kann?»

«Aber nein. Ich werde überhaupt nichts sagen. Nicht, dass ich hier war, nicht mal, dass ich Sie kenne. Ich will nicht, dass Britta denkt, ich mische mich in ihr Leben ein.»

«Aber das tun Sie doch.»

«Na, Gott sei Dank!»

Nach einer Weile begann Gwendolyn etwas freundlicher: «Hören Sie, ob Sie Britta sagen, *wieso* Sie sie nicht heiraten werden, ist mir egal. Aber Sie schulden ihr zumindest die Information, dass sie nicht Frau Ackermann werden wird.»

Frederick nickte. «Sie haben recht. Ich werde mit ihr reden.»

«Gut. Dann ist meine Arbeit hiermit getan.» Sie dachte kurz nach und meinte sehr großzügig: «Ich werde Ihnen dieses Gespräch nicht in Rechnung stellen.»

Frederick wusste nicht so genau, ob er «Danke» oder «Das wäre ja noch schöner» sagen sollte.

Als Gwendolyn das Gebäude verlassen hatte, wurde sie unsicher, ob Frederick sich an ihre Abmachung halten würde. Was, wenn er es sich anders überlegte?

Risiko. Hm. Nein. Sie würde kein Risiko eingehen. Sie würde auf Nummer sicher gehen. Sie würde dafür sorgen, dass die beiden sich trennten. Mit Bernadettes Hilfe.

Sie fand Bernadette in ihrem Behandlungsraum, sparte sich die Begrüßung und kam gleich zur Sache. «Du musst mit deinem Hühner Voodoo eine Beziehung beenden.»

«Wie meinst du das?»

«Du musst zwei Leute auseinanderbringen.»

«So was tun wir nicht.»

«Doch. Wir fangen jetzt damit an. Also was brauchst du dazu? Reichen die Namen? Oder brauchst du Haare oder Kleidungsstücke der Leute?»

Bernadette war völlig überrumpelt. «Soll ich dir einen Kaffee machen?»

«Frühstück. Ich hab noch nicht gefrühstückt.»

«Gut. Lass uns in die Küche gehen. Ich hab eingekauft.»

Gwendolyn setzte sich an den Tisch und starrte vor sich hin.

Bernadette beugte sich zu ihr. «Alles okay?»

«Nein, natürlich nicht.» Gwendolyn war gerade aufgefallen, dass sie allen Ernstes ein Hühner-Voodoo-Ritual von Bernadette verlangte. Bedeutete das, dass sie inzwischen daran glaubte? Gott, nein! Aber man sollte sich in jede Richtung absichern. Ungewöhnliche Zeiten verlangten ungewöhnliche Maßnahmen. Schaden konnte es ja nicht.

«Also, machst du es?»

Bernadette zog ein bedauerndes Gesicht. «Ich kann das nicht.»

«Himmel noch mal, du betreibst doch Hühner Voodoo! Dann setz es auch mal für was Nützliches ein!»

«Es ist ein Orakel. Es greift nicht in den Ablauf von Dingen ein. Es zeigt nur auf, berät und gibt Antworten.»

«Du nennst es Voodoo. Also mach was Voodoomäßiges.»

«Du weißt, dass ich es nur Voodoo nenne, weil mir der Name so gut gefällt.»

«Dann musst du jetzt eben echtes Voodoo betreiben. Mach dich schlau, lies irgendwo nach, wie das geht.»

«Was ist denn los, Gwendolyn? Was ist passiert?» Bernadette setzte sich ihr gegenüber und sah sie forschend an.

Gwendolyn atmete tief ein, dann hörbar aus. Wiederholte diesen Vorgang ein paarmal und sagte schließlich: «Also. Ich habe eine Nichte. Britta. Ein entzückendes liebes Mädchen.»

«Wie schön.»

«Und Frederick Ackermann hat eine neue Freundin. Und was glaubst du, wer diese neue Freundin ist?»

«Keine Ahnung, aber ich kann versuchen, mein Hühner Voodoo zu befragen ...»

«Vergiss es. Es ist Britta. Meine Nichte.»

«Ach du liebes Lottchen!»

«Ja, ach du liebes Lottchen.»

«Ich hoffe, du erkennst jetzt den Ernst der Situation. Wir müssen was tun. Wir müssen die beiden auseinanderbringen.»

«Auseinanderbringen? Das ist so gemein.»

«Das ist nicht gemein, das ist lebensrettend. Du weißt doch, was seinen Freundinnen passiert.»

«Aber nur, wenn er ihnen einen Heiratsantrag macht. Wir könnten ihn bitten, deiner Nichte keinen Antrag zu machen.»

«Hab ich schon getan. Ist mir trotzdem zu riskant. Die zwei dürfen sich nicht mehr sehen.»

«Aber es kommt mir trotzdem gemein vor, die beiden auseinanderzubringen. Können wir nicht was anderes tun?»

«Ach. Und was schlägst du vor?»

«Wir könnten versuchen, ihnen zu helfen.»

«Das machen wir ja, wenn wir ihre Beziehung beenden.»

«Das fühlt sich nicht an wie Hilfe.»

«Dann schlag was Besseres vor.»

Das Einzige, was Bernadette auf die Schnelle einfiel, war: «Ich mach dir Frühstück.»

«Spiegelei, eine Scheibe Toast, ein Vollkornbrot, Erdbeermarmelade, Orangensaft und zwei Trockenpflaumen», bestellte Gwendolyn. «Und vergiss den Kaffee nicht.»

Während Bernadette den Tisch deckte, recherchierte Gwendolyn auf ihrem Smartphone den Begriff Voodoo. Sie musste ja nicht alles, was sie fand, für bare Münze nehmen, aber sich zu informieren war nie ein Fehler.

Sie durchstöberte das gesamte Internet und fand, just als Bernadette das von ihr gewünschte Spiegelei von der Pfanne auf ihren Teller gleiten ließ, eine Do-it-yourself-Voodoo-Website. Sie hielt sich nicht damit auf, sich darüber zu wundern, sondern überflog die Seiten, bis sie fand, was sie suchte: wie man das Objekt seiner Begierde aus den Armen einer anderen lösen konnte, sprich, wie man Beziehungen zerstörte. Dafür verwendete man kleine Voodoo-Puppen, die dem Betroffenen ähnlich sehen sollten. Nicht überraschend war, dass diese Voodoo-Puppen dort auch gleich bestellt werden konnten. Man musste nur ein paar Charakteristika, etwa Augenfarbe, Haarfarbe, Statur etc., der betroffenen Person angeben, und eine Stoffpuppe wurde komponiert, die ein Abbild der Zielperson darstellen sollte. Bei Gefallen drückte man auf «Bestellung abschicken», und viele Euro später machte sich das Ding per DHL auf den Weg in den Haushalt, der diesen bösen Coup plante. Schöne neue Welt.

Gwendolyn hatte sich einen Frederick gebastelt und

hielt Bernadette ihr Smartphone hin. «An wen erinnert dich das?»

«An meine Handarbeitslehrerin.»

«Was?»

«Ja. Wir mussten damals kleine Stoffpuppen nähen. Und Fräulein Stübbe war nie zufrieden mit mir.»

«Ich meine, die Puppe. Wem sieht die Puppe ähnlich?»

Bernadette zuckte die Schultern.

«Sieht sie Frederick Ackermann ähnlich?»

«Ich weiß nicht. Wieso fragst du?»

Sie knurrte: «Weil ich inzwischen sogar bereit bin, Voodoo einzusetzen, um Britta zu retten.»

Gwendolyns Blick fiel auf ihr Spiegelei. Sie legte ihr Smartphone zur Seite und begann zu essen.

In der Mittagspause wollte Britta im Bestattungsinstitut vorbeikommen und die Wohnung besichtigen. Frederick war übernervös. Das lag an dem Gespräch mit Brittas Tante. Sie hatte recht: Er musste Britta sagen, dass er sie niemals heiraten würde. Es wäre unfair, sie im Unklaren darüber zu lassen. Und wenn sie ihn wirklich liebte, würde es keinen Unterschied machen, ob sie heirateten oder nicht.

Frederick wartete am Empfang.

Britta kam gleichzeitig mit Judith.

Judith stürmte auf Frederick zu und wollte ihn überschwänglich begrüßen. Doch Frederick hatte nur Augen für Britta, ging schnell an Judith vorbei und schloss Britta strahlend in seine Arme. Sie küssten sich. Lange. Sehr lange. Zu lange. Zumindest für Judith.

Sie zupfte Frederick am Ärmel. Er löste sich aus der Umarmung und sah Judith fragend an.

«Guten Tag, Frau, ähm ...»

«Kallmeyer. K-A-L-L-M-E-Y-E-R!», brüllte Judith.

«Frau Kallmeyer. Ich hatte doch bereits angedeutet, dass wir private Besuche während der Geschäftszeiten nicht so gerne sehen.»

«Ich bin geschäftlich hier.»

«Ach?»

«Ja. Es geht ... um meinen ... Onkel. Ich muss mit Ihnen die Details für seine Beerdigung besprechen.»

Frederick atmete tief durch. Er hatte das Gefühl, dass sich besagter Onkel, wenn es ihn überhaupt gab, bester Gesundheit erfreute. Auf der anderen Seite konnte er natürlich einer Kundin nicht seine Dienste versagen. Auch wenn er sie nicht leiden konnte. Er musste professionell reagieren.

«Dann müssten Sie uns seine Adresse geben, damit wir den Verstorbenen abholen können.»

«Er ist nicht verstorben. Aber es könnte jeden Moment passieren. Ich will vorbereitet sein.»

Frederick knurrte leise, aber vor Britta wollte er höflich bleiben. Er nickte und meinte: «Aber natürlich. Frau Fischer wird einen unserer Berater bitten, sich um Sie zu kümmern.»

«Ich möchte vom Chef persönlich betreut werden.»

Britta schaltete sich ein: «Ist schon okay, ich kann warten oder später wiederkommen.»

Judiths triumphierender Gesichtsausdruck veranlasste Frederick zu einem raschen: «Nein. Das kommt gar nicht in Frage. Da es kein Notfall ist, würde ich vorschlagen, wir machen einen Termin für ein Beratungsgespräch aus, und Sie kommen wieder. Ich habe jetzt keine Zeit.»

Er legte seinen Arm um Britta und zog sie mit sich.

«Und was ist mit ihr? Sie ist doch auch privat hier!», rief Judith enttäuscht und verärgert hinter ihm her.

«Sie hat einen Termin», sagte Frederick, ohne sich umzudrehen.

Er hatte das Bedürfnis, Britta zu erklären, wieso er so unhöflich zu dieser Kundin war. «Sie ist ständig hier. Ich hab Mitarbeiter, die nicht so viel Zeit hier verbringen.»

«Na, solange sie nicht darauf besteht, dass du sie bezahlst, ist doch alles okay», lachte Britta. «Weißt du, wieso sie immer hier ist?»

«Nicht so genau. Sie war mal mit meinem Buchhalter befreundet, aber der hat jetzt eine andere, und vielleicht verkraftet sie das nicht.»

«Die Ärmste.»

Er zog Britta enger an sich. «Ich bin gespannt, wie dir die Wohnung gefällt.»

«Sie gefällt mir ausgezeichnet.»

Frederick lächelte und küsste sie.

«Willst du sie trotzdem noch sehen?»

«Nur der guten Ordnung halber.»

Sie gingen bis zum Ende des Flurs, Frederick schloss eine Tür auf, dahinter lag eine Treppe, die in den ersten Stock führte.

«Der offizielle Eingang zu deiner Wohnung ist der Seiteneingang draußen. Also keine Sorge, du musst nicht durch das Bestattungsinstitut laufen, um in deine Wohnung zu kommen.»

«Macht mir nichts aus, weißt du doch.»

«Ja. Stimmt. Ist ungewöhnlich für mich, dass jemand keine Probleme damit hat.»

Als Frederick die Wohnung aufschloss, ärgerte er sich, dass er Ewa nicht gebeten hatte, sie zu putzen und zu lüften. Und von dem restlichen Mobiliar, das seine Tante hinterlassen hatte, hätte er sich auch längst einmal trennen müssen. Aber da er ja nie vorgehabt hatte, diese Wohnung zu vermieten, hatte er einfach alles so gelassen, wie es war. Es roch muffig, Spinnweben zogen sich durch den Raum, auf den Möbeln lag eine dicke Staubschicht.

«Also, du musst es dir eben ohne Möbel, ohne Staub, ohne Spinnweben und gut gelüftet vorstellen», sagte er entschuldigend.

Britta nickte. «Das tue ich bereits. Und ich kann dir sagen, es ist nicht so leicht.»

«Ich kann mit der Miete runtergehen», bot er an.

Britta lachte. «Ist schon in Ordnung. Ich hab gehört, mein Nachbar sei sehr nett.»

«Allerdings. Nett, höflich und gutaussehend. Ein sehr seltenes Exemplar. Aber mach dir keine Hoffnung, er hat sich gerade unsterblich verliebt.»

«Ja, die Besten sind immer vergeben», nickte Britta.

Frederick küsste sie. Britta brach den Kuss jedoch schnell ab.

«Sorry, aber ich brauche meinen Mund zum Atmen, weil der Geruch hier für jemanden, der in einem Blumenladen arbeitet, doch sehr gewöhnungsbedürftig ist.»

«Sicher. Entschuldige. Gehen wir in meine Wohnung. Sie ist kuss- und atemtechnisch geradezu ideal.»

Britta sah ihn an. «Ach ja? Schon oft genug getestet, was?»

«Noch nie mit der Richtigen.»

Der Satz hing etwas im Raum und verbreitete Verlegenheit. Auf beiden Seiten.

Frederick schob deshalb gleich eine sachliche Frage hinterher. «Also, was ist? Gefällt dir die Wohnung?»

«Ja. Gefällt mir sogar sehr.»

Er legte den Kopf schief. «Du hast gar nicht an die Wohnung gedacht. Es ist der Nachbar, der dir gefällt, nicht wahr?»

Sie hatten seine Wohnung betreten, Britta atmete tief durch und sah sich erfreut um. «Ich nehme diese Wohnung.»

«Das wäre natürlich auch eine Option», sagte Frederick und nahm Britta in den Arm. «Zieh zu mir.»

Britta schüttelte den Kopf. «Nein. Lass uns die Sache langsam angehen.»

Frederick war etwas vor den Kopf gestoßen. «Sicher, ich meinte auch nicht ...»

Britta hielt ihm die Hand vor den Mund. «Ich nehme das als Hinweis, dass du mich nett genug findest, jeden Morgen neben mir aufzuwachen. Und das will ich auch. Aber erst mal zieh ich in die Wohnung nebenan. Dann sehen wir weiter.»

Frederick zog ihre Hand von seinem Mund und küsste sie wieder.

«Deine Argumente sind zwar sehr überzeugend, aber ich bleibe bei meiner Entscheidung», lachte Britta und schmiegte sich an ihn.

Frederick schob Britta sanft in sein Wohnzimmer. Jetzt kam der schwere Part. Sollte er wirklich? Aber wenn er das Gespräch aufschieben würde, wäre nichts gewonnen. Er schuldete es ihr.

«Setzen wir uns», sagte er und deutete auf das Sofa.

Britta nahm Platz, er setzte sich ihr gegenüber. Er wollte ihr in die Augen sehen, um ihre Reaktion abzulesen, wenn er ihr mitteilen würde, dass eine Hochzeit für ihn nicht in Frage käme.

Sein Gesichtsausdruck war angespannt.

Britta grinste. «Ah, jetzt wird es ernst, jetzt kommt das Vermieter-Mieter-Gespräch.»

Frederick schluckte. «So ähnlich», meinte er. «Wir müssen tatsächlich etwas klären, bevor du hier einziehst.»

«Also, ich habe kein Haustier, spiele kein Schlagzeug, und ich nehme an, dass du mir sagen willst, dass ich nach 22 Uhr keinen Herrenbesuch mehr empfangen darf.» Sie lächelte. «Das bedeutet dann wohl, dass ich zu dir kommen muss.»

Kurzzeitig war Frederick abgelenkt, aber er konzentrierte sich rasch wieder auf sein Anliegen.

«Nein, jetzt mal ganz im Ernst. Wir müssen wirklich etwas klären. Hat nichts mit der Wohnung zu tun. Sondern mit uns.»

Britta sah ihn fragend an.

Frederick räusperte sich. «Also. Ich ... Das klingt jetzt vielleicht etwas merkwürdig und ist womöglich auch übereilt, aber es ist wichtig, dass wir darüber sprechen.»

Britta zog die Augenbrauen hoch.

«Ich habe von Anfang an das Gefühl gehabt, du bist die Frau, auf die ich mein Leben lang gewartet habe.»

Brittas Gesichtsausdruck wurde milde und zärtlich.

«Ich hab mich noch nie so wohl gefühlt mit einer Frau, von dir geht eine Wärme und Fröhlichkeit aus, die mir guttut. Und auf die ich nicht mehr verzichten möchte. Nie mehr.»

Britta strahlte glücklich.

«Deshalb muss ich mit dir über die Zukunft sprechen. Unsere Zukunft. Unsere gemeinsame Zukunft. Ich weiß, dass es verfrüht ist, aber ich muss dir eine Frage stellen.»

Britta riss die Augen auf und rief: «Du wirst mich doch jetzt nicht etwa fragen, ob ich dich heiraten will?», rief sie.

Frederick fuhr entsetzt zurück. «Nein! Um Gottes willen, nein. Das würde ich niemals tun!»

«Wie bitte?», fragte Britta.

«Oh nein, versteh das bitte nicht falsch. Das ist ganz anders. Ich liebe dich zu sehr, als dass ich dich heiraten würde.»

Britta sah ihn völlig perplex an.

Nun gut, vielleicht gehörte der Satz: «Ich liebe dich zu sehr, um dich zu heiraten», nicht auf die Hitliste der zehn Sätze, die eine Frau gerne hörte, überlegte Frederick. Daher reduzierte er seine Aussage auf den Satz: «Ich liebe dich!» Er sagte es mit Nachdruck und sah Britta wie um Verzeihung bittend an.

Britta setzte sich sehr aufrecht hin und schüttelte verwirrt den Kopf. «Das ist wohl das beste Beispiel für ‹mixed messages›. Damit kann ich jetzt gar nichts anfangen. Aber lass mich mal grundsätzlich etwas sagen: Ich will nicht zwischen Tür und Angel, nachdem ich alte staubige Möbel und Spinnweben besichtigt habe, gefragt werden, ob ich jemand heiraten will. Ich hätte es schon gerne etwas romantischer. Das nur so als Tipp. Und davon abgesehen, glaube ich, dass es für ein solches Gespräch wirklich noch etwas zu früh ist ...»

Er fiel ihr ins Wort: «Ja, tut mir leid, ich weiß, dass es merkwürdig klingt, aber es war mir wichtig, dir das von Anfang an zu sagen.»

«Lass mich das mal bitte sortieren. Du sagst, dass du mich liebst.»

«Ja.»

«Du kündigst eine Frage unsere Zukunft betreffend an.»

«Ja.»

«Es kommt aber keine Frage, sondern die Information, dass du mich nicht heiraten wirst?»

«Ja.»

«Es ist dir also wichtig, mir mitzuteilen, dass du mich nie heiraten wirst?»

«Ja.»

«Bevor wir überhaupt eine richtige Beziehung haben?»

«Ja.»

«Hast du sie noch alle?»

«Britta, versteh mich bitte nicht falsch. Ich sag das

nur, weil ich nicht will, dass du dir falsche Hoffnungen machst.» Dann stutzte er. «Was heißt: ‹Bevor wir überhaupt eine richtige Beziehung haben›? Ich dachte, wir ... also, wir treffen uns doch seit Wochen und ... wir finden uns doch auch ... Also ich zumindest bin wirklich sehr verliebt in dich.»

«Prima. Und an der Stelle hättest du einfach aufhören sollen zu reden. Dann wäre ich jetzt eine ziemlich glückliche Frau.»

«Nein, Britta, es ist wichtig. Ich will, dass von Anfang an klar ist: Wir können nicht heiraten.»

«Wieso? Weil du bereits verheiratet bist?»

«Aber nein! Ich bin nicht verheiratet! War es nie ...» Er seufzte. «... und werde es wohl nie sein.»

«Und mit mir möchtest du jetzt eine temporäre Beziehung ohne Zukunft? Man nennt es auch Affäre, übrigens.»

«Aber Britta, ich will doch keine Affäre!»

«Soll mich das jetzt beruhigen?»

«Ich hoffe doch.»

«Wie nennst du denn das, was du mir hier vorschlägst?»

Frederick öffnete den Mund, um zu antworten, aber ihm fiel nichts Passendes ein.

Er sah Britta unendlich traurig an.

«Glaube mir, ich würde nichts lieber tun, als dich zu fragen, ob ...» Frederick stoppte erschrocken. Er sollte auf keinen Fall weiterreden. Wer weiß, ob nicht auch die Andeutung eines Antrages den Fluch auslöste.

«Fakt ist: Ich kann dich niemals heiraten.»

Er sagte es etwas lauter und betonter, als es nötig gewesen wäre, aber er wollte sichergehen, dass seine Botschaft – wo auch immer – ankam.

Brittas Blick ruhte auf ihm, er konnte nicht ausmachen, was ihr durch den Kopf ging.

Schließlich sagte sie: «Also auf irgendeiner Ebene ist das womöglich sogar sehr ehrenwert, was du tust.»

Er nickte heftig.

«Aber mich verwirrt es, und ich denke, wir lassen es einfach. Denn an dem, was dir vorschwebt, bin ich nicht interessiert. Hatte ich oft genug. Also: danke. Aber: nein, danke.»

Britta stand auf, Frederick glaubte, in ihren Augen Tränen schimmern zu sehen. Sie drehte sich abrupt um und ging zur Tür. Frederick sprang auf, lief hinter ihr her und hielt sie am Arm fest.

«Aber Britta, nein, du verstehst nicht. Ich würde gerne, aber ich kann nicht.»

Britta drehte sich zu ihm.

Frederick legte all seine Verzweiflung in seinen Blick. Dieser Blick hinderte Britta daran, seine Wohnung zu verlassen.

«Begründung?», fragte sie schlicht.

«Meine Heiratsanträge sind tödlich.»

Britta sah ihn fassungslos an. Dann gelang ihr ein zynisches Grinsen.

«Echt gut. Echt originell.»

«Es ist die Wahrheit!»

Britta seufzte. «Also, ich dachte ja, ich hätte schon jede Ausrede gehört, warum Männer nicht heiraten wollen, aber das ist neu.»

«Britta, es ist keine Ausrede!»

Sie sah ihn an, ihre Augen waren tatsächlich sehr wässrig. «Und ich dachte wirklich, du wärst der perfekte Mann für mich.»

Die Tür schloss sich hinter Britta.

Frederick fühlte eine Depression aufziehen, die noch schlimmer zu werden drohte als die, die nach Sandras Tod eingesetzt hatte.

ELF

Britta ging nach der Mittagspause nicht mehr in den Blumenladen zurück, sondern meldete sich krank und fuhr nach Hause. Dort setzte sie sich auf die Couch, nahm ihren Laptop und bestellte Bücher mit verheißungsvollen Titeln wie: *Be Single – be happy*, *Das Glück, alleine zu leben* und *Wer braucht schon Männer*. Sie entschied sich für die Expresslieferung über Nacht.

Dann atmete sie tief durch. Nein. Nein, sie würde nicht heulen, und sie würde nicht trauern, und verzweifelt würde sie schon gar nicht sein. Die Zeit, die sie mit Frederick verbracht hatte, war zu kurz, um in ein tiefes Loch zu fallen, obwohl er, das musste sie zugeben, ihr von allen Männern, mit denen sie bisher gescheitert war, am besten gefallen hatte. Ja, er wäre perfekt gewesen. Sie hatte sich heftig in ihn verliebt. Aber sie musste den Tatsachen ins Auge sehen: Das Schicksal hatte nicht vor, ihr einen Mann zum Heiraten zu schicken. Und sie würde nun aufhören, nach dem Richtigen zu suchen. Sie war endgültig durch mit diesem Thema.

Dann begann sie hemmungslos zu heulen. Sie heulte immer noch, als Gwendolyn am späten Nachmittag nach Hause kam.

Vor lauter Schluchzen konnte sie auf die Frage ihrer Tante, was denn los sei, gar nicht antworten.

Es dauerte eine Weile, bis sie herausbrachte: «Es ist Schluss. Mit Frederick. Bevor es richtig angefangen hat.»

Gwendolyn wurde blass und musste sich setzen.

Die Reaktion ihrer Tante irritierte Britta so sehr, dass sie aufhörte zu heulen und sich besorgt nach Gwendolyns Befinden erkundigte.

«Soll ich dir einen Tee machen, Tante Gwendolyn?»

«Bitte? Ja. Nein. Nein, danke, Kind.»

Gwendolyn war erschüttert. Nicht wegen der Information, dass mit Frederick Schluss sei, auch nicht über Brittas emotionalen Zustand, sondern der Gedanke, dass Voodoo funktionieren könnte, machte ihr zu schaffen. Dabei hatte sie diese Voodoo-Puppe doch gar nicht bestellt. Sie hatte es nur in Erwägung gezogen. Und so schnell klappte es? Man musste nur daran denken?

Britta schluchzte: «Du hattest recht. Frederick ist auch nicht besser als alle anderen.»

«Das hatte ich eigentlich nicht gesagt. Was genau ist passiert?»

«Er hat gesagt, er liebt mich, aber er will mich auf gar keinen Fall heiraten. Das war's.»

«Ah, ihr habt miteinander gesprochen», rief Gwendolyn erleichtert.

«Natürlich, wie macht man denn sonst Schluss?»

«Per SMS soll ganz populär sein.»

Britta warf ihr einen bösen Blick zu, aber Gwendolyn reagierte nicht, sie war einfach nur beruhigt: Es hatte nichts mit Voodoo zu tun. Frederick hatte sich an ihre Anweisungen gehalten. Alles verlief nach Plan.

Dann sah sie Britta an. Armes Mädchen. Schon wieder hatte sie ein gebrochenes Herz.

Britta konnte nicht weiterreden, weil ein erneuter Heulkrampf nahte. Als sie sich etwas beruhigt hatte, fuhr sie fort: «Hast du so etwas Dummes schon mal gehört?»

Gwendolyn schluckte. «Vielleicht liegen die Dinge komplizierter ...»

«Das ist nicht kompliziert, das ist ganz einfach: Wenn er mich wirklich lieben würde, würde er mich auch heiraten wollen.»

Gwendolyn sagte nichts.

Britta stand auf. «Sei mir nicht böse, aber ich leg mich jetzt ins Bett und zieh mir die Decke über den Kopf.»

Gwendolyn nickte geistesabwesend. Sie fühlte sich nicht so gut, wie man sich fühlen sollte, wenn man jemandem das Leben gerettet hat.

Britta tat ihr leid. Sehr leid sogar. Hm. Was, wenn die beiden wirklich das perfekte Paar waren? Tja. Schade. Kann man nichts machen. Manche Dinge muss man einfach hinnehmen. Muss man? Nein! Muss man nicht. Sie würde etwas tun! Sie stand entschlossen auf, mobilisierte ihren Kampfgeist, sagte zu sich selbst: «So, dann wollen wir mal.» Und setzte sich wieder, denn sie wusste nicht, was sie tun sollte.

Ihr Blick fiel auf Brittas Laptop. Sie zog ihn zu sich und googelte erneut den Begriff «Voodoo». Aufmerksam las sie Seite für Seite.

Nach einer Weile lächelte sie, stand auf und verließ das Haus.

Sie tätigte ein paar Einkäufe, die sie, entgegen ihrer

Gewohnheit, anstandslos bezahlte, und ging dann zu Bernadette in die Praxis.

«Ich weiß jetzt, was wir tun müssen», sagte sie statt einer Begrüßung.

«Ich hab die Voodoo-Puppe noch nicht fertig», erwiderte Bernadette.

Gwendolyn hatte ihr den Auftrag erteilt, ein Stoff-Ebenbild von Frederick zu nähen, da sie erstens die Ähnlichkeit der Puppe aus dem Internet mit Frederick nicht überzeugte und sie zweitens nicht bereit war, Geld dafür auszugeben. Nicht mal Bernadettes Geld.

«Die brauchen wir nicht. Ich hab eine andere Idee. Schnapp dir mal sämtliche Hühnerknochen, die du finden kannst. Und dann geht's los.»

Sie hob ihre Einkaufstasche und sagte: «Ich hab alles andere besorgt. Und jetzt gehen wir zu Frederick Ackermann.»

Sie wartete, bis Bernadette mit einer großen Tüte abgenagter Hühnerknochen zurückkam.

«Was haben wir vor?», fragte Bernadette, machte sich aber bereitwillig auf, Gwendolyn zu folgen.

«Wir machen jetzt Hühner Voodoo!»

«Wirklich?»

«Ja. Und zwar *großes* Hühner Voodoo.»

«Oh, wunderbar! Was machen wir denn genau?»

Gwendolyn verkündete mit der Haltung einer Nobelpreisträgerin, die gerade die Lösung für die Sicherung des Weltfriedens gefunden hatte: «Wir werden einen Fluch übertragen!»

«Ach?»

«Aufheben kann man Flüche leider nicht. Aber schon oft wurden Flüche erfolgreich übertragen!»

«Woher weißt du das?»

«Internet.»

«Kannst du so was denn?»

«Das kann jeder. Ich hab eine Website gefunden mit einer Anleitung. Schritt für Schritt wird da erklärt, wie man einen Fluch überträgt. Voodoo für Dumme sozusagen.»

Der letzte Satz führte zu einem missbilligenden Ausdruck auf Bernadettes Gesicht.

«Sagen wir Voodoo für Anfänger. Wir müssen den Fluch von Frederick Ackermann einfach auf einen Gegenstand übertragen.»

«Auf was für einen Gegenstand denn?»

«Etwas, das ihm am Herzen liegt und mit dem er eine innige Verbindung hat. Und dann können Frederick und Britta glücklich miteinander werden.»

Bernadette sah Gwendolyn strahlend an. «Du hast ja doch ein gutes Herz!»

«Bitte? Das hat damit nichts zu tun. Ich will Britta loswerden. Sie sitzt heulend in meinem Haus, das ist nicht zu ertragen. Also, lass uns gehen.»

Bernadette warf Gwendolyn einen Ich-weiß-es-besser-du-kannst-mir-nichts-vormachen-Blick zu, den Gwendolyn demonstrativ ignorierte.

Frederick saß in der Küche seiner Wohnung vor einer Tasse Tee, die längst kalt geworden war, und starrte vor sich hin, als es klingelte. Er war überrascht, denn Besuch bekam er so gut wie nie. Vielleicht war es Britta?

«Hallo?», fragte er hoffnungsvoll durch die Sprechanlage.

«Machen Sie auf, wir müssen reden.»

Er betätigte den Türöffner und wartete im Flur. Gwendolyn und Bernadette kamen die Treppe hoch, und Gwendolyn rief ihm schon von weitem zu: «Ich brauche einen Gegenstand, der für Sie wichtig ist. Etwas, das Sie sehr lieben, was Ihnen viel bedeutet, mit dem Sie eine innige Verbindung haben.»

Frederick sah Gwendolyn verständnislos an. Noch verständnisloser blickte er drein, als er gewahr wurde, dass Gwendolyn, gefolgt von einer anderen Frau, durch seine offene Wohnungstür trat und in seinem Wohnzimmer herumstehende Gegenstände inspizierte. Sie hob einen Füllfederhalter von Montblanc hoch.

«Wie ist es damit? Hängen Sie sehr daran?»

«Ja. Allerdings.» Mit Blick auf ihre Einkaufstasche sagte er sicherheitshalber: «Den können Sie nicht mitnehmen.»

«Himmel, ich will doch nichts mitnehmen! Was denken Sie sich denn!»

Gwendolyns Begleitung half aus. «Sie sucht nach etwas Persönlichem. Also, etwas für Sie sehr Persönlichem.» Da Frederick kein erhelltes Gesicht machte, fügte sie hinzu: «Es ist sehr wichtig!»

Frederick hatte das Bedürfnis, alles in geordnete Bahnen zu lenken. «Guten Tag, mein Name ist Frederick Ackermann.»

«Mein Name ist Luna Madison», lächelte Bernadette.

«Unsinn», rief Gwendolyn, die etwas angespannt war. «Ihr Name ist Bernadette Kunz!»

Bernadette zog ein beleidigtes Gesicht, Frederick legte die Stirn in Falten. Gwendolyn ignorierte beides und fragte Frederick: «Also, was gibt es hier, was für Sie einen hohen emotionalen Wert hat?»

«Worum geht es überhaupt?», erkundigte sich Frederick, der Gwendolyns Auftritt zunehmend verwirrend fand.

«Um Leben und Tod.»

Keine erhellende Antwort, schon gar nicht für einen Leichenbestatter.

«Wir brauchen einen Gegenstand, mit dem Sie eine persönliche Verbindung eingegangen sind», erläuterte Bernadette. «Etwas, das sie zum Beispiel tagtäglich benutzen.»

«Meinen Fernsehsessel?», bot er an.

Gwendolyn verzog das Gesicht und schüttelte den Kopf.

«Der Eichenschrank in der Diele? Es ist ein Erbstück, ich hänge sehr daran.»

Gwendolyn war immer noch nicht zufrieden. «Geht's vielleicht auch etwas kleiner? Handlicher?»

Fredericks Gesicht verriet, dass er keine Ahnung hatte, was sie von ihm wollte.

«Vielleicht etwas, womit Sie als Kind immer gespielt haben.»

Frederick kratzte sich ratlos am Kopf.

Bernadette half: «Ein Feuerwehrauto?»

«Hatte ich nicht.»

«Elektrische Eisenbahn?»

«Nein.»

«Einen Fußball?»

«Hab nie Fußball gespielt.»

Gwendolyn wurde ungeduldig. «Meine Güte, womit haben Sie sich als Kind denn beschäftigt?», fuhr sie ihn an.

«Mit meinem Bestattungsinstitut. Mein Vater hatte mir ein detailgetreues Modell dieses Hauses nachbauen lassen. In Puppenstubengröße. Kleine Särge, kleine Kränze, kleine Leichenwagen.»

«Das glaub ich ja nicht!», rief Gwendolyn begeistert.

Bernadette verteidigte Frederick: «Wieso denn nicht? Andere Kinder haben mit Puppenstuben oder Kaufmannsläden gespielt, er hatte eben ein kleines Bestattungsinstitut.»

Frederick nickte.

Gwendolyn nickte ebenfalls. «Ja, sag ich doch! Es ist perfekt!» Sie wandte sich an Frederick: «Und das war ihr Lieblingsspielzeug?»

«Es war mein Ein und Alles.»

«Sehr gut! Wo ist das Ding?»

«In der Wohnung meiner Tante.»

«Und wo wohnt Ihre Tante?»

«Sie ist im Seniorenheim.»

«Dann müssen wir jetzt Ihre Tante besuchen. Kommen Sie.»

Sie verließ wieder die Wohnung. Bernadette lief hinter ihr her. Frederick folgte den beiden und fragte: «Wieso besuchen wir meine Tante?»

«Weil wir das Modell brauchen.»

Er blieb vor der Wohnung stehen, in die um ein Haar Britta eingezogen wäre, und deutete auf die Tür. «Das steht hier drin.»

Gwendolyn sah ihn tadelnd an. «Und wieso wollten Sie dann jetzt mit uns ins Seniorenheim?»

«Aber ...» Er brach ab und schloss stattdessen die Tür auf, betrat die Wohnung und deutete in der Diele auf ein Barockgebäude, das etwa die Größe einer Waschmaschine hatte und auf einem Tisch stand. «Das ist es.»

Als Gwendolyn und Bernadette das Modell sahen, schnappten sie fast synchron nach Luft. Frederick hatte nicht übertrieben, es war tatsächlich der exakte Nachbau des Hauses.

«Besser geht's nicht!», rief Gwendolyn. Dann sah sie Frederick an und sagte spöttisch: «Damit haben Sie sich also als Kind die Zeit vertrieben?»

«Ja.» Frederick trat an das Modell heran, klappte das Dach auf und die Fassade nach unten. Es entsprach einem Puppenhaus. Einem etwas morbiden Puppenhaus.

«Wie niedlich!», rief Bernadette, lief darauf zu, begann es zu inspizieren, Türen zu öffnen und kleine Särge hin und her zu schieben und kleine Leichen umzubetten.

«Hör auf, damit zu spielen.»

«Worum geht es hier eigentlich?», fragte Frederick.

«Oh, hab ich das nicht gesagt? Also, wir werden den Fluch, der auf dem Unternehmen liegt, auf einen anderen Gegenstand übertragen. Und das hier ist absolut perfekt geeignet. Dann liegt der Fluch auf diesem Modell, und Sie sind frei.»

«Frei?»

«Fluch-frei. Dann können Sie ... Jedenfalls besteht

dann eine Chance, dass Sie niemanden mehr durch einen Heiratsantrag umbringen.»

Frederick sah Gwendolyn mit großen Augen an. «Sie wollen jetzt ernsthaft so einen Hokuspokus veranstalten?»

«Das ist kein Hokuspokus, das nennt man Hühner Voodoo. Steht doch auf unserer Visitenkarte! Ich habe extra Frau Kunz mitgebracht, sie ist auf Hühner Voodoo spezialisiert.»

Bernadette warf sich stolz in die Brust und reichte Frederick noch einmal zur Begrüßung die Hand. Frederick schüttelte sie irritiert. «Freut mich.»

«Und mich erst!», rief Bernadette.

«Ja, blabla, schön, dass wir uns alle mögen», ging Gwendolyn dazwischen. «So, was ist jetzt?»

Frederick war hin- und hergerissen. «Okay. Versuchen wir's. Und Sie glauben, dass es funktioniert?»

«Also, wenn man dem Internet trauen kann – todsicher.»

Das Wort gefiel ihr in diesem Zusammenhang dann doch nicht so gut, und sie korrigierte: «So sicher wie das Amen in der Kirche.» Sie fügte hinzu: «Es kann zumindest nicht schaden. Hoffe ich.»

Frederick atmete tief durch. «Wie geht das? Was brauchen Sie? Was muss ich tun?»

Gwendolyn rief auf ihrem Smartphone die Gebrauchsanleitung zur Übertragung von Flüchen auf und las. «Hm. Also normalerweise muss der Betroffene den Gegenstand in den Händen halten. Aber wenn wir davon ausgehen, dass der Betroffene in diesem Fall das Unternehmen ist, dann sollten wir das Modell hier im

Haus platzieren. Vielleicht irgendwo in der Mitte. Zentral. Wie wäre es mit der Eingangshalle? Ja, das ist ein guter Platz. Tragen Sie es bitte runter.»

«Es ist zu schwer, man braucht zwei Leute, um das Modell zu tragen.»

«Na, dann besorgen Sie mal diese zwei Leute.»

«Es ist nach Feierabend, es ist niemand mehr da.»

Gwendolyn sah ihn böse an. «Daran werden Sie es doch wohl nicht scheitern lassen. Seien Sie kreativ! Sie haben bis Mitternacht Zeit, dann müssen wir das Ritual starten.»

Frederick überlegte. «Ich könnte zwei unserer Sargträger anrufen … oder vielleicht …»

«Hören Sie, ich will Ihnen jetzt nicht beim Nachdenken zusehen und auch nicht zuhören», unterbrach ihn Gwendolyn. «Lösen Sie das Problem, wir kommen kurz vor zwölf wieder, dann sollte das Modell unten in der Empfangshalle stehen. Frau Kunz und ich werden nun zu Abend essen. Haben Sie eine Empfehlung? Ein nettes Restaurant? Eins, in dem Sie vielleicht regelmäßig essen und anschreiben lassen können?»

Frederick wusste, worauf Gwendolyn hinauswollte. «Ich übernehme selbstverständlich die Kosten für Ihr Abendessen. Das *Palmyra* ist hier ganz in der Nähe. Ein sehr nettes syrisches Restaurant. Bringen Sie mir einfach die Rechnung mit. Ich erstatte Ihnen die Auslagen.»

«Ist eigentlich nicht nötig, aber wenn Sie darauf bestehen …»

Frederick nickte. «Ich bestehe darauf.»

«Ach ja, noch etwas.» Sie hielt ihm ihre Einkaufstasche hin. «Hier in der Tasche sind die Utensilien, die wir nachher für die Übertragung des Fluchs brauchen. Da ist eine CD mit Trommelmusik, speziell für Voodoo-Rituale. Sorgen Sie dafür, dass die Musik läuft, wenn wir wiederkommen. Dann sind in der Tasche noch 60 weiße Kerzen. Na ja, Teelichter. War billiger. Stellen Sie die Kerzen kreisförmig um das Modell herum. Und um den Kerzenkreis herum streuen Sie bitte großzügig die Voodoo-Gewürzmischung. Sie besteht aus Anis, Koriander, Ingwer, Kurkuma, Bockshornklee, Zitronengras, Chili und Nelken. Und schließlich ...» Sie deutete auf Bernadette. «Frau Kunz vertraut Ihnen ihre Hühner-Voodoo-Knochen an, die müssen ganz außen um die Kerzen und um den Gewürzkreis herumgelegt werden, sehr dicht, es muss ein geschlossener Kreis sein. Er darf keine Lücken aufweisen, sonst kann der Fluch entweichen. Alles verstanden?»

Etwas verdattert nahm Frederick die Tasche entgegen.

«Seien Sie bitte vorsichtig mit meinen Knochen. Ich brauche sie wieder», sagte Bernadette, als sie ihm die Tüte in die Hand drückte.

Er nickte gehorsam.

Dann gingen die beiden.

Auf dem Weg zum *Palmyra* fragte Bernadette: «Stand in der Anleitung wirklich was von meinen Hühnerknochen?»

«Nein, aber ich dachte, es wäre ein netter Touch.»

Als Gwendolyn und Bernadette kurz vor Mitternacht in die Eingangshalle des Bestattungsinstitutes zurückkehrten, lief Gwendolyn ein Schauer über den Rücken. Frederick hatte ihre Anweisungen befolgt. Es war gruseliger, als sie es sich vorgestellt hatte. Es war dunkel in der großen Eingangshalle. Nur die Kerzen brannten. Sie standen kreisförmig um das Modell herum und beleuchteten es auf unheimliche Art und Weise. Dumpfe Trommelmusik ließ die zierlichen Barockmöbel vibrieren. Gwendolyn spürte, wie die Vibration langsam auch ihren Körper erfasste, der Rhythmus der Trommeln schien ihren Herzschlag in denselben Rhythmus zu zwingen. Es brauchte ein paar tiefe Atemzüge und die Erinnerung, dass sie selbst diese Szenerie angeordnet hatte, bis sie ihr seelisches Gleichgewicht wiedergefunden hatte. Bernadette sah sich begeistert um und rief: «Das ist so aufregend. So was sollten wir öfter machen.»

Frederick stand etwas blass daneben.

Gwendolyn straffte sich, schüttelte das Unbehagen ab und wurde ganz sachlich.

«Sind alle bereit?», fragte sie und sah auf die Uhr. «Mitternacht. Wir starten.» Sie zog ihr Smartphone hervor und rief die Website auf. Die Zeremonie konnte beginnen.

Theatralisch hob sie beide Arme, schielte dabei auf das Display in ihrer Hand und las vor: «We are gathered here today …»

Bernadette unterbrach sie. «Wieso sprichst du englisch? Ich kann nichts verstehen.»

«Die Website ist auf Englisch. Der Betreiber ist ein Jack LaRue aus New Orleans. Scheint die amerikanische Hochburg des Voodoo zu sein. Und jetzt unterbrich mich bitte nicht mehr.»

Sie begann von vorne. «We are gathered here today, to commence a ritual to free this man ...» Sie stoppte kurz und fügte hinzu: «And this building ... from a century old curse.» Der Text war schlecht zu lesen, sie ließ ihre Arme leicht sinken, um einen besseren Blick auf das Display zu haben. «We stand before you and beg most humble that you remove this spell. We offer you as a substitute this model. Hear our plea, o mighty ...» Sie stoppte erneut, durchsuchte ihr Smartphone nach einem Namen, murmelte: «Verflixt, wie hieß die Kanaille? Ach ja, hier.» Sie hatte die entsprechende Seite gefunden, dann wurde ihre Stimme wieder offiziell, und sie fuhr fort: «Baron Samedi, ruler of the underworld and cemeteries.» An Bernadette und Frederick gewandt flüsterte sie: «Das ist einer von diesen Loas, den Voodoo-Göttern. Baron Samedi ist der Herr der Unterwelt und unter anderem für Friedhöfe zuständig, da dachte ich, das passt.»

Bernadette nickte mit vor Aufregung glänzenden Augen. Sie hatte ihre helle Freude an der Situation. Frederick war eher stoisch; sein unausgesprochener Zweifel an dieser Inszenierung war nicht zu verkennen.

Dann verstummte Gwendolyn, und sie standen einfach nur da und warteten ab. Als es Gwendolyn zu lange dauerte, checkte sie wieder ihr Smartphone. Doch das gab keine Auskunft darüber, wie lange man abwarten musste und woran man erkennen konnte, ob das Ritual beendet war oder nicht. Sie sah die beiden anderen an und zuckte die Schultern.

Dann flackerten die Kerzen, es schien, als sei ein leichter Wind aufgekommen. Was natürlich in einem geschlossenen Raum selten der Fall ist. Der Wind wurde stärker, so stark, dass er das Gewürzpulver aufwirbelte. Frederick, der dicht am Kreis stand, musste niesen.

«Uh», machte Bernadette und genoss die Gänsehaut, die ihr über den Rücken lief.

Gwendolyn hatte nun keine Lust mehr. Das ganze Brimborium war okay, aber diese Einlage mit dem Wind war ihr eine Nummer zu viel. Sie befahl Frederick, alle Kerzen auszublasen. Nachdem er das getan hatte, verkündete sie ins Dunkel hinein: «Das war's.»

Frederick machte das Licht an, sammelte Bernadettes Hühnerknochen auf und gab sie ihr zurück. Bernadette drückte sie ehrfürchtig an sich. Für sie waren sie nun noch wertvoller geworden, schließlich waren sie Teil eines echten Voodoo-Rituals gewesen.

Gwendolyn widerstand dem Impuls, die noch nicht ganz heruntergebrannten Teelichter zwecks Weiterverwendung aufzusammeln. Sie überließ es Frederick, sie zusammen mit den aufgekehrten Gewürzen wegzuwerfen.

Alle drei waren sehr still. Sie trennten sich schweigend und verließen die Stätte ihrer fragwürdigen Aktion.

Als sie zur Eingangstür gingen, fiel Gwendolyn auf, dass die Tür leicht offen war. Sie hatten sie wohl beim Reinkommen nicht korrekt geschlossen. Gut. Das machte aus dem wunderlichen Wind einen ganz normalen Durchzug.

Als sie auf der Straße standen, seufzte Bernadette glücklich: «Das war unser erstes offizielles Hühner Voodoo.»

Als Frederick am nächsten Morgen aufwachte, fühlte er sich bleiern und etwas taub. Nicht gehörtechnisch taub. Gliedmaßentechnisch. Er hoffte, es war, als Folge ihrer nächtlichen Aktion, eine schlichte Übermüdung. Und nicht etwa eine Nebenwirkung der Fluch-Übertragung. Sollte er sich jetzt nicht leichter fühlen? Er sah auf die Uhr. In der Empfangshalle befand sich noch das Modell. Er hatte gestern Abend zwei seiner Sargträger herbestellt, damit sie das Modell für ihn von der Wohnung runter in die Eingangshalle trugen, und die beiden gebeten, heute früh wiederzukommen, um das Modell zu entsorgen, bevor seine Angestellten kamen. Frau Herzog von Wohlrath hatte ihm dringend ans Herz gelegt, sein Beerdigungs-Puppenhaus für immer aus dem Verkehr zu ziehen, denn man musste davon ausgehen, dass, wenn es einen Fluch gab und die Fluch-Übertragung funktioniert hatte, dieses Modell nun kontaminiert sei.

Schweren Herzens hatte er sich entschieden, es einäschern zu lassen.

Daher hatte er die beiden Sargträger beauftragt, es heute früh zum Krematorium zu bringen.

Wie würde es nun mit Britta weitergehen? Gwendolyn hatte ihm verboten, mit Britta Kontakt aufzunehmen, bis sie eine Methode gefunden hatte, zu überprüfen, ob die Übertragung des Fluchs auch erfolgreich war. Der naheliegende Test schied aus. Obwohl Frederick kurz der Gedanke durch den Kopf huschte, Judith Wie-hieß-sie-noch? einen Antrag zu machen.

Ernst Lehmann kam heute eine Stunde früher zur Arbeit, weil er vorhatte, eine lange Mittagspause zu machen, denn Ewas Mutter war zu Besuch, und Ewa wollte ihn ihr vorstellen. Er war sehr aufgeregt. Es war so etwas wie ein Antrittsbesuch. Vom Urteil ihrer Mutter hing Ernsts Lebensglück ab. Ewa hatte ihm erklärt, dass der Mann, den sie heiraten wollte, Gnade vor den Augen ihrer Mutter finden müsste. Nun gut, so hatte sie es nicht gesagt, Ernst hatte es so für sich übersetzt. Genau genommen sagte Ewa: «Wenn Mama sagen Mann nix gut. Dann Mann nix gut.»

Also musste er den besten Eindruck seines Lebens machen. Und wenn Ewas Mutter ja sagen würde, würde Ewa auch ja sagen.

Als er in die Empfangshalle kam, waren zwei der Sargträger, die sie gelegentlich engagierten, gerade damit beschäftigt, ein Modell des Bestattungsinstitutes auf einer Sackkarre den Gang entlangzutransportieren.

Es zeigte sich, dass Ernst doch über Temperament verfügte und zu mehr als Ein-Satz-Äußerungen fähig war. Er schoss auf das Modell zu und rief: «Grundgütiger! Das ist ja ganz hervorragend! Was für eine exzellente Arbeit! Nicht zu fassen. Es ist maßstabsgetreu angefertigt. Alle Details stimmen hundertprozentig. Wo soll das aufgestellt werden?»

«Gar nicht. Das wird entsorgt.»

«Entsorgt? Was soll das heißen?»

«Das geht ins Krematorium.»

Ernst war außer sich. «Was? Weiß der Chef davon?»

«Der hat's angeordnet.»

«Aber wieso?»

«Er will es loswerden. Er räumt wohl die Wohnung oben leer.»

«Das ist eine Sünde!»

Ernst stellte sich den beiden energisch in den Weg. Er würde dieses Modell vor dem Flammentod retten.

«Nein, warten Sie.»

Er fingerte aufgeregt in seiner Jackentasche herum, bis er seine Geldbörse gefunden hatte, nahm zwei 20-Euro-Scheine heraus und hielt sie den beiden Männern hin.

«Bringen Sie das Modell in mein Büro.»

Die beiden sahen sich an, zuckten die Schultern, einer sagte: «Der Chef wollte es ja loswerden, also ist es egal.» Sein Kollege nickte, und sie schoben die Sackkarre in Ernsts Büro.

Ernst spürte pures Adrenalin in seinen Adern.

«Wohin?», fragte einer der Männer.

Ja, wohin? Ernst blickte sich um.

Auf dem Boden wollte er es nicht stehen lassen. Das Regal, auf dem seine anderen Modelle standen, war zu schmal und zu instabil. Blieb noch der große stählerne Aktenschrank. Er hatte zwar nicht ganz die Grundfläche des Modells, es würde darüber hinausragen, aber der Schrank würde das Gewicht des Modells tragen. Es wäre ja nur vorübergehend. Dieses Prachtstück würde er mit nach Hause nehmen. Dafür brauchte es jedoch etwas Vorbereitung. Jetzt allerdings musste er es erst einmal vor den Blicken anderer verbergen. Und er wusste auch schon, wie.

«Moment bitte», rief er, lief zum Lager und kam mit einem großen weißen Leintuch zurück. Er stieg auf einen Stuhl, legte das Laken über den Aktenschrank und bat die Männer, nun das Modell auf den Schrank zu stellen. Nachdem sie es hinaufbugsiert hatten, schlug Ernst das Tuch darüber. Perfekt. Die Männer verabschiedeten sich und gingen. Als Ernst wieder vom Stuhl stieg, sah er, dass das Modell auf der einen Seite etwas zu weit überstand, aber es schien dadurch nicht aus dem Gleichgewicht zu kommen. Ernst traute sich nicht, die Männer noch einmal zu bitten, das zu korrigieren. Lohnte auch nicht, es würde ja nur für ein, zwei Tage hier sein.

Er freute sich bereits darauf, es Ewa heute Nachmittag vorzuführen. Für ihn war dieses Haus das Symbol ihrer Liebe. Schließlich hatten sie sich hier kennengelernt. Er würde das Modell Ewa schenken.

Judith besuchte Ernst nach wie vor, inzwischen allerdings erst, wenn sie Feierabend hatte. Das Unmögliche war passiert: Es war aufgefallen, dass sie nur selten an ihrem Arbeitsplatz war. Als ob das an der Effizienz ihrer Arbeit etwas ändern würde. Judith wollte, was ihre Zukunftspläne betraf, am Ball bleiben. Sie musste die neuesten Entwicklungen in Sachen Britta und Frederick erfahren. Wenn sie vorhatte, die Beziehung der beiden zu sabotieren, brauchte sie Informationen.

Mit Ewa hatte sie sich inzwischen angefreundet, und Ewa unterbrach sehr bereitwillig ihre Arbeit und ließ sich gerne auf ein Gespräch ein.

«Wie geht es Herrn Ackermann?», begann Judith wie immer ihre Fragerunde.

«Nix gut. Er sehr traurig. Frau sehr hübsch.»

Na, das wollte sie jetzt aber nicht hören.

«Warum ist Herr Ackermann sehr traurig?»

«Frau nix mehr kommen.»

«Tatsächlich?», rief sie erfreut und lächelte zufrieden. Ihr «Polnisch» war inzwischen so gut, dass sie Ewas Sätze in Gedanken vervollständigen konnte. Sie wusste, was passiert war. Diese Britta hatte gesehen, womit Frederick sein Geld verdiente, und das war das Ende ihrer Beziehung. Sehr schön. Ihre Chancen stiegen wieder. Sie würde bei Gelegenheit Frederick gegenüber noch einmal erwähnen müssen, wie überaus interessant und ehrenvoll sie die Leichenbestattungsbranche fand. Routinemäßig, aber nicht so ganz bei der Sache, erkundigte sie sich nach Ewas Liebesleben.

«Und wie läuft es denn so mit Ihrem neuen Freund?»

«Nix neue Freund. Ernst immer noch meine Liebling.»

«Ja, ja, schon klar. Alles gut mit Ernst?»

«Ja.» Ewa strahlte glücklich. «Ernst hat jetzt auch eine Bestattungshaus.»

Judith sah Ewa irritiert an.

«Ernst hat was?»

«Eine Bestattungshaus. So wie Chef.»

«Ernst hat ein Bestattungsinstitut? Will er sich selbständig machen?»

«Nein. Ernst hat diese Haus.»

«Bitte?»

«Diese Haus, diese Bestattungshaus.» Ewa machte vage Armbewegungen durch die Empfangshalle. «Chef hat Ernst geschenkt.»

«Herr Ackermann hat Ernst das Bestattungsinstitut geschenkt?»

«Ja.»

«Dieses Gebäude?»

«Ja, Gebäude. Alles drin. Und Ernst wird schenken mir.»

Judith schnappte nach Luft, wurde blass und musste sich setzen. Wieso? Wie kommt Frederick dazu, sein Unternehmen seinem Buchhalter zu überlassen? Dann richtete sie sich auf. Britta! Diese Britta hat ihn unter Garantie dazu gebracht. Sie mochte Fredericks Business nicht, und er hatte, um sie zurückzuerobern, sein Geschäft aufgegeben. So ein Volltrottel. Sich von einer Frau dazu bringen zu lassen, sein Unternehmen zu verschenken. Nein. Das würde er nicht tun. Er würde es nicht verschenken. Unter Garantie nicht. Das musste Ewa missverstanden haben. Vielleicht hatte er es Ernst für einen günstigen Preis verkauft, und Ernst hatte zu Ewa gesagt: «Es ist geschenkt», weil er damit ausdrücken wollte, wie billig er es bekommen hat. Ja, das machte Sinn.

«Also Ernst hat Herrn Ackermann das Unternehmen abgekauft?»

«Ja. Vielleicht. Bestimmt. Bestimmt Geld gegeben. Ist schöne Haus. Ernst für mich gekauft.»

Judith starrte Ewa entsetzt an. Sie war stocksauer. Ernst hatte Geld? Wieso war sie nie auf die Idee gekommen, ihn zu überprüfen? Da hatte sie die ganze Zeit auf das falsche Pferd gesetzt. Schnöde hatte sie seinen Antrag ignoriert. Und Ernst war nun der neue Besitzer des Ackermann'schen Bestattungsinstituts. Aber noch war nicht alles verloren. Sie musste schnell handeln. Und entschlossen. Sie würde Ernsts Heiratsantrag annehmen. Oder ihn dazu bringen, ihr einen neuen Antrag zu machen. Ja, das wäre eleganter. Aber Moment mal. Dann wäre sie ja ihr Leben lang an diesen Ernst gebunden. Ach, du grüne Neune. Nein, wirklich nicht. Na ja, musste sie ja auch nicht. Die Ehe mit ihrem früheren Mann dauerte ja auch nicht sehr lange. Jawohl, das war die Lösung. Was war dagegen einzuwenden, zum zweiten Mal Witwe zu werden? Sie musste Ernst nur an ihre Pilzomeletts gewöhnen, und wenn alles nach Plan lief, würde er gleich nach ihrer Hochzeit sein erster Kunde werden. Und sie wäre die alleinige Eigentümerin des Bestattungsinstituts Ackermann. Keine schlechte Wendung. Sie lächelte immer noch.

«Ist Ernst noch hier?»

«Ja. Er immer warten auf mich.»

Judith stand auf und lächelte Ewa zuckersüß an. «Ich will Sie nicht von Ihrer Arbeit abhalten. Ich werde Ernst mal zu seiner Neuerwerbung gratulieren.»

Ernst stand auf einem Stuhl vor seinem Aktenschrank, und da er sich in Sicherheit wähnte, hatte er das Tuch vom Modell zurückgeschlagen und untersuchte die liebevollen Details der Einrichtung.

Das Mittagessen mit Ewa und ihrer Mutter war ohne unangenehme Vorkommnisse verlaufen. Ewas Mutter sprach kein Wort Deutsch. Ewa übersetzte. Doch zum ersten Mal beschlich Ernst das Gefühl, dass Ewas Deutschkenntnisse vielleicht für eine adäquate Übersetzung nicht ausreichend waren. Ernst hatte brav über seinen Familienstand, seine Einkommensverhältnisse und seine Religionszugehörigkeit Auskunft gegeben, doch ob er Mutter Lewandowski damit überzeugt hatte, wusste er nicht. Sie betrachtete ihn mürrisch, fast etwas feindselig und brummte gelegentlich, wenn Ewa wieder etwas übersetzt hatte. Als Ewa heute Nachmittag zur Arbeit erschien, erzählte sie ihm, dass ihre Mutter nun über ihn nachdenken und ihr vor ihrer Abreise ihre Entscheidung mitteilen würde. Ewa versicherte ihm, dass alles gut werden würde. Er hoffte es von Herzen.

Als er hörte, dass die Tür geöffnet wurde, erwartete er Ewa und drehte sich um. Als er jedoch Judith sah, schlug er schnell das Tuch über das Modell. Es gelang ihm nur unvollständig, auf der Seite, die überstand, hing das Tuch lang herunter.

«Hallo, Ernst», begrüßte sie ihn lächelnd.

«Hallo, Judith», sagte er und spürte, wie ihm die Angst wieder in die Knochen kroch. Er drehte sich zu seinem Modell und griff nach der herabhängenden Seite des Tuchs, um sie darüberzulegen.

«Lass das jetzt mal und komm vom Stuhl runter, wir müssen reden», befahl Judith.

Da Ernst nicht sofort reagierte, ging Judith zum Aktenschrank, griff beherzt nach dem Ende des Tuchs und zog kräftig daran, um es Ernst aus der Hand zu reißen. Dieser Ruck führte dazu, dass das gesamte Modell auf der glatten Schrankoberfläche ein Stückchen weiter zur Seite rutschte. Es war gefährlich nahe daran, die Balance zu verlieren und vom Schrank zu fallen.

Die Ankündigung, dass Judith mit ihm reden müsse,

sowie ihr Tonfall verursachten blanke Panik bei Ernst. Er ließ das Tuch los, entschied aber, auf dem Stuhl zu bleiben. Die Höhe versprach ihm Sicherheit.

«Worum geht es?», fragte er.

«Um uns.»

Er schluckte, sie lächelte. Ihr Lächeln glich dem einer Schlange, die kurz davor war, ihre Giftzähne in ihr Opfer zu schlagen. Gut, dass er auf dem Stuhl stand.

«Ich hatte mir ja Bedenkzeit erbeten, und nun habe ich meine Entscheidung getroffen», säuselte sie und sah ihn kokett von unten an.

Ernst geriet ins Schwitzen. Er hatte nicht den leisesten Schimmer, wovon Judith sprach.

«Frag mich jetzt noch einmal», sagte sie lockend.

«Was?»

«Stell die Frage, die du mir schon einmal gestellt hast, die ich damals unbeantwortet gelassen hatte.»

«Welche Frage?»

Judith trat empört einen Schritt zurück.

«Warum tust du mir das an, Ernst?»

«Aber ich tu doch gar nichts!»

«Genau das meine ich! Wieso tust du so, als sei nie etwas zwischen uns gewesen? Du wolltest mich heiraten!»

«Ja, aber ...»

«Frag mich, ob ich dich heiraten will.»

«Das kann ich nicht.»

«Wieso? Du hast es doch schon einmal getan.»

«Ja, aber jetzt ... Inzwischen ...»

Judith trat wütend gegen den Stuhl, auf dem Ernst stand, er hielt sich panisch am Schrank fest. Was der

Stabilität des Modells nicht guttat. Wieder rutschte es ein wenig mehr über die Kante des Schrankes.

Ernst jammerte: «Es geht wirklich nicht, Judith. Es tut mir leid. Aber ich habe doch jetzt Ewa.»

Judith tat völlig überrascht. «Was? Du hast eine andere?»

«Aber du hattest doch selbst gesagt ...»

Judith ließ ihn nicht ausreden. «Erst machst du mir Hoffnungen, fragst mich, ob ich dich heiraten will, und dann wirfst du mich weg wie einen alten Schuh? Womit habe ich das verdient?»

Sie entschied sich, bitterlich zu weinen. Sie blinzelte zwischendurch zu Ernst in die Höhe. Er stand immer noch ganz verdattert da.

Sie sah ihn kläglich an und schluchzte: «Dann kannst du mir auch gleich einen Dolch ins Herz stoßen.»

Judith schien dieser Gedanke zu gefallen. Sie sah sich um, nahm eine Schere von Ernsts Schreibtisch und hielt sie sich mit der Spitze gegen ihre Brust.

«Wenn du mich jetzt nicht fragst, ob ich dich heiraten will, dann setze ich meinem elenden Dasein ein Ende!», rief sie theatralisch.

Ernst überlegte fieberhaft. Auf eine solche Situation war er nicht vorbereitet. Vielleicht sollte er tun, was Judith von ihm forderte. Und wenn sie sich wieder beruhigt hatte, würde er sich Hilfe holen, und jemand musste Judith dann schonend beibringen, dass er lieber Ewa heiraten möchte.

«Frag!», kreischte Judith in seine Überlegungen hinein und setzte die Spitze der Schere noch energischer in ihre Herzgegend.

Ernst rief in Panik und überstürzt: «Judith, willst du mich heiraten?»

Judith ließ ihre Hand mit der Schere sinken und sah Ernst triumphierend an. «Braver Junge. Und jetzt komm da runter.»

Als Ernst nicht sofort reagierte, trat sie erneut gegen den Stuhl. Ernst hielt sich hektisch wieder am Schrank fest. Diese Erschütterung führte dazu, dass das Modell nun endgültig sein Gleichgewicht aufgab und in die Tiefe stürzte.

Auf Judith.

Es begrub sie unter sich.

ZWÖLF

Die Trauerfeier für Judith statteten Frederick und Ernst gemeinsam aus. Aufwendig und liebevoll, da sie beide ein rabenschwarzes Gewissen hatten. Frederick, weil es sein Bestattungs-Puppenhaus war, das Judiths Tod herbeigeführt hatte, Ernst, weil er es auf den Schrank stellen ließ und nicht bedacht hatte, dass es beim Herunterfallen jemanden erschlagen könnte.

Als sie die Gästeliste besprachen, stellte sich heraus, dass Judith nicht nur wenige, sondern gar keine Freunde hatte. Daher hatte Frederick auch noch zwei ältere Damen eingeladen, und er bat seine gesamte Belegschaft zum Leichenschmaus, der in diesem Fall Kaffee und Kuchen beinhaltete. Es hatte dadurch zwar den Charakter einer Betriebsfeier, aber wenigstens wirkte der Raum – er hatte sich für den kleinen Trauersaal im Haus entschieden – nicht so leer.

Ewa konnte nicht teilnehmen, es war der Abreisetag ihrer Mutter, sie musste sie zum Bahnhof bringen. Sie würde später nachkommen. Mit dem endgültigen Urteilsspruch ihrer Mutter, ob Ernst die Ehre widerfahren würde, ihre Tochter zu ehelichen.

«Ich bin Ihnen so dankbar, Herr Ackermann», sagte Ernst, als sie nach der Beerdigung im kleinen Trauersaal Platz genommen hatten. Er sagte es bereits zum siebten Mal. Genau genommen war es das Einzige, was er sagte, außer, dass er zwischendrin immer mal wieder aufstöhnte: «Ogottogott.»

Ernsts Dankbarkeit bezog sich in erster Linie auf die Tatsache, dass Herr Ackermann keinen Aufstand gemacht hatte, als er erfuhr, dass Ernst die Einäscherung seines Bestattungs-Puppenhauses verhindert und es stattdessen in sein Büro hatte tragen lassen. Er hatte ihm nicht einmal einen Vorwurf gemacht. Im Gegenteil. Herr Ackermann schien fast noch mehr erschüttert als er selbst. Als er ihn völlig hysterisch geholt und in sein Büro gezerrt hatte, nachdem Judith von dem Modell erschlagen worden war, musste sich Herr Ackermann beim Anblick des Hauses setzen. Alle Farbe war aus seinem Gesicht gewichen. Und später, als der Notarzt den Tod bestätigte und die Polizei kein Fremdverschulden feststellen konnte, schien Herr Ackermann ebenso erleichtert darüber wie er. Allerdings bestand er darauf, dass dieses Modell nun in eine Kiste gepackt werden würde und auf der Stelle ins Krematorium wandern müsse. In Ermangelung einer Kiste entschieden sie sich für einen einfachen Kiefernsarg. Sehr schweren Herzens hatte Ernst genickt.

«Ich gehe eigentlich nicht auf Beerdigungen. Ich treffe Leute lieber, wenn sie noch leben. Aber ich werde eine Ausnahme machen. Wir werden die genauen Umstände, die zum Tod geführt haben, erkunden müssen», hatte Gwendolyn zu Frederick gesagt, als er sie angerufen und gebeten hatte, zur Trauerfeier zu kommen.

«Und um wen handelt es sich noch mal?»

«Judith Kallmeyer.» Frederick seufzte. «Nun kann ich mir plötzlich ihren Namen merken.»

«Von unserem verfluchten Modell erschlagen?»

«Ja.»

«Tzz, tzz, tzz. Das gibt's doch nicht. Und wer war dabei?»

«Mein Buchhalter. Ernst Lehmann.»

Gwendolyns Anliegen war demnach, Ernst Lehmann auszufragen, wie es sich zugetragen hatte.

Sie nahm beim Kaffeetrinken neben ihm Platz. Sie tätschelte seine Hand und meinte: «Sie Ärmster. Das muss ein Schock gewesen sein.»

«Ja. Das war es.»

«Wie ist es denn genau passiert?»

«Sie stand neben dem Schrank, und plötzlich fiel das Haus runter und ... nun ja.»

«Tatsächlich? Einfach so.»

Ernst wurde leicht nervös und sagte: «Ja, einfach so. Es war nicht meine Schuld. Das hat die Polizei auch festgestellt.»

Gwendolyn betrachtete ihn kritisch. Was erzählte er nicht? Da war noch mehr. Etwas bedrückte ihn.

Sie versuchte einen anderen Ansatz.

«Wissen Sie eigentlich, dass ich Psychologin bin? Luna Madison ist mein Name. Meine Spezialität ist es, Leute nach schweren Schicksalsschlägen zu betreuen.»

Ernst sah sie interessiert an.

«Wenn nämlich solche Erlebnisse unbehandelt bleiben, wächst es sich zu einem lebenslangen Trauma aus.»

Ernst sagte nichts.

«Das kann sehr übel sein. Was ich normalerweise mit meinen Patienten mache, ist eine Rekonstruktion der traumatischen Situation. Ich führe sie erneut durch das Erlebnis hindurch, sie berichten detailgenau, wie sich alles zugetragen hat, und das hat eine sehr befreiende und heilende Wirkung.»

Ernst schwieg weiterhin.

«Und damit bleiben dann die Albträume aus. Und die Schweißausbrüche. Die Schlaflosigkeit oder das nächtliche Aufwachen von den eigenen Schreien.»

Ernst sah sie ängstlich an. Sie war auf dem richtigen Weg.

«Und die schweren Schuldgefühle, die sich so sehr auf die Psyche legen, dass man unfähig wird, jemals wieder das Leben zu genießen.»

Ernst sah unglücklich drein.

Sie wiegte den Kopf hin und her. «Ich mache mir Sorgen um Sie.»

Ernst seufzte tief.

«Sie wissen, dass wir Psychologen der absoluten Schweigepflicht unterliegen? Was immer Sie mir erzählen, darf ich keinem anderen Menschen sagen. Selbst wenn die Polizei mich befragen würde, würde ich mich auf mein Aussageverweigerungsrecht berufen, und niemand kann mich zwingen, auch nur ein Sterbenswörtchen preiszugeben.»

Ernst sah Gwendolyn an, schließlich sagte er: «Vielleicht ist es ja doch besser, wenn ich mal mit jemandem darüber rede.»

Gwendolyn nickte.

Ernst überlegte: «Vielleicht mache ich mal einen Termin mit Ihnen aus. Nächste Woche?»

«Nein. So was sollte man auf keinen Fall aufschieben. Das erledigen wir sofort.»

«Jetzt? Hier?»

«Aber natürlich. Damit der Heilungsprozess so schnell wie möglich beginnen kann.» Sie stand auf und zog ihn leicht am Arm hoch. Dann wandte sie sich an Frederick. «Wir benötigen mal kurz Ihr Büro, Herr Ackermann.»

Frederick nickte.

«Führst du eine Behandlung durch?», fragte Bernadette.

«Ein kleines Gespräch, nichts weiter.»

«Brauchst du mich? Für Hühner Voodoo? Ich hab ein paar Knochen in meiner Handtasche.»

«Nein.»

«Gut.» Bernadette war erleichtert, denn das Kuchenbuffet bot eine reiche Auswahl, und es gab so viele Sorten, die sie noch nicht probiert hatte.

Gwendolyn gab Ernst ein Zeichen, mit ihr zu kommen.

In Fredericks Büro nahm sie hinter dem Schreibtisch Platz. Ernst davor.

«So, dann wollen wir mal.» Sie musste sanft vorgehen, um Ernst nicht zu verschrecken.

Doch bevor sie auch nur eine Frage formulieren konnte, platzte Ernst mit der Mitteilung heraus: «Ich hab sie gefragt, ob sie mich heiraten will, und dann ist ihr das Ding auf den Kopf gefallen. Ich werde nie wieder in meinem ganzen Leben einer Frau einen Heiratsantrag machen. Es war furchtbar.»

Gwendolyn hielt sich an der Schreibtischkante fest. So fest, dass ihre Fingerknöchel ganz weiß hervortraten. «Ist nicht wahr!»

«Doch wirklich. Ist das nicht furchtbar! Jetzt wird diese Frage für mich immer mit dem Tod belastet sein.»

Gwendolyn sprang auf. «Teufel auch! Das gibt's doch nicht!»

Ernst war etwas eingeschüchtert. «Ich hab es doch nicht extra gemacht.»

Gwendolyn marschierte hinter dem Schreibtisch auf und ab. «Ich mach Ihnen doch gar keinen Vorwurf. Aber wie absurd ist das denn!?»

«Ja. Eben. Deshalb hab ich es ja auch keinem Menschen erzählt.»

«Und dabei bleiben Sie besser auch mal.»

«Können Sie mich behandeln?»

«Behandeln? Wozu?»

«Na, Sie sagten doch, Sie sind Psychologin, und das wäre ein schlimmes Trauma und ...»

«Ach so. Ja. Also ich rate zu Verdrängung. Sie vergessen die Sache ganz schnell und denken nie mehr daran.»

«Und wie oft in der Woche soll ich zu Ihnen kommen?»

«Das war schon alles. Verdrängen Sie's, und gut ist.» Doch dann meldete sich die Geschäftsfrau in ihr. «Aber begleitend sollten wir dringend noch etwas tun: Hühner Voodoo.» Sie lächelte. «Meine Kollegin ist auch hier. Sie ist spezialisiert auf Hühner-Voodoo-Verdrängungsrituale. Sie sollten einen Termin mit ihr ausmachen. Allerdings ist es nicht billig. Aber schließlich geht es ja um Ihr Wohlbefinden. Und für die Gesundheit ist einem doch nichts zu teuer. Oder?»

«Nein. Ja.»

«Also, ich danke Ihnen für dieses Gespräch, und ähm, ja, also: gute Besserung.»

Gwendolyn verließ fluchtartig das Büro und sauste zurück in den Trauersaal zu Frederick und Bernadette. «Wir müssen reden, Leute. So schnell wie möglich.» Sie blickte sich um. «Nicht hier.»

Die beiden folgten Gwendolyn, die wieder den Saal verließ. Sie trafen auf Ernst, der offensichtlich nicht sofort verstanden hatte, dass die Behandlung zu Ende war und etwas später erst Fredericks Büro verlassen hatte. Gwendolyn nickte Ernst kurz zu, öffnete die nächstbeste Tür und winkte die beiden in den Raum.

Frederick schüttelte den Kopf und zog Gwendolyn wieder raus. Es war der Aufbahrungsraum. Sie gingen in Fredericks Büro.

Als sie die Tür hinter sich geschlossen hatten, rief Gwendolyn sofort: «Es hat geklappt. Wir haben den Fluch übertragen! Dieser Lehmann hat Frau Kallmeyer gefragt, ob sie ihn heiraten will, und eine halbe Minute später war sie mausetot. Ich weiß gar nicht, ob ich mich freuen oder gruseln soll. Wo gibt's denn so was!»

Bernadette meinte nur: «Sag ich doch! Hühner Voodoo funktioniert!»

«Das ist ja furchtbar! Er hat wirklich um ihre Hand

angehalten, bevor sie starb?» Frederick war erschüttert.

Gwendolyn nickte nachdrücklich.

Bernadette sah das positiv. «Aber das ist doch prima, der Fluch ist jetzt übertragen, und Herr Ackermann kann Britta nun heiraten.»

Frederick blickte Gwendolyn fragend an. Gwendolyn verzog das Gesicht.

«Ich weiß nicht so recht. Warten wir lieber erst mal ab», meinte sie.

«Worauf denn? Der Fluch ist weg. Das Modell ist weg. Es ist vorbei», rief Bernadette zuversichtlich.

«Aber der Fluch liegt jetzt anscheinend auf Ernst», sagte Frederick unglücklich.

«Stimmt. Wir sollten ihn warnen», rief Bernadette erschrocken.

«Ehrlich gesagt, glaube ich nicht, dass er nach diesem Erlebnis noch mal einer Frau die Ehe antragen wird. Aber sicherheitshalber sollten wir es ihm verbieten.»

Bernadette nickte eifrig. «Und zwar auf der Stelle. Wo ist er?»

Sie verließen Fredericks Büro. Als sie an Ernsts Büro vorbeigingen, hörten sie durch die nur halb geschlossene Tür Ewas Stimme: «Meine Mama sagt, du guter Mann. Ich kann heiraten dich.»

Sie sahen sich entsetzt an, machten auf dem Absatz kehrt, doch bevor sie die Tür erreicht hatten, hörten sie Ewa fragen: «Willst du mich heiraten?»

Ein dumpfer Schlag folgte.

Alle drei stürzten gleichzeitig zum Büro und blieben, weil keiner zurückweichen wollte, in der Tür stecken.

Gwendolyn stieß die Tür auf, um zu sehen, was passiert war.

Ernst lag wie ein gefällter Baum reglos auf dem Boden. Über ihn gebeugt stand Ewa. Sie kniete sich zu ihm nieder und nahm seine Hand.

«Ernst?»

Ewa sah die drei an. «Hat ihn wohl getroffen Schock.»

«Oh Gott! Der Fluch!», stöhnte Frederick.

Ewa klopfte erst Ernsts Hand, dann seine Wange. «Ernst. Was sagen? Ja? Du willst heiraten?»

Ernst öffnete die Augen, sah Ewa an und sagte: «Ja.»

Gemeinschaftliches, panisches Lufteinziehen. Abwarten. Nichts. Es passierte nichts. Beide blieben am Leben. Ernst stand auf, klopfte ein wenig an seiner Kleidung herum, was Ewa zum Schimpfen brachte: «Was? Du glauben, ich nicht richtig machen sauber. Boden sauber, du kannst essen.»

«Entschuldige, Ewa», sagte Ernst und strahlte. Er wandte sich an Frederick und Gwendolyn. «Ewa und ich werden heiraten.»

Gwendolyn betrachtete Ernst ganz kritisch.

«Alles okay? Wie fühlen Sie sich?»

«Gut. Sehr gut.» Etwas verlegen fügte er hinzu: «War wohl eine kleine Ohnmacht eben. Passiert mir manchmal, wenn ich zu aufgeregt bin.»

Gwendolyns Blick blieb nun auf Ewa haften.

Ewa strahlte ebenfalls. «Ich fühle hundewohl.»

Gwendolyn atmete auf. «Na, dann: herzlichen Glückwunsch.»

«Ich glaube, sie hat pudelwohl gemeint», sagte Bernadette.

Als sie zurück zum Saal gingen, überlegte Frederick: «Vielleicht kann ich Britta ja jetzt tatsächlich heiraten? Ich meine, wir waren eben dabei und haben gesehen, dass es gutgegangen ist.»

«Tja, es kann natürlich auch daran gelegen haben, dass Ewa ihn gefragt hat und nicht er sie», gab Gwendolyn zu bedenken.

«Ach, du bist doch wirklich eine Unke», schimpfte Bernadette. «Wieso glaubst du nicht, dass wir es geschafft haben, den Fluch zu übertragen!»

«Oder dass es gar keinen Fluch gab», schlug Frederick vor. «Vielleicht war alles ja nur eine Verkettung von unglücklichen Umständen. Merkwürdige Zufälle.»

«Ich werde darüber nachdenken», sagte Gwendolyn. «Und zwar zu Hause. Wir gehen jetzt.»

Bernadette machte ein ziemlich enttäuschtes Gesicht. Gwendolyn wusste, wieso.

«Allerdings könntest du mir einen Gefallen tun», wandte sie sich an Bernadette. «Wenn es dir nichts ausmacht, könntest du vielleicht noch etwas bleiben und für mich noch ein paar Stücke Kuchen essen.»

Bernadette strahlte, bemühte sich aber, gelassen zu reagieren. «Sicher, wenn ich dir damit eine Freude machen kann.»

«Das tust du. Danke.»

Gwendolyn machte sich auf den Heimweg. Sie seufzte ein wenig bei dem Gedanken, zu Hause Britta vorzufinden, die die Suche nach einer eigenen Wohnung offensichtlich aufgegeben hatte. Gwendolyn mochte sie auch nicht daran erinnern, denn Britta bemühte sich redlich darum, ihrem Ruf als Stehaufmännchen gerecht zu werden. Sie hatte sich verbeten, dass sie nach ihrem Befinden befragt wurde, die Begriffe Heirat, Hochzeit, Beziehung wollte sie nicht mehr hören. Und alles andere, was sie an Frederick erinnerte, auch nicht mehr. Sie beklagte sich nicht, sprach kaum und hatte ihre Nase meist in sehr fragwürdige Selbsthilfebücher gesteckt. Die Tatsache, dass Britta nicht rumwütete und schimpfte, sondern still und schweigend litt, war für Gwendolyn ein Zeichen, dass es sie diesmal besonders schwer getroffen hatte. Ihre schicken Cocktailkleider hatte sie gegen Jeans und Blusen eingetauscht – ein eindeutiges Signal, dass Britta die Suche nach dem Mann fürs Leben aufgegeben hatte.

Es änderte nichts, dass Frederick sich darum bemühte, wieder Brittas Gunst zu erringen. Wenn er sie anrief, ging sie nicht ans Telefon. Wenn er nach Ladenschluss auf sie wartete, verließ sie den Laden gemeinsam mit Rosi, ihrer Kollegin, und wehrte jeden seiner Versuche, mit ihr zu reden, ab.

Als er mit mehreren Tüten in der Mittagspause bei ihr erschienen war, hatte sie ihn nicht einmal gegrüßt.

«Da du meine Anrufe nicht mehr annimmst und ich deshalb nicht fragen kann, worauf du Appetit hast, hab ich eine kleine Auswahl mitgebracht.»

Etwas schüchtern, aber mit gewissem Stolz hatte er seine Beute auf dem Ladentisch ausgebreitet. Seine «kleine Auswahl» sah weniger wie eine kulinarische Weltreise aus, sondern eher wie der Imbiss-Amoklauf eines Verzweifelten. Currywurst, Döner, Pizza, Crêpes, Lo-Mein-Nudeln, Sushi, Cesar's Salad, Sandwiches, Obstsalat.

Britta war das Wasser im Mund zusammengelaufen, aber sie hatte ihn nur betont gelangweilt angesehen und «Nein, danke, ich hab schon gegessen» gesagt, während ihr Magen laut und deutlich geknurrt hatte.

«Nun komm schon, Britta, ich weiß, dass du das gerne isst. Irgendetwas davon zumindest.»

«Bitte räum das Essen hier von der Theke. Das hier ist keine Imbissbude, sondern ein Blumenladen.»

«Aber was soll ich denn mit dem ganzen Essen machen?»

«Verteil es an Obdachlose.»

Sie sah ihn kühl an.

«Können wir reden? Bitte.»

«Ich hab keine Zeit. Ich werde hier nicht fürs Reden bezahlt, sondern dafür, dass ich Blumen verkaufe.»

Das hatte ihm wohl das Stichwort gegeben für seinen Auftritt ein paar Tage später.

Als er zur Tür reinkam, blaffte sie ihm bereits entgegen: «Ich habe keinen Hunger.»

«Weiß ich. Und ihr verkauft hier Blumen.» Er trat zu ihr an die Theke, legte seine goldene Kreditkarte auf den Tisch und sagte: «Ich kaufe alles. Jede einzelne Blume, jede Pflanze.»

Sie war sehr verblüfft. «Wozu?»

«Weil du dann nichts mehr verkaufen kannst, den Laden schließen musst und Zeit hast, mit mir zu reden.»

Der Anflug eines Lächelns zeigte sich auf ihrem Gesicht, aber dann schüttelte sie den Kopf. «Tut mir leid, das kann ich nicht machen.»

«Aber ihr wollt doch die Blumen verkaufen! Und ich will sie kaufen.»

«Aber wir verkaufen nicht alles auf einmal.»

«Dann komm ich alle zehn Minuten in den Laden und kaufe es nacheinander.»

«Wir verkaufen nicht alles an einen Kunden.»

«Was soll denn das?»

Britta zuckte die Schultern.

Frederick seufzte. «Britta, mach es mir doch nicht so schwer. Ich will doch nur mit dir in Ruhe reden.»

«Worüber?»

«Über uns.»

«Hast du deine Heiratsphobie überwunden?»

«Lass es mich doch erklären.»

«Hast du schon. Vielleicht erinnerst du dich: Du warst so nett und hast mir gleich zu Beginn gesagt, dass es mit uns nichts Ernstes werden wird. Glaube mir, ich schätze deine Offenheit. Aber für kurzlebige Affären bin ich zu alt. Ich hab kein Interesse daran. Ich will eine Beziehung mit Zukunft. Du nicht. Also bist du nicht der Richtige für mich. Ganz einfach.»

«Es wäre keine kurzlebige Affäre, sondern eine langfristige», versuchte er zu verhandeln.

«Frederick, vergiss es. Lass mich einfach in Ruhe.»

«Britta, ich liebe dich!»

Britta spürte, wie sie weich wurde. Sie musste ihn so schnell wie möglich loswerden. Er sollte sie nicht weinen sehen.

Sie sah ihn betont kalt an und sagte: «Herr Ackermann, das hier ist kein Treffpunkt für Beziehungs-Unfähige. Wenn Sie nichts kaufen wollen, möchte ich Sie bitten, das Geschäft zu verlassen.»

«Ich will sehr wohl etwas kaufen, aber du weigerst dich ja.»

Sie fiel ihm ins Wort. «Ich rede hier von normalen haushaltsüblichen Mengen. Und nicht vom gesamten Inhalt des Ladens.»

Als er etwas sagen wollte, kam sie ihm zuvor. «Ich hab jetzt keine Lust mehr, mit Ihnen zu reden. Warten Sie, bis meine Kollegin aus ihrer Mittagspause zurückkommt.»

Dann verschwand sie im Lagerraum und ließ ihn einfach stehen.

«So geht das nicht weiter. Ich muss etwas tun. Ich war wieder im Laden, sie redet nicht mit mir oder fragt höchstens, ob ich inzwischen meine Heiratsphobie überwunden habe.»

Gwendolyn antwortete nicht, weil sie gerade ein Ziegenkäse-Lavendelhonig-Häppchen in den Mund steckte, während sie ihr Smartphone ans Ohr hielt. Sie war bei einer Vernissage, als Frederick sie angerufen hatte. Die Maldener Galerie hatte immer das beste Finger-Food.

«Es gibt nur einen Weg aus dem Dilemma: Ich muss ihr einen Heiratsantrag machen.»

Obwohl Gwendolyns Mund noch voll war, rief sie: «Nein!»

«Doch! Das ist meine einzige Chance. Dann sieht sie, dass ich es wirklich ernst meine mit ihr. Ich will sie nicht verlieren.»

«Tzz, also wenn Sie sie nicht *verlieren* wollen, sollten Sie das mit dem Antrag besser lassen.»

«Aber der Fluch ist doch nun weg.»

«Das hoffen wir, aber es gibt keine Garantie.»

«Ich muss sie ja nicht so direkt fragen. Ich könnte die Frage doch irgendwie umschreiben.»

«Ach ja? Wie denn?»

«Nun ja, etwa: Ich würde gerne den Rest meines Lebens mit dir verbringen.»

«Daraus kann Britta aber keine Heiratsabsichten herauslesen.»

«Wie wäre es, wenn ich sage: Ich möchte unsere Verbindung legalisieren?»

«Und dann fragt Britta, was genau Sie damit ausdrücken wollen, und Sie können wieder nicht den Satz sagen, den Britta hören will. Vergessen Sie's.»

«Kann ich nicht. Es muss einen Weg geben.»

Gwendolyn schwieg und griff nach einem Cracker mit Trüffelcreme.

«Bitte helfen Sie mir. Ich liebe Britta.»

Gwendolyn überlegte. «Haben Sie das kleine Büchlein zur Hand? Das, in dem niedergeschrieben ist, wie das mit dem Fluch vor sich ging?»

«Moment, ich hole es.»

Gwendolyn nutzte die Zeit, zwei weitere Roastbeef-Häppchen in ihrer Handtasche verschwinden zu lassen und eine Scheibe Baguette mit Lachs-Meerrettich-Dill zu essen. Sie wollte sich stärken, bevor sie in die Praxis ging, denn Bernadettes Verpflegungsbereitschaft hatte merklich nachgelassen, seit sie sich aufs Kuchenbacken für Ronnys Imbissbude spezialisiert hatte.

Dann hörte sie Frederick wieder: «Ich hab's.»

«Suchen Sie mal raus, was da genau steht. Die Passage mit dem Heiratsantrag brauchen wir.»

Zwei mit Speck umwickelte Feigen und eine Mini-Quiche verschwanden in Gwendolyns Handtasche in einem extra dafür vorgesehenen Plastikbehälter.

Es dauerte eine Weile, bis Frederick die Stelle gefunden hatte, dann las er vor: «... wagt er es, einem weiblichen Wesen die Ehe anzutragen ...»

«Hm, Sekunde, ich muss überlegen.»

Sie überlegte sehr lange. Dann sagte sie: «Wir beide treffen uns in einer halben Stunde vor dem Zoogeschäft im Einkaufszentrum.»

Sie legte auf, ohne seine Antwort abzuwarten, griff nach einem Strang weißer kernloser Trauben und ging.

Gwendolyn stand bereits vor dem Zoogeschäft, als Frederick kam.

«Wir müssen rein. Ich wollte mir eine Maus ausleihen, aber sie verleihen keine Tiere. Und wenn man sie kauft, nehmen sie sie auch nicht mehr zurück. Die haben nur Rennmäuse, und die kosten 15 Euro. Und so viel wollte ich nicht ausgeben. Außerdem, was soll ich mit einer Maus?»

«Allerdings, das frage ich mich auch gerade.»

«Wir müssen es im Laden tun.»

«Was denn?»

«Kommen Sie mit. Ich erklär's Ihnen.»

Als sie den Laden betraten, sah sich Gwendolyn aufmerksam um. Sie wollte vermeiden, der Verkäuferin, mit der sie zuvor verhandelt hatte, zu begegnen. Sie hatten sich nicht im Guten getrennt. Sie wählte einen etwas älteren Verkäufer und schritt auf ihn zu.

«Guten Tag. Ich will meinem Enkel eine Maus schenken ...»

«Enkel? So alt sehen Sie aber nicht aus, dass dieser Herr Ihr Enkel sein könnte», sagte der Verkäufer charmant.

Gwendolyn betrachtete Frederick. Dann sagte sie: «Stimmt. Sagen wir, meinem Sohn. Egal. Also jedenfalls, wir brauchen ein Weibchen.»

«Wir haben Rennmäuse», nickte der Verkäufer und führte sie zu einem Glasterrarium.

«Es muss ein Weibchen sein», wiederholte sie noch einmal. «Das ist wichtig.»

Der Verkäufer nickte und fischte eine Maus aus dem Gewusel.

«Wissen Sie, wie Sie die Maus halten müssen? Ernährung, Pflege und so weiter? Haben Sie einen geeigneten Käfig?»

«Also bevor wir sie kaufen, soll sich mein Sohn erst mal mit ihr vertraut machen.»

Frederick stand sprach- und reglos neben ihr.

Gwendolyn drehte sich zu ihm. «Nimm sie in die Hand», forderte sie ihn auf.

Da er nicht reagierte, schubste sie ihn an. «Nun mach schon!»

Frederick war völlig überfordert, streckte dem Verkäufer dann aber beide Hände entgegen.

«Können Sie uns einen Moment alleine lassen?», bat Gwendolyn den Verkäufer, nachdem er die Maus übergeben hatte.

Er sah sie verwundert an, hakte Gwendolyns Bitte unter Verschrobenheit ab und trat ein paar Schritte zurück. Gwendolyns Blick ruhte weiter auf ihm, er verstand und ging noch drei weitere Schritte zurück. Sie nickte zufrieden. Dann beugte sie sich zu Frederick und flüsterte: «Fragen Sie die Maus, ob sie Sie heiraten will.»

Nun ging Frederick zwei Schritte zurück. «Bitte?»

Gwendolyn trat dicht an ihn heran. «Jetzt machen Sie hier keinen Aufstand. Tun Sie, was ich Ihnen sage.»

«Warum um Gottes willen soll ich ...»

Gwendolyn zischte leise, aber entschieden: «Wir überprüfen, ob der Fluch wirklich weg ist.»

«Mit einer Maus??»

«Herrgott, nun stellen Sie sich doch nicht so an. Da war von einem *weiblichen Wesen* die Rede. Die Maus hier ist ein weibliches Wesen.»

«Aber ich bin ziemlich sicher, es waren Frauen damit gemeint.»

«Na, das hoffe ich auch. Aber halten wir uns einfach mal an den genauen Wortlaut. Also. Machen Sie schon!»

Frederick tat nichts. Er starrte einfach nur abwechselnd auf Gwendolyn und auf die Maus in seiner Hand.

Etwas genervt setzte Gwendolyn erneut an und erklärte ihren Plan. «Ich denke, wir sollten uns langsam vorarbeiten. Und wir fangen mit kleinen weiblichen Säugetieren an.»

«Sie erwarten jetzt ernsthaft von mir, dass ich ...»

Gwendolyn wurde ärgerlich. «Wollen Sie Britta nun einen Antrag machen oder nicht?»

«Ja, aber ...»

«Nix aber. Wir proben das jetzt.»

Frederick schluckte und fügte sich. Er brachte die Maus näher zu seinem Gesicht, sah sie an und fragte so leise wie möglich: «Willst du, ähm ... Maus, mich heiraten?»

Gwendolyn und Frederick blickten gespannt auf die Maus.

Die Maus schnupperte bei bester Gesundheit in der Luft herum. Nichts passierte.

«Fragen Sie sie noch mal. Wählen Sie andere Worte.»

Wieder brachte er die Maus nahe an sein Gesicht.

«Möchtest du meine Frau werden?»

Die Maus drehte sich auf Fredericks Hand, ihr Herzschlag pochte weiter regelmäßig. Frederick begann Freude an der Aktion zu finden.

«Willst du mit mir den Bund der Ehe eingehen?»

Auch das brachte die Maus nicht um.

«Willst du dich mit mir vermählen?»

«Bist du bereit, mich zu ehelichen?»

«Wirst du mir dein Ja-Wort geben?»

«Schon gut, schon gut. Es reicht jetzt», stoppte ihn Gwendolyn.

Sie betrachtete noch einmal kritisch die Maus, stupste sie mit dem Finger an, sie war putzmunter. Gwendolyn nickte Frederick zufrieden zu und winkte den Verkäufer wieder heran. «Sind Sie sicher, dass es ein Weibchen ist?»

«Ja. Absolut.»

«Sehr schön», meinte sie und sagte zu Frederick. «Gib dem netten Herrn die Maus zurück.» Und erklärend für den Verkäufer fügte sie hinzu: «Er bekommt sie zu seinem Geburtstag. Ich komme wieder. Vielen Dank auch.»

Dann verließen sie den Laden.

«Als Nächstes brauchen wir eine Katze», teilte sie Frederick mit. «In der Nähe gibt es einen Spielplatz. Dort hab ich öfter Katzen herumstreunen sehen.»

«Eine Katze?», wiederholte Frederick.

«Ja. Und wenn das auch gutgeht, werden wir in den Zoo gehen.» Da Frederick widersprechen wollte, sagte sie: «Die Tiere müssen größer werden.»

«Ach, und womit ende ich? Mit einer Elefantendame? Einer Giraffe?»

«Unsinn! Wir müssen die Evolution berücksichtigen. Wir müssen uns der Menschenähnlichkeit nähern. Ich denke mal, unser letzter Test wird eine Schimpansin sein. Oder vielleicht eine Schweinedame? Das muss ich nachsehen.»

Sie zog ihr Smartphone hervor.

Frederick stöhnte gequält auf.

Nachdem zwei Katzen, ein weibliches Hausschwein und auch eine Schimpansendame im Zoo Fredericks Heiratsantrag überlebt hatten, entschied Gwendolyn, dass es nun so weit sei. Nun dürfe Frederick Britta gegenübertreten und ihr einen Heiratsantrag machen. Das müsste wohl genügen, um ihre Aufmerksamkeit zu erlangen, und es würde hoffentlich dazu führen, dass sie ihm verzieh.

Sein Plan war, ihr in ihrer Mittagspause im Blumenladen einen Antrag zu machen. Es musste der Blumenladen sein, weil das der einzige Ort war, wo er Britta treffen konnte. Denn sie schlug nach wie vor beharrlich jede seiner Einladungen aus. Gwendolyn sollte sicherstellen, dass Britta im Laden war. Er würde alle Rosen, die sie vorrätig hatte, kaufen, ihr zu Füßen legen, und sie dann, ganz altmodisch, förmlich, auf einem Knie mit kleinem Samtkästchen mit Verlobungsring, um ihre Hand bitten.

Ein wunderbar romantisches Setting. Doch leider bestand Gwendolyn darauf, dabei zu sein und, noch irritierender, Bernadette sollte mit einem Erste-Hilfe-Koffer für den Notfall neben Britta stehen. Das würde die romantische Atmosphäre wohl etwas trüben. Aber Frederick war insgeheim doch froh über die moralische Unterstützung.

DREIZEHN

Gwendolyn hatte Britta vorgeschlagen, sie mal in ihrem neuen Wirkungskreis zu besuchen. Man hatte sich auf mittags geeinigt, weil es da etwas ruhiger im Laden war.

Britta hatte angeboten, etwas zu essen zu besorgen, was Gwendolyn selbstverständlich gerne annahm.

Gwendolyn und Bernadette betraten den Blumenladen. Britta freute sich, ihre Tante zu sehen.

«Ich hab Chicken Wings besorgt», rief Britta und hielt einen Karton in die Höhe.

«Oh wunderbar!», freute sich Bernadette. «Das ist mein Lieblingsessen!»

«Ich hoffe, es reicht. Ich wusste nicht, dass wir zu dritt sein werden.»

«Ach, hatte ich das nicht erwähnt?», fragte Gwendolyn.

«Nein.» Britta begrüßte Bernadette freundlich und fragte: «Woher kennen Sie meine Tante?»

«Ich hab das Büro unten in ihrem Haus gemietet.»

«Ach, dann sind Sie Luna Madison?»

Bernadette strahlte: «Ja.»

Gwendolyn blickte etwas süßsauer drein und stellte klar: «Nein. Sie heißt Bernadette Kunz. Luna Madison ist der Name des Büros.»

«Ah ja.»

Bernadette betrachtete Britta eingehend. «Sie ist wirklich hübsch!»

Britta lächelte geschmeichelt, Gwendolyn nickte.

«Ich bin so aufgeregt!», rief Bernadette.

Gwendolyn warf ihr einen strafenden Blick zu. Es war abgemacht, dass kein Wort darüber fiel, wieso sie hier waren, und dass sie auch so tun sollten, als würden sie Frederick Ackermann nicht kennen.

«Kann ich bitte die Knochen haben, wenn wir fertig sind?», erkundigte sich Bernadette freundlich bei Britta.

Britta blickte Gwendolyn ratlos an. Gwendolyn deutete auf den Karton, den Britta gerade auf die Theke gestellt hatte.

«Von den Chicken Wings, meint sie. Sie sammelt Hühnerknochen.»

«Ach tatsächlich? Das ist ja mal ein ausgefallenes Hobby.»

«Oh, das ist nicht nur ein Hobby, es ist inzwischen mein Beruf. Das und Marmorkuchen.»

Auch damit konnte Britta nicht viel anfangen.

«Ist jetzt gut, Bernadette. Lass uns ... ähm ... essen.»

Brittas Blick blieb an dem Erste-Hilfe-Koffer hängen, den Bernadette sich unter den Arm geklemmt hatte. Sie stellte jedoch keine Frage.

Gwendolyn sah zur Tür. Frederick müsste jeden Moment auftauchen. Britta legte die Chicken Wings auf einen großen Teller und rief: «Tadaa, es ist angerichtet. Guten Appetit», und schob ihn in die Mitte der Ladentheke.

Alle drei griffen zu.

Gleichzeitig ertönte die Ladenklingel.

«Na toll», stöhnte Britta, «den ganzen Vormittag über ist nichts los, und jetzt kommen Kunden.»

Sie wischte sich mit einer Serviette die Finger ab. Legte sie zur Seite, rutschte von ihrem Hocker und ging um die Theke herum. Als sie sah, dass es Frederick war, murrte sie: «Ach, der», und nahm wieder Platz.

«Solltest du dich nicht um den Kunden kümmern?», fragte Gwendolyn.

«Nee, der kommt allein zurecht.» Verbittert flüsterte sie ihrer Tante zu: «Das ist der Leichenbestatter, der, wenn er eine Frau wirklich liebt, sie auf gar keinen Fall heiratet.»

Britta aß weiter und bemühte sich, Frederick nicht zu beachten. Was schwierig war, denn er lief durch den ganzen Laden und zupfte aus allen Behältern die Rosen heraus. Schließlich hatte er so viele, dass er sie mit beiden Armen umfassen musste.

Er kam zur Theke und sagte: «Ich möchte gerne diese Rosen kaufen.»

Britta sah ihn etwas hochmütig an und fragte spöttisch: «Sind Sie sicher, dass Sie keine Rose übersehen haben?»

«Haben Sie noch welche?»

Oh, man war wieder zum «Sie» übergegangen, stellte Gwendolyn fest.

«Nein, aber ich glaube, im Stadtpark gibt es noch ein Rosenbeet – wenn Sie das auch plündern wollen ...», meinte Britta kühl.

Frederick legte die Rosen auf die Theke. Bernadette,

die sich eisern bemühte, Frederick nicht anzusehen, brachte schnell den Teller mit den Chicken Wings in Sicherheit.

Frederick sah Britta ernst und bittend an. «Britta, die Rosen sind für dich. Und ich möchte dir eine Frage stellen.»

Doch bevor er weiterreden konnte, unterbrach Gwendolyn ihn.

«Halt. Nein. Mir ist wirklich sehr unwohl zumute.»

Alle drei sahen sie überrascht an.

«Wir sollten ... ins Krankenhaus fahren», sagte Gwendolyn.

«Wieso?»

Gwendolyn überlegte und griff sich schließlich ans Herz. «Ich habe Herzbeschwerden.»

«Ich hab meinen Wagen um die Ecke, ich fahr Sie schnell», sagte Frederick.

Gwendolyn sah ihn an und blaffte: «Nein, danke, nicht mit Ihrem Wagen! Ein neutrales Taxi wäre mir lieber.»

Britta hatte bereits das Telefon in der Hand. «Ich ruf den Notarzt an.»

«Nein! Ein Taxi!»

«Aber Tante Gwendolyn ...»

«Bitte tu, was ich sage, du willst doch nicht, dass ich mich noch mehr aufrege.»

«Okay. Aber ich komme mit.»

Gwendolyn nickte. «Allerdings. Alle kommen mit.»

Britta bestellte ein Taxi. Frederick griff Gwendolyn stützend unter einen Arm, die andere Seite übernahm Britta.

Gwendolyn drehte sich zu Bernadette und rief ihr zu: «Nimm die Rosen mit, die brauchen wir.»

Bernadette sah bedauernd auf die Chicken Wings. Kurzentschlossen leerte sie den Teller in ihre Handtasche. Dann sammelte sie die Rosen ein.

Britta schloss den Laden zu. Und dann kam das Taxi.

Im Krankenhaus brachten sie Gwendolyn in den Flur der Notaufnahme. Sie schüttelte die helfenden Hände von Frederick und Britta ab, sah Frederick an und nickte ihm zu. «So, jetzt!»

«Jetzt was?»

«Na, Sie haben doch eben gesagt, Sie wollten meiner Nichte eine Frage stellen. Das hier ist der geeignete Ort.»

«Die Notaufnahme eines Krankenhauses?»

«Allerdings. Genau hier!» Gwendolyn sah ihn vielsagend an, er verstand.

Er schluckte. «Sie haben recht.»

Britta sah irritiert zwischen Gwendolyn und Frederick hin und her. «Was soll das? Tante Gwendolyn, du setzt dich jetzt hierher, ich geh zur Aufnahme.»

«Nein, warte bitte noch einen kleinen Moment.»

«Nichts da. Bei Herzsachen kommt es auf jede Minute an.»

Gwendolyn lächelte. «Das kann man so sagen.» Sie sah Frederick an. «Also, dann mal los.»

«Nun setz dich doch mal hin, Tante Gwendolyn. Ich hole einen Arzt.»

Gwendolyn hielt Britta am Ärmel zurück. «Schätzchen, es geht mir gut.»

Britta betrachtete ihre Tante kritisch, kam aber wohl zum selben Schluss. Etwas streng fragte sie: «Und wieso sind wir dann jetzt in der Notaufnahme?»

«Na ja, ich dachte, nur so zur Sicherheit. Falls es mir plötzlich schlechtgehen sollte, ist die Anfahrt nicht so lange.»

«Also, Tante Gwendolyn, du bist schon sehr wunderlich!»

Gwendolyn drehte sich zu Bernadette. «Bernadette, die Rosen.»

Bernadette reichte den Strauß an Frederick weiter.

Er legte der verblüfften Britta die Rosen zu Füßen, fiel auf ein Knie und sah Britta an.

Gwendolyn krallte sich vor Aufregung in Bernadettes Arm und ließ Britta keine Sekunde aus den Augen, immer auf dem Sprung, sofort nach einem Arzt zu rufen.

Bernadette hatte den Kopf schiefgelegt und beobachtete die Szene seufzend. «Ach, ist das schön. Gleich fragt er sie.»

Dann zupfte sie Gwendolyn am Ärmel. «Das war eigentlich gar nicht so unpraktisch, dass du die Herzbeschwerden bekommen hattest. Falls was schiefgehen sollte, kann sich gleich ein Arzt um Britta kümmern.»

Gwendolyn lächelte.

Britta sah auf den knienden Frederick herab. Dann blickte sie sich hilfesuchend um. Sie sah Gwendolyns angespannten Gesichtsausdruck, die starr ihre Augen auf sie richtete, sah den verträumten Blick von Bernadette, die strahlte und ihr eifrig zunickte. Um sie herum, auf den Stühlen im Flur saßen Leute mit akuten Beschwerden, Schmerzen und unappetitlichen Wunden, immer wieder wurden Patienten in Betten vorbeigerollt. Dann sah sie Frederick wieder an. «Was ist los?»

Fredericks verliebter Blick verwandelte sich zu einem Starren, das immer panischer wurde. Er wurde blass, sein Atem stockte, dann begann er zu hyperventilieren. Er schnappte nach Luft, atmete hektisch ein und aus, zitterte, seine Hände verkrampften, es sah aus, als würde Frederick nun den Notarzt benötigen. Gwendolyn wühlte in ihrer Handtasche.

Mit letzter Kraft stieß Frederick hervor: «Britta, ich … liebe dich.»

Gwendolyn hatte gefunden, was sie suchte, zog eine alte Papiertüte hervor, lief zu Frederick und hielt ihm die Tüte fest über Mund und Nase. Nachdem sich seine Atmung wieder beruhigt hatte, stand er auf, sah Britta an, murmelte: «Bitte verzeih mir», und ging.

«Ach, schade», seufzte Bernadette und öffnete ihre Handtasche. «Chicken Wings gefällig?»

Britta starrte fassungslos Frederick hinterher.

Gwendolyn folgte ihm. «Wir sollten reden!»

Aber Frederick eilte wortlos davon.

«Kommen Sie morgen in meine Praxis!», rief sie ihm nach.

Aber Frederick kam nicht in die Praxis. Nicht am nächsten Tag, nicht in der nächsten Woche. Er meldete sich nicht mehr bei Gwendolyn und auch nicht mehr bei Britta. Er hatte aufgegeben.

Britta flüchtete sich nach diesem merkwürdigen Vorfall in eine Teilamnesie und tat so, als wüsste sie nicht, wovon ihre Tante sprach, als Gwendolyn das Thema auf

Frederick brachte. Gwendolyn ließ es schließlich auf sich beruhen.

Obwohl sie in den vergangenen Wochen vollauf mit Fredericks und Brittas verwirrendem Liebes- und Leidensleben beschäftigt war, blieb Gwendolyn doch noch ausreichend Zeit, festzustellen, dass ihre Finanzen nach wie vor in Schieflage waren.

Leider hatte auch Bernadette das festgestellt. Womöglich war Gwendolyn mit ihrem System, Bernadette für alles bezahlen zu lassen, doch nicht so dezent, wie sie dachte. Vor einiger Zeit hatte Bernadette sie beiseitegezogen und aus heiterem Himmel ganz leise gefragt: «Brauchst du Geld?»

Gwendolyn erschrak etwas, sagte aber sofort: «Nein.»

«Ich kann dir gerne was leihen», bot Bernadette an, als hätte sie das Nein nicht gehört.

Gwendolyn war entrüstet. «Ich brauche kein Geld.»

«Aber du könntest doch vielleicht meine Miete etwas erhöhen?»

Gwendolyn schluckte, zögerte, dann sagte sie trocken: «Ich berechne dir bereits einen Wucherpreis.»

«Dann ist ja alles gut», sagte Bernadette zufrieden.

Gwendolyn zog fragend eine Augenbraue in die Höhe. Bernadette lächelte sie an: «Weißt du, seit ich dich getroffen habe, ist mein Leben viel aufregender.»

Gwendolyn verstand und murmelte: «Danke.»

Dann sprachen sie nie wieder über das Thema Geld.

Aber das freundliche Angebot von Bernadette führte dazu, dass Gwendolyn von Stund an fair abrechnete. Wobei sie selbstverständlich das Honorar für Bernadettes Hühner-Voodoo-Behandlungen nach wie vor einsteckte. Bernadette hatte ja zu Beginn ihrer Zusammenarbeit versichert, sie wolle kein Geld dafür.

Mit den Einnahmen aus der Praxis kam sie gerade so über die Runden. Dank der Überweisung der Vermögensverwaltung für ihre angebliche Behandlung bei Doktor Wittenfeld konnte sie auch weiterhin den «Verein zum Wohlthun» unterstützen. Aber wenn sie das aufrechterhalten wollte, musste sie sich nach neuen Einnahmequellen umsehen.

VIERZEHN

Gwendolyn war eine ausgesprochen attraktive Braut. In einem Nachmittagskleid, ein Vintage-Modell von Elsa Schiaparelli aus den 40ern, mit einem bunten Rosenstrauß in der Hand, saß sie im Flur des Standesamtes. Ihr Bräutigam, ein großer, eleganter älterer Herr mit vollem silbergrauem Haar hielt ihre Hand. Bernadette war sehr aufgeregt, zupfte immer wieder an den Rosen des Straußes herum und klopfte Gwendolyns Bräutigam von Zeit zu Zeit beruhigend auf den Arm. «Wird schon alles gutgehen, keine Sorge.»

Der Grandseigneur lächelte. «Ich mach mir keine Sorgen. Mir kann ja nichts passieren.»

Bernadette dachte über seine Worte nach, kam aber zu keinem vernünftigen Schluss. Seit drei Wochen freute sie sich auf diesen Tag. Sie hatte fast täglich ihr Hühner Voodoo befragt und jedes Mal eine positive Antwort bekommen. Also musste alles gutgehen.

Frederick Ackermann stand etwas abseits und sah immer wieder auf den Eingang. Dann kam Britta endlich in den Vorraum des Standesamts gelaufen.

«Entschuldige, dass ich zu spät bin, Tante Gwendolyn, ich ...» Sie nahm Frederick wahr, begrüßte ihn nicht, sondern beugte sich zu ihrer Tante.

«Was macht *er* hier?», fragte sie.

«Er ist Eduards Trauzeuge», informierte Gwendolyn sie.

Der ältere Herr reichte Britta die Hand: «Guten Tag, mein Name ist Eduard Ackermann.»

«Ackermann? Verwandt mit …»

«Nein, Zufall.»

«Und ich bin das Blumenmädchen», rief Bernadette enthusiastisch.

Britta machte kein sehr glückliches Gesicht. Gwendolyn hatte sie gestern, völlig unvermittelt, gebeten, ihre Trauzeugin zu sein. Bis dahin wusste Britta noch nicht einmal, dass es einen Mann in Gwendolyns Leben gab. Es war bitter für sie. Ihre Tante heiratete zum fünften Mal, und sie hatte es nicht ein einziges Mal geschafft. Und dann erfuhr sie von dem Ereignis auch noch als Letzte. Aber natürlich war sie bereit, Gwendolyn diesen Gefallen zu tun.

Dann wurden sie auch schon aufgerufen.

«Brautpaar Ackermann / Herzog bitte in Raum 3.»

Die kleine Gruppe setzte sich in Bewegung.

Der Standesbeamte stand würdevoll hinter seinem Tisch auf. Gwendolyn und Eduard nahmen ihm gegenüber Aufstellung, Britta stellte sich neben ihre Tante, Frederick neben Gwendolyns Bräutigam.

Gwendolyn sah den Standesbeamten streng an. «Kein Schnickschnack! Alles wie besprochen.»

Der Beamte nickte etwas eingeschüchtert und begann.

«Liebe Brautleute, die Ehe ist eine …» Er hielt kurz inne, denn Gwendolyn war einen Schritt zurückgetreten, Eduard ebenfalls, und Britta und Frederick standen nun alleine direkt vor dem Standesbeamten.

Britta leistete irritiert Widerstand. «Was soll das?»

Gwendolyn flüsterte: «Wir standen falsch, das ist alles.»

«Ihr habt nicht falsch gestanden.»

«Britta, bitte verdirb die Hochzeit nicht.»

«Ja aber ...», begann Britta, doch Gwendolyn hatte sich bereits an den Standesbeamten gewandt: «Machen Sie weiter!» Sie drückte Britta ihren Brautstrauß in die Hand.

«Was soll ich denn damit?»

«Du sollst ihn nur kurz halten. Ich nehme ihn gleich wieder», versprach Gwendolyn und sah den Standesbeamten auffordernd an. «Nun kommen Sie endlich zur Sache.»

Er sah stur auf seine Unterlagen und fragte in sachlichem Tonfall: «Möchten Sie, Frederick Ackermann, mit der hier anwesenden Britta Herzog die Ehe eingehen?»

«Ja», sagte Frederick, während Britta nach Luft schnappte und ihn ungläubig ansah.

Der Standesbeamte sprach weiter: «Möchten Sie, Britta Herzog, mit dem hier anwesenden Frederick Ackermann die Ehe eingehen?»

Es war totenstill im Raum. Britta riss entgeistert die Augen auf und sah hilfesuchend zu ihrer Tante. Die zwinkerte ihr zu und nickte ermutigend. Da strahlte Britta plötzlich und japste überglücklich: «Ja.»

Hörbares Lufteinziehen. Stille. Alle Augen waren auf Britta gerichtet.

Nichts passierte. In die Stille hinein sagte der Standesbeamte: «Dann erkläre ich Sie hiermit zu Mann und Frau. Sie dürfen die Braut jetzt ...»

Es war zu spät, Britta war Frederick bereits um den Hals gefallen, und die beiden küssten sich.

«Der Ring, vergessen Sie den Ring nicht», rief der Standesbeamte dazwischen und schob die Unterlagen zu den beiden hinüber. «Und hier bitte unterschreiben.»

Gwendolyn wandte sich an Eduard Ackermann. «Ich danke Ihnen, Herr Schönfelder.»

«War mir ein Vergnügen», sagte er galant, nahm Gwendolyns Hand und beugte sich für einen angedeuteten Handkuss darüber.

Bernadette beobachtete die beiden, legte den Kopf schief, lächelte selig und seufzte. Ein auffordernder Blick von Gwendolyn rief ihr wieder in Erinnerung, dass nun noch eine geschäftliche Transaktion fällig war.

Sie öffnete ihre Handtasche, nahm einen Umschlag heraus und übergab ihn Herrn Schönfelder. «Ihr Scheck», flötete sie und errötete.

Gwendolyn hatte Richard Schönfelder aus dem Katalog einer Model-Agentur herausgesucht und ihn für zwei Stunden gebucht. Sie war sehr zufrieden mit ihrer Wahl. Er offensichtlich auch.

Er lächelte Gwendolyn wieder an. «Wann planen wir unseren nächsten Coup? Sie wissen, ich bin zu allen Schandtaten bereit ...»

«Freut mich zu hören. Ich hätte da tatsächlich noch ein paar Ideen ...»

Er sah Gwendolyn in die Augen. «Ich glaube, das ist der Beginn einer wunderbaren Freundschaft.»

«Schließt sich diesem Spruch noch eine Einladung

nach Casablanca an?» Gwendolyn war eingefallen, dass sie lange keinen Urlaub mehr gemacht hatte.

«Wunderbare Idee. Rufen Sie mich an.»

Dann ging er.

Gwendolyn überlegte, ob sie gerade ihrem fünften Ehemann hinterhersah.

Als Britta sich wieder von Frederick gelöst hatte, wandte sie sich an ihre Tante. «Was war denn das für eine verrückte Nummer?»

«Oh, ich wollte eurem Glück ein bisschen nachhelfen. Frederick hatte da so seine Schwierigkeiten, einer Frau die Ehe anzutragen. Da dachte ich, das sollte ihm einfach jemand abnehmen.»

Britta wandte sich an ihren frischgebackenen Ehemann. «Hast du das gewusst?»

«Dass ich ein Problem mit Heiratsanträgen habe?»

«Nein, was meine Tante hier arrangiert hat.»

«Ähm, ja, sie hat es mit mir abgesprochen. Und ich werde ihr ewig dafür dankbar sein.»

Britta schmiegte sich an ihn. «Ich will aber auch noch kirchlich heiraten. Eine richtig romantische Hochzeit in Weiß mit allem Drum und Dran!»

Am Tag der kirchlichen Hochzeit wurde Gwendolyn dann doch noch von einer Panikwelle erfasst, und sie ließ Bernadette zweimal ihr Hühner-Voodoo-Orakel befragen, ob auch wirklich alles gutgehen würde.

Aber so recht konnte sie sich nicht beruhigen.

«Meinst du nicht, wir hätten Britta von dem Fluch erzählen sollen?»

«Wieso denn? Ist doch alles gut jetzt.»

Gwendolyn nickte. «Ja, du hast recht.»

Dann sah sie Bernadette wieder an. «Weißt du, mich würde ja wirklich mal interessieren, ob das alles Zufälle waren oder ob doch ein Fluch auf dem Bestattungsinstitut war und wir es wirklich geschafft haben, ihn loszuwerden.»

«Was glaubst du denn?»

«Zufälle!»

Zwei Minuten später fragte Gwendolyn: «Und wenn es doch ein Fluch war?»

«Dann ist er jetzt weg.»

Gwendolyn seufzte noch einmal und beschloss, das Thema nun endgültig ruhen zu lassen.

«Es wird auch diesmal alles gutgehen», versicherte ihr Bernadette, und die beiden machten sich auf den Weg zur Kirche.

Allerdings lief es, das musste Bernadette zugeben, dann doch nicht so reibungslos. Es begann sehr holprig und nichts Gutes verheißend. Das übergroße Kreuz hinter dem Altar fiel während der Zeremonie von der Wand, der Ärmel des priesterlichen Gewandes kam zu nahe an die Altarkerze und fing Feuer, kurz, es war eine mit Pannen durchsetzte Trauung.

Aber Frederick und Britta hielten tapfer durch. Sie überlebten beide das Ja-Wort und waren nun auch mit Gottes Segen Mann und Frau.

Und im Nachhinein war es fast eine ganz normale Hochzeit gewesen. Wenn man davon absah, dass das Brautpaar nach der Zeremonie in einen Leichenwagen einstieg und davonbrauste.

An der Stoßstange des Leichenwagens war die obligatorische Schnur mit den Blechbüchsen, die beim Wegfahren schepperten. Bernadette hatte sie gebastelt und drangehängt.

Als die beiden außer Sicht waren, drehte sich Gwendolyn zu Bernadette. «Sag mal, das waren aber keine Blechdosen. Was hast du denn da drangebunden?»

Bernadette kicherte: «Kleine Särge und Urnen. Und Hühner-Voodoo-Knochen.»

«Nette Idee.»

Dann sah sie Bernadette plötzlich erschrocken an: «Woher hast du die kleinen Särge und Urnen?»

«Ähm ...», sagte Bernadette und wurde rot. «Also reg dich jetzt bitte nicht auf.»

«Ich rege mich bereits auf! Woher?»

«Also das war so ...», begann Bernadette und hielt wieder inne.

Gwendolyn wollte nicht weiter abwarten. «Die sind doch nicht etwa aus Fredericks Puppenhaus?»

«Na ja, also genau genommen ...»

«Vor oder nach der Fluch-Übertragung?»

«Aber der Fluch ist doch bestimmt nicht auf die *Gegenstände* im Modell übergegangen. Nur auf das Modell selbst.»

«Woher willst du das denn wissen?»

«Na ja, also ... ich hoffe es.»

Bevor Gwendolyn etwas sagen konnte, seufzte Bernadette: «Schade, dass es jetzt vorbei ist. Ich mochte unser Hühner-Voodoo-Ritual. Das hat so viel Spaß gemacht.»

Gwendolyn nickte. «Ja, war ganz amüsant.»

«So was sollten wir öfter machen.»

Gwendolyn überlegte. Dann sah sie Bernadette an.

«Also, ich hätte da jemanden.»

«Was heißt das?»

«Ich hätte da eine Person, bei der wir unser Hühner Voodoo wieder zur Anwendung bringen könnten.»

Bernadette war Feuer und Flamme. «Perfekt. Lass uns gleich anfangen.»

«Aber das wird nicht so einfach. Ich hab keine Ahnung, wo die Person zurzeit ist. Wir müssten so etwas wie ein Fern-Ritual machen.»

«Das kriegen wir hin. Wer ist es?»

«Er heißt Wulf und ist Vermögensberater. Aber diesmal befreien wir niemanden von einem Fluch, sondern wir sprechen einen Fluch aus.»